MAYOMBE

PEPETELA
MAYOMBE

Copyright © 2013, Pepetela
© 2013, Casa da Palavra
© desta edição 2019, Casa dos Mundos / LeYa Brasil

Todos os direitos reservados e protegidos pela Lei 9.610, de 19/02/1998.
É proibida a reprodução total ou parcial sem a expressa anuência da editora.
Este livro foi revisado segundo o Novo Acordo Ortográfico da Língua Portuguesa.
Nos casos de dupla grafia ou nos que não foram contemplados pelas normatizações do Acordo, optou-se por manter a grafia original.

Revisão: Mariana Pires Santos
Diagramação: Vivian Oliveira

Equipe Dom Quixote (edição original)
Edição: Cecília Andrade
Revisão: Clara Boléo
Capa: Maria Manuel Lacerda
Imagem da metade inferior da capa: © Shutterstock
Imagem da metade superior da capa: Hortus Eystettensis: *Cinera cum flore*, Basilius Besler, 1613
Fotografia do autor: © Jorge Nogueira
Paginação: Júlio Carvalho – Artes Gráficas

Dados internacionais de catalogação na publicação (CIP)
Angélica Ilacqua CRB-8/7057

Pepetela
    Mayombe / Pepetela. – São Paulo: LeYa Brasil, 2019.
    256 p.

ISBN 978-85-441-0714-0

1. Angola 2. África 3. Política 4. Guerrilha I. Título

CDD A869.3

Índices para catálogo sistemático:
1. Literatura Angolana

LeYa Brasil é um selo editorial da Casa dos Mundos.

Todos os direitos reservados à
Casa dos Mundos Produção Editorial e Games Ltda.
Rua Avanhandava, 133 | Cj. 21 – Bela Vista
01306-001 – São Paulo – SP
www.leya.com.br

Aos guerrilheiros do Mayombe,
que ousaram desafiar os deuses
abrindo um caminho na floresta obscura,
Vou contar a história de Ogun,
o Prometeu africano.

Sumário

Capítulo I: A missão 11
Capítulo II: A base 65
Capítulo III: Ondina 123
Capítulo IV: A surucucu 187
Capítulo V: A amoreira 223

Epílogo 245
Glossário 249

Capítulo I
A MISSÃO

O rio Lombe brilhava na vegetação densa. Vinte vezes o tinham atravessado. Teoria, o professor, tinha escorregado numa pedra e esfolara profundamente o joelho. O Comandante dissera a Teoria para voltar à Base, acompanhado de um guerrilheiro. O professor, fazendo uma careta, respondera:

– Somos dezasseis. Ficaremos catorze.

Matemática simples que resolvera a questão: era difícil conseguir-se um efetivo suficiente. De mau grado, o Comandante deu ordem de avançar. Vinha por vezes juntar-se a Teoria, que caminhava em penúltima posição, para saber como se sentia. O professor escondia o sofrimento. E sorria sem ânimo.

À hora de acampar, alguns combatentes foram procurar lenha seca, enquanto o Comando se reunia. Pangu-A-Kitina, o enfermeiro, aplicou um penso no ferimento do professor. O joelho estava muito inchado e só com grande esforço ele podia avançar.

Aos grupos de quatro, prepararam o jantar: arroz com *corned--beef*. Terminaram a refeição às seis da tarde, quando já o Sol desaparecera e a noite cobrira o Mayombe. As árvores enormes, das quais pendiam cipós grossos como cabos, dançavam em sombras com os movimentos das chamas. Só o fumo podia libertar-se do Mayombe e subir, por entre as folhas e as lianas, dispersando-se rapidamente no alto, como água precipitada por cascata estreita que se espalha num lago.

EU, O NARRADOR, SOU TEORIA.

Nasci na Gabela, na terra do café. Da terra recebi a cor escura de café, vinda da mãe, misturada ao branco defunto do meu pai, comerciante português. Trago em mim o inconciliável e é este o meu motor. Num Universo de sim ou não, branco ou negro, eu represento o talvez. Talvez é não para quem quer ouvir sim e significa sim para quem espera ouvir não. A culpa será minha se os homens exigem a pureza e recusam as combinações? Sou eu que devo tornar-me em sim ou em não? Ou são os homens que devem aceitar o talvez? Face a este problema capital, as pessoas dividem-se aos meus olhos em dois grupos: os maniqueístas e os outros. É bom esclarecer que raros são os outros, o Mundo é geralmente maniqueísta.

O Comissário Político, alto e magro como Teoria, acercou-se dele.
– O Comando pensa que deves voltar ou esperar-nos aqui. Dentro de três dias estaremos de volta. Ficará alguém contigo. Ou podes tentar regressar à Base aos poucos. Depende do teu estado.
O professor respondeu sem hesitar:
– Acho que é um erro. Posso ainda andar. Temos pouca gente, dois guerrilheiros a menos fazem uma diferença grande. O plano irá por água abaixo.
– É pouco, mas talvez chegue.
– Posso discutir com o Comando?
– Vou ver.
O Comissário voltou para junto do Comandante e do Chefe de Operações. Momentos depois, fazia sinal a Teoria. O professor levantou-se e uma dor aguda subiu-lhe pelo joelho até ao ventre. Sentiu que não poderia ir muito longe. A escuridão relativa escondia-lhe as feições e ninguém se apercebeu da careta. Procurou andar normalmente e aproximou-se dos três responsáveis.
O Comandante Sem Medo contemplou-o fixamente, enquanto o professor se sentava, gritando calado para esconder as dores insuportáveis. Estou arrumado, pensou.
– É inútil armares em forte – disse Sem Medo. – Topa-se bem que estás à rasca, embora tentes esconder. Não vejo qual é o mal

de reconheceres que não podes continuar. Serás um peso morto para nós.

Teoria esboçou um gesto de irritação.

– Eu é que sei como me sinto. Afirmo que posso continuar. Já fui tratado e amanhã melhoro. É evidente que nada está partido, é só um esfolamento sem gravidade. Mesmo o perigo de infeção está afastado.

– Se amanhã encontramos o inimigo – disse o Comissário – e for necessário retirar rapidamente, tu não poderás correr.

– Querem que corra aqui para provar que poderei?

– Sou contra a tua participação – repetiu o Comissário. – Não vale a pena insistir.

O Chefe de Operações contemplava as sombras das árvores, deitado na lona. Ouvia a conversa dos outros, pensando na chuva que iria cair dentro de momentos e na casa quente de Dolisie, com a mulher a seu lado.

– É evidente que a razão objetiva está do lado do Comissário – disse o Comandante. – No entanto, eu compreendo o camarada Teoria... Por mim, se ele acha que pode continuar, não me oponho. Mas objetivamente o Comissário tem razão...

– E subjetivamente? – perguntou o Comissário.

– Subjetivamente... sabes? Há vezes em que um homem precisa de sofrer, precisa de saber que está a sofrer e precisa de ultrapassar o sofrimento. Para que, por quê? Às vezes, por nada. Outras vezes, por muita coisa que não sabe, não pode ou não quer explicar. Teoria sabe e pode explicar. Mas não quer, e acho que nisso ele tem razão.

– O problema é que se trata duma operação de guerra e não dum passeio. Num passeio, um tipo pode agir contra toda a razão, só porque lhe apetece ir pela esquerda em vez de ir pela direita. Na guerra não tem esse direito, arrisca a vida dos outros...

– Neste caso? Não, aqui só arrisca a sua, e mesmo isso... Sei que se for necessário bater o xangui, Teoria parecerá um campeão. Não tem a perna partida, também não exageremos. O enfermeiro diz que a coisa não é grave, só dolorosa. Passará depressa. Por que não dar-lhe uma possibilidade?

– Mas possibilidade de quê? Isso é que não compreendo!

– Pois não! Possibilidade de… sei lá! Ele é que sabe. Mas com certeza não quererá dizer, e concordo com ele. O camarada Teoria tinha duas hipóteses: ir ou não ir. Escolheu a primeira. Talvez mal, talvez sem muito refletir, mas escolheu. E ele é homem para não voltar atrás na sua escolha. Se foi por teimosia ou não, isso só ele o sabe. O que sei é que os homens teimosos são-no geralmente até ao fim, sobretudo quando há um risco. Se quer partir a cabeça, se escolheu partir a cabeça, devemos dar-lhe a liberdade de partir a cabeça.

– Isso é liberalismo!

– Lá vens tu com os palavrões! É possível que seja liberalismo. Mas eu não sou Comissário Político. É a ti que compete politizar--nos e defender a posição política justa. Posso ser liberalista de vez em quando, pois tenho-te sempre como anjo-da-guarda para me guiar.

O Comissário sorriu. Dez anos mais velho do que ele, o Comandante comportava-se agora como um miúdo para desviar a discussão. Era claro que Sem Medo já tinha uma ideia na cabeça.

– E tu, camarada Chefe das Operações, o que pensas? – perguntou o Comandante.

– Penso que tem razão – respondeu distraidamente o outro.

– Bem, estou em minoria – disse o Comissário. – A responsabilidade é tua, Comandante. Espero que não suceda nada.

– Mais uma ou menos uma responsabilidade! – disse Sem Medo.

– Nada sucederá – replicou Teoria, sem saber se devia estar contente ou não: não se perguntara.

O Chefe de Operações adormeceu. Teoria foi deitar-se. Em breve acordariam com a chuva miudinha que primeiro só molharia a copa das árvores e começaria a cair das folhas quando já tivesse parado de chover. Tal é o Mayombe, que pode retardar a vontade da Natureza.

O professor pouco dormiu. A perna molhada doía-lhe atrozmente. Para que insistira? A sua participação não modificaria em nada as coisas. Sabia que não era um guerrilheiro excecional, nem mesmo um bom guerrilheiro. Mas insistira.

Era o seu segredo. Da mesma maneira que impusera ao Comando a obrigatoriedade de ele fazer guarda como os outros guerrilheiros, embora o seu posto de professor da Base o libertasse dessa tarefa. Teoria era mestiço e hoje já ninguém parecia reparar nisso. Era o seu segredo. Segredo doloroso, de que o Comissário se não apercebia, de que o Chefe de Operações se não interessava. Só Sem Medo, o veterano da guerra e dos homens, adivinhara.

Sem Medo, guerrilheiro de Henda. Antes chamava-se Esfinge, ninguém sabia por quê. Quando foi promovido a Chefe de Secção, os guerrilheiros deram-lhe o nome de Sem Medo, por ter resistido sozinho a um grupo inimigo que atacara um posto avançado, o que deu tempo a que a Base fosse evacuada sem perdas. Uma das muitas operações em que rira do inimigo, sobre ele lançando balas, gracejos e insultos.

Teoria sentia que o Comandante também tinha um segredo. Como cada um dos outros. E era esse segredo de cada um que os fazia combater, frequentemente por razões longínquas das afirmadas. Por que Sem Medo abandonara o curso de Economia, em 1964, para entrar na guerrilha? Por que o Comissário abandonara Caxito, o pai velho e pobre camponês arruinado pelo roubo das terras de café, e viera? Talvez o Comissário tivesse uma razão mais evidente que os outros, sim. Por que o Chefe de Operações abandonara os Dembos? Por que Milagre abandonara a família? Por que Muatiânvua, o desenraizado, o marinheiro, abandonara os barcos para agora marchar a pé, numa vida de aventura tão diferente da sua? E por que ele, Teoria, abandonara a mulher e a posição que podia facilmente adquirir? Consciência política, consciência das necessidades do povo! Palavras fáceis, palavras que, no fundo, nada diziam. Como age em cada um deles essa dita consciência?

Os companheiros começavam a mexer-se, despertando, e o professor não tinha afastado esses pensamentos. O Mayombe não deixava penetrar a aurora, que, fora, despontava já. As aves noturnas cediam o lugar no concerto aos macacos e esquilos. E as águas do Lombe diminuíam de tom, à espera do seu manto dourado. À frente, descendo o Lombe, a menos de um dia de marcha, devia estar o inimigo.

EU, O NARRADOR, SOU TEORIA.

Manuela sorriu-me e embrenhou-se no mato, no mato denso do Amboim, onde despontava o café, a riqueza dos homens. O café vermelho pintava o verde da mata. Assim Manuela pintava a minha vida.

Manuela, Manuela onde estás tu hoje? Na Gabela? Manuela da Gabela, correndo no mato do Amboim, o mato verde das serpentes mortais, como o Mayombe, mas que pare o fruto vermelho do café, riqueza dos homens.

Manuela, perdida para sempre. Amigada com outro, porque a deixei, porque Manuela não foi suficientemente forte para me reter no Amboim e eu escolhi o Mayombe, as suas lianas, os seus segredos e os seus exilados.

Perdi Manuela para ganhar o direito de ser "talvez", café com leite, combinação, híbrido, o que quiserem. Os rótulos pouco interessam, os rótulos só servem os ignorantes que não veem pela coloração qual o líquido encerrado no frasco.

Entre Manuela e o meu próprio eu, escolhi este. Como é dramático ter sempre de escolher, preferir um caminho a outro, o sim ou o não! Por que no Mundo não há lugar para o talvez? Estou no Mayombe, renunciando a Manuela, com o fim de arranjar no Universo maniqueísta o lugar para o talvez.

Fugi dela, não a revi, escolhi sozinho, fechado em casa, na nossa casa, naquela casa onde em breve uma criança iria viver e chorar e sorrir. Nunca vi essa criança, não a verei jamais. Nem Manuela. A minha história é a dum alienado que se aliena, esperando libertar-se.

Criança ainda, queria ser branco, para que os brancos me não chamassem negro. Homem, queria ser negro, para que os negros me não odiassem. Onde estou eu, então? E Manuela, como poderia ela situar-se na vida de alguém perseguido pelo problema da escolha, do sim ou do não? Fugi dela, sim, fugi dela, porque ela estava a mais na minha vida; a minha vida é o esforço de mostrar a uns e a outros que há sempre lugar para o talvez.

Manuela, Manuela, amigada com outro, dando as suas carícias a outro. E eu, aqui, molhado pela chuva-mulher que não para, fatigado, exilado, desesperado, sem Manuela.

Sem Medo foi lavar-se perto do Comissário. Admirou o torso esguio mas musculado do outro.

– Estás em forma. Eu começo a ficar com barriga.

– É a vida do exterior – disse o Comissário. – Há quase seis meses que não fazes uma ação... O que me chateia é avançar sem saber ao certo o que se vai fazer. O plano não me agrada.

O Comandante sentou-se numa pedra.

– Esperemos que o Das Operações tenha razão. Ele é que fez o reconhecimento...

– Reconhecimento! – disse o Comissário. – Desceu o rio, encontrou a picada de exploração de madeira. Chamas a isso um reconhecimento? Nem sequer sabe se os tugas têm tropa na exploração.

– Vamos saber agora. O que é preciso é começar. Metemos a Base no interior, já foi um passo em frente. Acabada a guerra de fronteira! Agora vamos estudando as coisas no terreno e decidindo aos poucos. De qualquer modo, esta operação está dentro das tuas teorias: ação política mais que militar. Não sei de que te queixas...

– Não é isso, Comandante. Se impedirmos essa exploração de continuar a roubar a nossa madeira, é um golpe económico dado ao inimigo, está porreiro. Além disso, vamos atacar num sítio novo, o que é bom em relação ao povo, que nem sequer pensa em nós... pelo menos, aparentemente. Mas é o lado militar que me preocupa. Não sabemos onde está o inimigo e qual o seu efetivo. Somos tão poucos que não podemos permitir-nos o luxo de sermos surpreendidos. Nenhuma outra vitória justifica essa derrota.

O Comandante ensaboou a cara e mergulhou-a na água fresca do rio. Depois ficou a observar os primeiros peixes que apareciam.

– Como sempre, tens razão. Pois é esse lado ignorado da operação que me agrada. Não gosto das coisas demasiado planificadas, porque há sempre um detalhe que falha. Reconheço ser um erro, que queres? É a minha natureza anarquista, como dirias. Como conhecer o inimigo? Só fazendo-o sair dos quartéis, pois que informações não temos. Esta inércia, esta apatia, têm de acabar. É preciso dinamizar as coisas. Já estivemos parados demasiado tempo, à espera de instruções. É a nós de tomarmos a decisão. Só a ação pode pôr a nu as faltas ou os vícios da organização. Por que é que nas outras Regiões a guerra progride e aqui não cessa de recuar? Porque não temos estado à altura, nós, o Movimento. Culpa-se o povo, que é traidor. Desculpa fácil! É o povo daqui que é traidor ou somos nós incapazes? Ou as duas coisas? Para o saber, temos de agir, fazer mexer as coisas, partir as estruturas caducas que impedem o desenvolvimento da luta.

O Comissário vestiu a camisa. Sentou-se numa pedra e ficou a observar Sem Medo. Outros guerrilheiros lavavam-se mais adiante.

– Estou de acordo que é preciso agir. Não acredito nessa estória de que o povo é traidor, a culpa foi nossa. Mas acho que é preciso estudar mais as coisas, não agir à toa. Sobretudo agora que fazemos uma guerra sem povo, que estamos isolados...

– Náufragos numa ilha que se chama Mayombe – disse Sem Medo.

– Sobretudo agora que somos fracos, que temos um efetivo ridículo, devemos ser prudentes. Os nossos planos têm de ser perfeitos. Ação sim, só ela agudiza as contradições que fazem avançar, mas ação consciente. Somos cegos, pois não temos os olhos e as antenas, que são o povo. Se somos cegos, então apalpemos o caminho antes de avançar, senão caímos num buraco.

Tinham acabado de se lavar. Sem Medo acendeu um cigarro. Até eles chegava o cheiro de matete para o mata-bicho. O Comissário tossiu e disse:

– Tu és o Comandante, o que quiseres é lei...

– Somos três no Comando, camarada. Se vocês dois não estiverem de acordo, eu inclino-me. Não sou ditador, bem sabes.

– Somos três? Vocês são dois!

Sem Medo fixou-o. Uma ruga cavou-se-lhe entre os olhos.

– Que queres dizer?

– Simplesmente que, desde que tu e eu não estejamos de acordo, vocês são dois e eu um: o Das Operações vai sempre pelo teu lado. Até parece que nunca reparaste!

– Sim, reparei. Por que faz ele isso?

– Não tens ideia?

– Tenho duas: ou porque sou o Comandante, ou porque tu és o Comissário.

– Estás a gozar!

– Não estou nada. Ou porque sou o Comandante e deve apoiar--se para estar bem comigo e poder subir... ou porque tu és o Comissário, cargo logo a seguir ao dele, e deve estar contra ti, destruir-te, mostrar os teus erros, para apanhar o teu lugar.

– Pensas assim?

– É certo!

– Também me parece que sim – disse o Comissário. – É pena! É um bom militar, no meu entender. Sobretudo quando eu não participo numa operação e, assim, as suas boas ideias não podem vir ajudar o meu prestígio. Quando eu estou, ele comete erros só para me contradizer. Não porque eu tenha sempre razão, mas às vezes também tenho...

O Comandante deu-lhe uma palmada no ombro.

– Tens de te habituar aos homens e não aos ideais. O cargo de Comissário é espinhoso, por isso mesmo. O curioso é que vocês, na vossa tribo, até esquecem que são da mesma tribo, quando há luta pelo posto.

– O que não quer dizer que não há tribalismo, infelizmente. Aliás, não me venhas dizer que com os kikongos não se passa o mesmo.

– Eu sou kikongo? Tu és kimbundo? Achas mesmo que sim?

– Nós, não. Nós pertencemos à minoria que já esqueceu de que lado nasce o Sol na sua aldeia. Ou que a confunde com outras aldeias que conheceu. Mas a maioria, Comandante, a maioria?

– É o teu trabalho: mostrar tantas aldeias aos camaradas que eles se perderão se, um dia, voltarem à sua. A essa arte de desorientação se chama formação política!

E foram tomar o matete.

EU, O NARRADOR, SOU TEORIA.

Os meus conhecimentos levaram-me a ser nomeado professor da Base. Ao mesmo tempo, sou instrutor político, ajudando o Comissário. A minha vida na Base é preenchida pelas aulas e pelas guardas. Por vezes, raramente, uma ação. Desde que estamos no interior, a atividade é maior. Não atividade de guerra, mas de patrulha e reconhecimento. Ofereço-me sempre para as missões, mesmo contra a opinião do Comando: poderia recusar? Imediatamente se lembrariam de que não sou igual aos outros.

Uma vez quis evitar ir em reconhecimento: tivera um pressentimento trágico. Havia tão poucos na Base que o meu silêncio seria logo notado. Ofereci-me. É a alienação total. Os outros podem esquivar-se, podem argumentar quando são escolhidos. Como o poderei fazer, eu que trago em mim o pecado original do pai-branco?

Lutamos não estava de acordo com a proposta do chefe de grupo Verdade. Mal o Comandante surgiu, Lutamos disse:
— Camarada Comandante, o camarada Verdade acha que devíamos apanhar os trabalhadores da exploração e fuzilá-los, porque trabalham para os colonialistas. Diz que é isso o que se decidiu fazer.

O Comandante sentou-se e meteu a colher na tampa da gamela, sem responder. O Comissário encostou-se a uma árvore, comendo, observando o grupo.
— Deixa lá, pá! – disse Muatiânvua. – Esses trabalhadores são cabindas, é por isso que te chateias. Mas são mesmo traidores, nem que fossem lundas ou kimbundos...
— Como é? – disse Lutamos, nervoso. – E os trabalhadores da Diamang? E os da Cotonang? São traidores? Têm de trabalhar para o colonialista...
— São, sim, pá – disse Muatiânvua. – Depois de tanto tempo de guerra, quem não está do nosso lado é contra nós. Estes aqui estão mesmo perto do Congo. Talvez mesmo que ouvem a nossa rádio. Veem que há exploração. Então por que não se juntam a nós? Deixa! É só varrer, pá!

Milagre esperou a reação de Lutamos. Como este, ofendido, não respondia, Milagre falou para o Comissário:
— Que é que o camarada Comissário pensa?
— Penso que devemos partir, por isso não há mais papos. Discutiremos depois. Mas ai de quem tocar num trabalhador ou num homem do povo sem que se dê ordem. Ai dele!
— O Muatiânvua está a brincar com o Lutamos – disse o Comandante. – Estes lumpens gostam sempre de brincar com coisas sérias...

Muatiânvua riu, acendendo um cigarro. Piscou o olho para Lutamos.

– Mas o aviso do Comissário é sério – continuou Sem Medo. – Quem vier fazer tribalismo contra o povo de Cabinda será fuzilado. Fuzilado! Não estamos a brincar.

O silêncio pesado que seguiu a afirmação de Sem Medo não foi afastado para trás, como as lianas que nos batem na cara. O silêncio era o Mayombe, sempre ele, presente, por muitas lianas que se afastassem para trás.

Caminharam a direito, atravessando constantemente o rio, para encurtar caminho. Os primeiros minutos foram o inferno para Teoria. Agora ia melhor. Vencera o primeiro combate, o mais duro. Sabia que vencera mesmo todo o combate. Avançaram distanciados uns dos outros, em fila indiana, por entre as folhas largas de xikuanga, onde vivem os elefantes. O cheiro de elefante era persistente. Pena que não viemos caçar, pensou Ekuikui, o caçador; daria comida para muito tempo. E, ao atravessarem de novo o rio, depararam com uma manada de elefantes. Instintivamente, Ekuikui levantou a arma.

– Ninguém dispara! – gritou o Chefe de Operações.

Ekuikui contemplava os elefantes que se afastavam calmamente, agitando as trombas e as enormes orelhas, nada alarmados por aquela fila de homens de verde que saíam do verde imenso do Mayombe. O Comissário bateu-lhe no ombro:

– Viemos procurar o tuga. Se fazemos fogo, o tuga pode ouvir e ficar de prevenção.

Ekuikui, o caçador do Bié, abanou tristemente a cabeça.

– Eu sei, camarada Comissário.

Lutamos meditava no que discutira com os camaradas. O Comandante dissera que era brincadeira. De Muatiânvua, sim; mas Verdade não brincava. Lutamos ia distraído, à frente da coluna, guiando-a numa zona praticamente desconhecida. Em breve chegariam à picada que servia para o transporte das árvores derrubadas. Também esse povo que não apoia! Só mesmo fuzilando. O pai dele, a mãe, os irmãos? Todos fuzilados? O povo não apoiava, porque a guerra não crescia. O povo não apoiava, porque vieram fazer a guerra em Cabinda sem explicar bem antes por que a faziam, era ainda Lutamos uma criança.

Ao dobrarem uma montanha, o zumbido duma serra mecânica fez-se ouvir, através dos mil zumbidos do Mayombe. O ruído vinha da direita, muito perto deles. Mas Lutamos, dentro de si, continuava a avançar.

– Que é que ele tem? – segredou o Comandante a Ekuikui.

Lutamos distanciava-se do resto do grupo, que tinha estacado ao ouvir o ruído. O Comissário correu atrás dele, evitando fazer demasiado barulho.

– Está a fazer de propósito – disse Milagre.
– Vai avisar os homens – disse Pangu-A-Kitina.
– Vai sabotar a missão – disse Verdade.
– Calem-se, porra! – disse o Comandante. – Esperem saber para falar.

O Chefe de Operações tinha ido atrás do Comissário. Lutamos parara ao ouvir o seu nome chamado atrás. Espantou-se ao ver o Comissário com cara de caso e, mais atrás, o Chefe de Operações. A um gesto do Comissário, apercebeu-se do zumbido forte.

– Por que é que avançaste?
– Estava distraído. Os outros?
– Vamos voltar atrás. E presta atenção.

O Chefe de Operações nada disse; deixou-os passar por ele e limitou-se a segui-los. Os guerrilheiros olhavam Lutamos com desconfiança, mas ele não notou.

– Que houve? – perguntou Sem Medo.
– Estava distraído e não reparou em nada – disse o Comissário.

O Comandante esboçou um sorriso, que logo desapareceu.

– Temos um guia às dimensões da Região! Bem. Verdade e Muatiânvua vão pela esquerda, com o Comissário. Milagre, Pangu-A-Kitina e o Das Operações vão pela direita. Nós ficamos aqui. Vejam o que há e voltem. Cuidado, nada de tiros! É preciso saber se há soldados.

Sem Medo sentou-se, logo imitado por alguns companheiros. Teoria esfregava o joelho. Ekuikui estudava as árvores, procurando vestígios de macacos. Fazia-o por hábito, o seu passado de caçador nos planaltos do Centro tinha-o marcado. Mundo Novo, sentado, limpava as unhas com o punhal. As mãos eram finas e as unhas compridas. Um perfeito intelectual, pensou Sem Medo. Lutamos alhear-se do grupo, os ouvidos atentos. O zumbido da serra continuava a cortar o ar. De repente, a serra parou e ouviram-se gritos.

Os guerrilheiros levantaram-se, em posição. Ruídos de ramos partidos e, em seguida, um fragor que cobriu todo o tumulto do Mayombe e ficou a ressoar nas copas das árvores, até se ir diluindo, aos poucos, pelos vales do Lombe.

– Foi a árvore que caiu – disse o Comandante.

E voltou a sentar-se. Os outros permaneceram de pé, salvo Teoria. Pouco depois, o zumbido da serra chegava de novo até eles.

– Está tudo normal – disse Mundo Novo. E sentou-se também.

Lutamos está nervoso, inquieto, notou Sem Medo. O Teoria está a sofrer, mas finge que não. O Ekuikui... esse é sempre o mesmo. Ingratidão está desconfiado do Lutamos. Mundo Novo deve estar a pensar na Europa e nos seus marxistas-leninistas. Os pensamentos do Comandante não iam mais longe. Eram fotografias que tirava aos elementos do grupo e que classificava num ficheiro mental, sem mais se preocupar. Quando necessário, servia-se dessas informações para ter uma imagem fiel de cada guerrilheiro e saber que tarefa dar a cada um.

O primeiro grupo a chegar foi o do Chefe de Operações. Chegou-se ao Comandante e disse:

– Vimos seis trabalhadores. Nenhum soldado.

– Foram eles que abateram a árvore?

– Não. Estes têm machados. A serra está no grupo da esquerda. Atrás deles há uma picada para o transporte da madeira.

– Bem.

– Comandante, penso que é melhor vigiar o Lutamos.

– Por quê?

– Não acredito na distração dele. Ele ia mas é avisar os trabalhadores, afugentá-los...

O Comandante olhou-o em silêncio. Franziu a boca. O outro continuou:

– Há momentos que ele tem um comportamento estranho. Os olhos dele não são bons. O Comissário não vê essas coisas, acreditou logo nele. Acho que se tem de fazer um interrogatório.

O Comandante não respondeu. Pensou que tinha uma vontade louca de fumar. Ali não podia, o cheiro de cigarro penetrava na mata.

Quando o grupo do Comissário chegou, Sem Medo pôs-se de pé.

– Então?

– São oito trabalhadores, mais um branco que guia o camião. Não há soldados à vista.

– E o camião?

– Está lá, parado, com o nguêta a fumar e a ouvir rádio. Mais ao lado deve haver um buldózer para carregar os troncos no camião. Que é que se faz?

O Comandante chamou o Chefe de Operações. Reuniram-se os três.

– Que pensas que se deve fazer? – perguntou Sem Medo ao Das Operações.

– Acho que devemos fazer uma curva, para apanharmos a picada mais à frente e chegarmos à estrada.

– E tu, Comissário?

O Comissário mediu as palavras, antes de falar.

– Penso que deveríamos aproveitar esta ocasião. Podíamos apanhar os trabalhadores, recuperar a serra, que é leve de transportar, destruir o buldózer e o camião. Era uma ação que fazia efeito e era esse o nosso objetivo. Por que mudar?

O Chefe de Operações interrompeu:

– Nós somos militares. Nós devemos combater o inimigo. Por isso penso que a primeira ação nesta área devia ser militar. Os soldados devem andar à vontade na estrada. Esta picada vai de certeza dar à estrada. Uma emboscada era muito melhor. Os trabalhadores? Não vejo qual o interesse. Se ainda fosse para os fuzilar... Mas não. Para os politizar! Vocês acreditam que vamos politizar alguma coisa? Aqui só a guerra é que politiza.

O Comandante disse:

– Comissário, sei que uma operação política e económica tem interesse. O problema é o seguinte: se destruímos estes aparelhos, a ação militar está estragada, pois os tugas ficarão prevenidos de que andamos por aqui...

– Claro – cortou o Comissário. – Mas isso será mais uma razão para que eles andem na estrada. São forçados a aumentar as patrulhas, pois aqui há população e eles querem cortar-nos dela. Eles andarão ainda mais e teremos pois mais oportunidade de lhes dar porrada. Qual é o problema? Não mataremos vinte na primeira emboscada, pois estarão mais atentos? Bem, mataremos dez. A guerra popular não se mede em número de inimigos mortos. Ela mede-se pelo apoio popular que se tem.

– Esse apoio só se consegue com as armas – disse o Das Operações.

– Não só. Com as duas coisas. Com as armas e com a politização. Temos de mostrar primeiro que não somos bandidos, que não matamos o povo. O povo daqui não nos conhece, só ouve a propaganda inimiga, tem medo de nós. Se apanharmos os trabalhadores, os tratarmos bem, discutirmos com eles e, mais tarde, dermos uma boa porrada no tuga, então sim, o povo começa a acreditar e a aceitar. Mas é um trabalho longo. De qualquer modo, esta ação pode não impedir que se faça também uma emboscada.

– Questão de tempo e de comida – disse Sem Medo.

– Os camaradas aceitarão passar um pouco de fome, se lhes explicarmos o interesse da coisa.

– Bem – disse o Comandante –, vamos fazer como tu queres. Vamos rodear os grupos, aprisioná-los, destruir o que se puder, apanhar a serra etc. Depois recuamos com os trabalhadores e estudaremos a possibilidade de se voltar à estrada para fazer a emboscada. Eu vou com dois camaradas pôr-me na picada, para lá do camião. Se ele fugir, nós varremo-lo. Se aparecer tropa, vinda da estrada, nós travamo-la. Vocês vão cada um do lado que reconheceram. Evitem fazer barulho. Cerquem-nos e, às dez em ponto, prendam-nos. Acertem os relógios. O lugar de encontro é aqui, se não houver novidade. Se o tuga aparecer, encontramo-nos onde dormimos ontem.

– O Lutamos com quem vai? – perguntou o Das Operações.

– Comigo – disse Sem Medo.

O grupo do Chefe de Operações afastou-se imediatamente. Os outros dois grupos foram juntos até próximo dos trabalhadores.

O Comandante, Lutamos e Teoria avançaram então ao longo da picada, para fecharem o cerco. A serra zumbia e cobria os ruídos das folhas pisadas. Mesmo os pássaros estavam desorientados e não fugiam.

O Comissário avançou prudentemente, seguido dos seus homens. As folhas secas estalavam sob as botas, mas os estalidos eram abafados pelo ruído da serra devastando o Mayombe. Os guerrilheiros encavalitaram-se num enorme tronco caído. Deixara de respirar, monstro decepado, e os ramos cortados juncavam o solo. Depois de a serra lhe cortar o fluxo vital, os machados tinham vindo separar as pernas, os braços, os pelos; ali estava, lívido na sua pele branca, o gigante que antes travava o vento e enviava desafios às nuvens. Imóvel mas digno. Na sua agonia, arrastara os rebentos, os arbustos, as lianas, e o seu ronco de morte fizera tremer o Mayombe, fizera calar os gorilas e os leopardos.

Os guerrilheiros dispersaram para avançar. A serra mecânica – abelha furando um morro de salalé – continuava a sua tarefa. Havia o mecânico, que acionava a serra, e o ajudante, com a lata de gasolina e de óleo; mais atrás, quatro operários com machados. Todos tão embebidos na tarefa que não repararam nas sombras furtivas. Nem protestaram, quando viram os canos das pépéchás virados para eles. Os olhos abriram-se, o imenso branco dos olhos comendo a cara toda, a boca aberta num grito que não ousou sair e ficou vibrando interiormente. O Comissário e Ekuikui avançaram para a serra. Ekuikui encostou o cano da arma às costas do mecânico:

– Não mexe!

O mecânico olhou por cima do ombro e compreendeu rapidamente a situação. Fez parar a serra. O silêncio que se seguiu furou os ouvidos dos guerrilheiros, subiu às copas das árvores e ficou pairando, misturado à neblina que encobria o Mayombe.

– Todos para aqui, vamos! – ordenou o Comissário. Juntaram os prisioneiros, revistaram-nos para procurar armas: retiraram dois canivetes.

– Há outros? – perguntou o Comissário.

– Ali – murmurou o mecânico, apontando o sítio para onde se dirigira o Chefe de Operações.

– Soldados?
– Só no quartel. A dez quilómetros.
– O branco?
– Está no camião.
– Vamos. E não tentem fugir, ninguém vos fará mal. O cortejo partiu em direção ao ponto de encontro. Muatiânvua vigiava o mecânico, que carregava a serra. Os outros trabalhadores tremiam.

Quando a serra parou de zumbir, o grupo do Chefe de Operações ainda não tinha cercado os trabalhadores que, a grupos de dois, atacavam a machado os colossos do Mayombe.

Pangu-A-Kitina, que ia à frente, travou logo: estavam a dez metros do primeiro par de trabalhadores; os outros pares estavam distanciados uns dos outros. O silêncio chamou a atenção dos operários, que se fizeram sinais, esperando a queda da árvore. Os guerrilheiros esperavam, o coração apertado, que eles retomassem o trabalho. Mas o fragor da queda da árvore não vinha e o mais velho dos trabalhadores disse:

– Há qualquer coisa. O motor parou à toa.

Todos espetavam as orelhas. Os guerrilheiros pararam de respirar, enroscados ao verde da mata. Um dos trabalhadores mais afastado abandonou o machado e dirigiu-se para o par que estava mais próximo dos guerrilheiros. O Chefe de Operações avaliou a situação: tinha de agir rápido.

– Não se mexam! – gritou, saltando para perto do trabalhador velho.

A surpresa gelou os mais próximos. Mas os outros abandonaram os machados e correram para o mato. Alguns guerrilheiros perseguiram-nos.

– Não disparem! – gritou Mundo Novo, correndo atrás dos fugitivos.

Mas o Chefe de Operações, para assustar os trabalhadores, fez uma rajada para as folhas.

Milagre, voando sobre os troncos caídos, aproximou-se dum trabalhador. De repente, uma baixa e um regato. O trabalhador lançou-se de mergulho e foi rastejando sobre as pedras do rio pouco profundo. Milagre levava a bazuka e hesitou: gastaria um obus no ar para o travar? O trabalhador desapareceu na curva do regato, rasgando o ventre nas pedras, e Milagre voltou para trás, trazendo como troféu a catana que caíra da cintura do homem.

Mundo Novo fez fogo para o ar e o trabalhador que perseguia parou, as pernas trementes. Era um rapaz. Com afeição, quase carinhosamente, Mundo Novo conduziu-o para o grupo dos três outros prisioneiros.

– Onde está o buldózer? – perguntou o Das Operações. O mais velho dos trabalhadores apontou a direção.

Tinha uma perna torta. Deve ter sido uma árvore que lhe caiu em cima, pensou Mundo Novo.

– Leva-nos lá.

O grupo foi avançando para o sítio da picada, onde devia estar Sem Medo.

O silêncio da serra parando subitamente não interrompeu as reflexões do português, que se sentava ao volante do camião. Acendera mesmo um cigarro, segundo se pôde aperceber Sem Medo. Mas, quando a primeira rajada soou, o tuga acordou do torpor e tudo nele se pôs a vibrar. Sem querer saber o que se passava, pôs o camião em marcha e arrancou. A vinte metros dele, emboscados, os guerrilheiros visavam-no. Sem Medo viu que o branco suava e fazia caretas, acelerando.

– Não atirem! – gritou Sem Medo.

Lutamos ia protestar.

– Atirem só para as rodas!

Foi nesse momento que se ouviu a segunda rajada, feita por Mundo Novo, que se confundiu com a rajada de Lutamos.

Um pneu estoirou, mas o camião já passara e continuava a rolar sobre a junta. O tuga esmagava o acelerador, as duas mãos aduncas eram tenazes sobre o volante.

Lutamos virou-se para Sem Medo.

– Por quê?...

– Era um civil.

– E o buldózer? – lembrou Teoria.

Correram os três para o sítio onde devia estar o buldózer. Encontraram-se então com o grupo do Chefe de Operações.

– Deixaram fugir o nguêta? – perguntou este.

– Sim. E demos-lhe mesmo uma Guia de Marcha – disse Sem Medo, de mau humor.

O motorista do buldózer tinha-se metido no mato, ao ouvir a primeira rajada. Os guerrilheiros rodearam o buldózer.

– Bazukem-no e depois metam fogo – ordenou o Comandante.

Um trabalhador pediu timidamente a Mundo Novo autorização para ir um pouco para o lado. E apertava o ventre.

– Caga aí! – disse Mundo Novo.

O estoiro da bazuka rivalizou com o de um gigante desmoronando-se. Depois de o fumo dispersar, viu-se o motor do buldózer completamente destruído. Ao cheiro da pólvora veio misturar-se um cheiro mais característico. Mundo Novo olhou Sem Medo e este olhou o trabalhador que pedira para se afastar.

– Este gajo... – só teve tempo de exclamar Sem Medo.

Subitamente, dobrou-se numa gargalhada que atroou sobre o Mayombe. A gargalhada de Sem Medo era uma ofensa incomensurável ao deus vegetal que obrigava as vozes a saírem ciciadas. Os guerrilheiros, a princípio, pensaram que a bazukada, disparada de perto, tivesse dado a volta à cabeça de Sem Medo. Mas depois viram o trabalhador de pé, as pernas afastadas, o ricto bestificado em êxtase e as fezes a deslizarem-lhe pelas coxas, e a pingarem sobre o chão.

O Comandante, acabando por dominar-se, fez uma cara de desgosto e ordenou que se lançasse fogo ao buldózer, visto que nada podiam recuperar. Apanharam lenha seca, empilharam-na sobre a máquina, regaram a lenha de gasolina e pegaram fogo. As chamas elevaram-se, numa lambidela rápida, aos ramos mais próximos das árvores. Dois guerrilheiros levaram os quatro trabalhadores para um sítio mais afastado, donde nada pudessem ver, enquanto Ingratidão do Tuga colocava três minas antipessoais perto do buldózer. Quando as minas estavam bem camufladas, Sem Medo escreveu num bocado de papel:

SACANAS COLONIALISTAS,
VÃO À MERDA, VÃO PARA A VOSSA TERRA.
ENQUANTO ESTÃO AQUI,

NA TERRA DOS OUTROS,
O PATRÃO ESTÁ A COMER A VOSSA MULHER
OU IRMÃ, CÁ NAS BERÇAS!

E deixou o bilhete bem à vista, no meio do terreno minado. Os guerrilheiros sorriam.
– O sacana que quiser ler, vai pelo ar – disse o Das Operações.
– Foi pena não reforçar as minas com dinamite – disse Ingratidão do Tuga – mas não dá tempo.
– Vamos – disse Sem Medo.
O grupo avançou pelo Mayombe, a caminho do ponto de recuo, os prisioneiros no meio.
No ponto de recuo, contaram os prisioneiros feitos pelos dois grupos: dez. Sem Medo reparou no mecânico, que tinha ar mais instruído que os outros. Perguntou-lhe:
– Aonde vai dar a picada?
– À estrada.
– Qual estrada?
– Entre Sanga e Caio Nguembo. A estrada está a uns cinco quilómetros.
– Quantos soldados há no quartel?
O mecânico hesitou. Olhou os companheiros. Destes não vinha nenhuma ideia.
– Não sei. Talvez cem...
– Tugas?
– E angolanos. Tropas Especiais...
O interrogatório continuou e alargou-se aos outros prisioneiros. O miúdo capturado por Mundo Novo tinha catorze anos e chamava-se António. Falava mais à vontade que os outros. O mecânico estava desconfiado, os olhos inquietos passavam de uns a outros, fixando-se mais em Sem Medo. Lutamos pedira autorização para falar com eles em fiote, mas o Das Operações respondeu que não valia a pena. O Comissário ia intervir. Sem Medo pegou-lhe no braço, exigindo silêncio. E Sem Medo mantinha o interrogatório em português, língua que todos falavam, bem ou mal.

O Comando reuniu em seguida. Decidiu guardar os trabalhadores por um dia, caminhando em direção ao Congo. Depois libertariam os trabalhadores e voltariam para o mesmo sítio, entre a picada e a estrada. Nesse dia, os tugas não ousariam aproximar-se. No dia seguinte, os trabalhadores iriam dizer que os guerrilheiros tinham voltado ao Congo e os soldados cairiam, sem contar, numa emboscada. O que faria pensar que vários grupos atuavam ali.

– Habituados a que nós façamos uma ação e depois recuemos para o Congo, nunca se aperceberão de que é o mesmo grupo – disse Sem Medo. – E isso influirá no espírito do povo, a quem mostraremos uma força desconhecida, e no do tuga, que ficará certamente desorientado. O que é preciso é não fazer erros.

– Foi pena o tuga ter escapado – disse o Das Operações.

– Que íamos fazer? Disparar sobre ele e matá-lo, como faz a UPA? É um civil. Tinha uma tal cara de medo! Não devemos mostrar coragem assassinando civis, mesmo que colonialistas... Tentámos apanhá-lo vivo, mas fugiu. Assim até foi melhor! Que íamos fazer dele? Libertá-lo como aos outros? Haveria uma revolta dos guerrilheiros. Levá-lo para o Congo? Com que pretexto?

– Acho que fizeste bem – disse o Comissário. – Não devemos ir contra a população civil, embora ela seja hostil. Para que dar argumentos ao Governo?

O Chefe de Operações nada disse. Levantou-se e foi à mata.

– Falaste do bilhete que deixaste no buldózer, mas não disseste qual o teor dele, Comandante.

Sem Medo explicou-lhe o que dizia o bilhete. O Comissário riu e depois disse:

– Muito pouco político!

– Que querias? Que copiasse uma citação de Marx? A única política que esses tugas compreendem é essa.

Almoçaram ali mesmo, os guerrilheiros e os trabalhadores. As gamelas foram passadas de mão em mão. Um trabalhador tinha um maço de cigarros, que distribuiu pelos guerrilheiros. As palavras soltaram-se, deitados perto do Lombe, e só então os trabalhadores descobriram que Lutamos também era de Cabinda.

Pronto, pensou Sem Medo, viram que há um deles entre nós, já têm confiança. O tribalismo às vezes ajuda. Mas que tem o Das Operações que está tão atento à conversa? Ah! Tenta captar o que diz Lutamos, espiar se não trai. Com que prazer este tipo não comeria o Lutamos, frito com óleo de palma...

EU, O NARRADOR, SOU MILAGRE.

Nasci em Quibaxe, região kimbundo, como o Comissário e o Chefe de Operações, que são dali próximo.
Bazukeiro, gosto de ver os camiões carregados de tropa serem travados pelo meu tiro certeiro. Penso que na vida não pode haver maior prazer.
A minha terra é rica em café, mas o meu pai sempre foi um pobre camponês. E eu só fiz a Primeira Classe, o resto aprendi aqui, na Revolução. Era miúdo na altura de 1961. Mas lembro-me ainda das cenas de crianças atiradas contra as árvores, de homens enterrados até ao pescoço, cabeça de fora, e o trator passando, cortando as cabeças com a lâmina feita para abrir terra, para dar riqueza aos homens. Com que prazer destruí há bocado o buldózer! Era parecido com aquele que arrancou a cabeça do meu pai. O buldózer não tem culpa, depende de quem o guia, é como a arma que se empunha. Mas eu não posso deixar de odiar os tratores, desculpem-me.
E agora o Lutamos fala aos trabalhadores. Talvez explique que os quis avisar antes, mas que foi descoberto. E deixam-no falar! O Comandante não liga, ele não estava em Angola em 1961, ou, se estava, não sofreu nada. Estava em Luanda, devia ser estudante, que sabe ele disso? E o Comissário? Nestas coisas o Comissário é um mole, ele pensa que é com boas palavras que se convence o povo de Cabinda, este povo de traidores. Só o Chefe de Operações... Mas esse é o terceiro no Comando, não tem força.
E eu fugi de Angola com a mãe. Era um miúdo. Fui para Kinshasa. Depois vim para o MPLA, chamado pelo meu tio, que era dirigente. Na altura! Hoje não é, foi expulso. O MPLA expulsa os melhores, só porque eles se não deixam dominar pelos kikongos que o invadiram. Pobre MPLA! Só na Primeira Região ele ainda é o mesmo, o movimento de vanguarda. E nós, os da Primeira Região, forçados a fazer a guerra aqui, numa região alheia, onde não falam a nossa língua, onde o povo é contrarrevolucionário, e nós que fazemos aqui? Pobre MPLA, longe da nossa Região, não pode dar nada!

Caminharam toda a tarde, subindo o Lombe. Pararam às cinco horas, para procurarem lenha seca e prepararem o acampamento: às seis horas, no Mayombe, era noite escura e não se poderia avançar.

A refeição foi comum: arroz com feijão e depois peixe, que Lutamos e um trabalhador apanharam no Lombe. Os trabalhadores não tentavam fugir, se bem que mil ocasiões se tivessem apresentado durante a marcha. Sobretudo quando Milagre caiu com a bazuka e os guerrilheiros vieram ver o que se passara; alguns trabalhadores tinham ficado isolados e sentaram-se, à espera dos combatentes, sem escaparem. A confiança provocava conversas animadas.

Aproveitando algumas informações colhidas, o Comissário falou para os trabalhadores, enquanto os garfos levavam o arroz com feijão ao seu destino.

– Vocês ganham vinte escudos por dia, para abaterem as árvores a machado, marcharem, marcharem, carregarem pesos. O motorista ganha cinquenta escudos por dia, por trabalhar com a serra. Mas quantas árvores abate por dia a vossa equipa? Umas trinta. E quanto ganha o patrão por cada árvore? Um dinheirão. O que é que o patrão faz para ganhar esse dinheiro? Nada, nada. Mas é ele que ganha. E o machado com que vocês trabalham nem sequer é dele. É vosso, que o compram na cantina por setenta escudos. E a catana é dele? Não, vocês compram-na por cinquenta escudos. Quer dizer, nem os instrumentos com que vocês trabalham pertencem ao patrão. Vocês são obrigados a comprá-los, são descontados do vosso salário no fim do mês. As árvores são do patrão? Não. São vossas, são nossas, porque estão na terra angolana. Os machados e as catanas são do patrão? Não, são vossos. O suor do trabalho é do patrão? Não, é vosso, pois são vocês que trabalham. Então, como é que ele ganha muitos contos por dia e a vocês dá vinte escudos? Com que direito? Isso é exploração colonialista. O que trabalha está a arranjar riqueza para o estrangeiro, que não trabalha. O patrão tem a força do lado dele, tem o exército, a polícia, a administração. É com essa força que ele vos obriga a trabalhar, para ele enriquecer. Fizemos bem ou não em destruir o buldózer?

– Fizeram bem – responderam os trabalhadores.

– E esta serra mecânica, a quem é que ela pertence verdadeiramente? O patrão comprou-a aos alemães, mas onde arranjou dinheiro para comprá-la? Quem explorou ele para comprar esta serra? Respondam.

– Aos trabalhadores – respondeu o jovem António.

– Esta serra pertence-vos, pertence ao povo. Por isso não pode voltar para o colonialista. A gente dava-a a vocês, porque é vossa, mas que vão fazer com ela? Podem vendê-la? Podem utilizá-la?

– Não. É melhor levarem a serra – respondeu o trabalhador mais velho, o que tinha as pernas tortas. – Nós não podemos utilizar isso.

– O que é vosso, os machados, as catanas, os canivetes, os relógios, o dinheiro, tudo o que é vosso, vocês vão levar convosco. E vão levar os machados e catanas dos que fugiram, para lhes entregar. Mas o que é do colonialista fica connosco. Os tugas dizem que somos bandidos, que matamos o povo, que roubamos. Fizemos-vos mal? Matámos alguém? Mesmo o branco, podíamos matá-lo, não quisemos. Não somos bandidos. Somos soldados que estamos a lutar para que as árvores que vocês abatem sirvam o povo e não o estrangeiro. Estamos a lutar para que o petróleo de Cabinda sirva para enriquecer o povo e não os americanos. Mas como nós lutamos contra os colonialistas, e como os colonialistas sabem que, com a nossa vitória, eles perderão as riquezas que roubam ao povo, então eles dizem que somos bandidos, para que o povo tenha medo de nós e nos denuncie ao exército.

A conversa prolongava-se, ora em português com o Comissário e Teoria, ora em fiote com Lutamos. Os trabalhadores contaram o que sabiam dos quartéis da Região, das condições de vida, do que pensavam as populações. Sem Medo escutava, mas estava também atento aos comentários do resto dos guerrilheiros. Estes dividiam-se *grosso modo* em dois grupos: os kimbundos, à volta do Chefe de Operações, e o grupo dos outros, os que não eram kimbundos, os kikongos, umbundos e destribalizados como o Muatiânvua, filho de pai umbundo e mãe kimbundo, nascido na Lunda. Mundo Novo era de Luanda, de origem kimbundo, mas os estudos ou talvez a permanência na Europa tinham-no libertado do tribalismo. Mantinha-se isolado, limpando a arma à luz da fogueira.

Quando se deitaram, o Comissário perguntou a meia voz:
– Então, que pensas desta operação?
– Falas que nem um padre – disse Sem Medo. – Se não acreditaram em ti, pelo menos são suficientemente bem educados para não o mostrarem... Penso que sim, que é preciso repetir ações deste género, este povo pode ser mobilizado. Se tivéssemos aqui uma organização sólida, sim. Mas que queres? Com a organização que temos, com a bandalheira que há, estas ações lembram-me demasiado as promessas do Seminário. Por isso te falei em padres. É como se prometesses a vida eterna no Além, quando na Terra fazes o máximo por tornar a vida insuportável.
– Não percebo o que queres dizer.
– Quando estava no Seminário, uma coisa sempre me intrigou, era uma nota discordante. Foi essa nota discordante que me empurrou para o sacrilégio e, mais tarde, para o ateísmo. Porque é que os padres, tão puros, tão castos, tão bondosos e tão santos, que nos preparavam para servir Deus, para merecer Deus, prometendo-nos as delícias da vida celestial, nos faziam a vida negra no Seminário, eram tão arbitrários, tão cruéis, tão sádicos nos tormentos que inventavam em nossa intenção. Isso levou-me a desejar o que os horrorizava, a querer conhecer o que eles temiam, a procurar o que eles nos proibiam de ver ou ouvir ou sentir. Foi com um misto de terror sagrado, de prazer carnal e de prazer de vingança que tive a primeira mulher. Em pleno Seminário, num anexo; era uma criada que aliviava os seminaristas e, quem sabe?, alguns padres. Eu tinha catorze anos. Confessei-me na manhã seguinte e escondi o facto, pois seria expulso: já não acreditava no segredo da confissão. E comunguei em pecado mortal, pois, se o não fizesse, notar-se-ia que qualquer coisa se passava. E continuei a confessar-me, sem coragem de lavar o sacrilégio. E continuei a encontrar-me com a criada nos anexos e a ter cada vez maior prazer no amor e, sobretudo, no facto de ser um amor perverso, envenenado pelo sacrilégio que nunca corrigiria. Até que, aos dezasseis anos, já fora do Seminário – donde finalmente fui expulso por ameaçar de bater num padre branco que fazia racismo aberto –, tornou-se intolerável o medo do Inferno, senti-me danado, perseguido por mil crimes e por todos

os prazeres ignóbeis que praticara. A certeza de que estava perdido foi tão grande que decidi que o Inferno não existia, não podia existir, senão eu estaria condenado. Ou negava, matava o que me perseguia, ou endoidecia de medo. Matei Deus, matei o Inferno e matei o medo do Inferno. Aí aprendi que se devem enfrentar os inimigos, é a única maneira de se encontrar a paz interior.

– Não vejo a relação – disse o Comissário.

– Eu também não. A princípio via-a, agora já nem sei por que falei nisso. Mas tu a falar, a prometer liberdade, fizeste-me lembrar o Seminário, que queres?

E tapou a cabeça com o cobertor, caindo imediatamente em sono profundo.

O Comissário ficou a pensar nas palavras de Sem Medo, a olhar as chamas da fogueira que modificavam as feições dos homens e das coisas, e abriam as confidências.

Depois do mata-bicho, despediram-se dos trabalhadores, devolvendo-lhes tudo o que lhes pertencia. Tudo não, pois foi impossível encontrar a nota de cem escudos que tinham retirado dos bolsos do mecânico, e que Ekuikui guardara. Tinham revistado os bolsos, a roupa, o sacador de Ekuikui, e não a encontraram. Ekuikui chorava, dizendo que ainda à noite estava no seu bolso, quisera entregá-la ao Comissário, este dissera que não valia a pena, que ficasse com Ekuikui e que, de manhã, seria restituída ao dono. Durante a noite desaparecera, alguém a roubara, protestava o ex-caçador. Mas ele não a escondera, nunca roubaria um homem do povo, sabia o que isso significava para o Movimento. Despediram-se dos trabalhadores, o mecânico dizendo que não tinha importância, era pouco dinheiro. O que queria era ver-se livre e o problema da nota atrasava a partida e a liberdade.

Quando os guerrilheiros avançaram cerca de um quilómetro, subindo o rio, o Comandante mandou estacar.

– Reunião. Vamos sentar.

Os guerrilheiros obedeceram. Sem Medo continuou:

– Vamos voltar para trás e fazer uma emboscada na estrada. Os trabalhadores vão dizer que voltámos para o Congo e os tugas não esperarão encontrar-nos na estrada. Mas é preciso tomarmos um bom avanço. Claro que não temos comida suficiente para estes dias a mais que passaremos longe da Base. Teremos de fazer sacrifício. Mas, se a operação for bem sucedida, o Comando pensa que vale a pena passar uns dois dias sem comer. Se os camaradas estiverem de acordo. Estão de acordo em aguentar mais um bocado e dar uma porrada valente no tuga?

Os guerrilheiros, sem exceção, aprovaram entusiasticamente. Há muito não tinham encontro com o exército colonial.

– Bem – disse Sem Medo, sorrindo –, então temos de deixar os trabalhadores ganharem um bom avanço. Entretanto, vamos aproveitar para ver este caso dos cem escudos. Isto é grave, pois pode desmentir tudo o que dissemos. Quer dizer que, afinal, somos mesmo bandidos, que roubamos o povo. O sacana que ficou com o dinheiro é um contrarrevolucionário, além de ser um ladrão barato, pois sabotou toda a boa impressão que podíamos ter causado aos trabalhadores. É melhor que ele diga já onde está o dinheiro... Quanto mais tarde, pior!

Ninguém falou. O Comissário reforçou as palavras do Comandante. Ninguém se manifestou. O Comandante mandou então vir um por um junto dele, para ser revistado. Foi nesse momento que o Chefe de Operações disse:

– Mas, que eu saiba, o Ekuikui é que tinha o dinheiro. Por que se pensa que não foi ele e que foi outro? Pode ter enterrado a nota, ou escondido atrás dum pau, para que não se visse ao ser revistado. Aliás, tudo devia ter ficado com o Comissário, ele é que devia guardar. Agora, revistar toda a gente... É uma desconfiança, é ofender!

– Já sei que a culpa é minha – explodiu o Comissário. – É certo que a culpa foi minha por não ter ficado com o dinheiro, como fiquei com os relógios. Sim, a culpa é minha. Mas agora o que há a fazer é revistar todos. Já revistámos o Ekuikui, vamos fazê-lo a todos. Não é ofensa nenhuma, mas por um pagam todos.

Entretanto, Sem Medo não olhava a cara exaltada do Comissário ou os olhos frios do Chefe de Operações. Sem Medo estudava as reações de cada um dos guerrilheiros.

— Eu não estou de acordo com a desconfiança que existe contra os guerrilheiros – disse o Das Operações, o que fez soltar das gargantas de alguns combatentes murmúrios de aprovação. – Se um responsável erra, por que é que esse erro se torna numa desconfiança em relação aos guerrilheiros? Por que é que todos os guerrilheiros são envergonhados, todos, só por causa de um? E se o erro vem dum responsável?

— Chega! – gritou Sem Medo. – O erro dum responsável não justifica um roubo, um roubo de merda de cem paus, dum miserável sabotador. Vamos passar revista. As guerras não se ganham com demagogias, só para se ter apoio das bases! Lutamos, aproxima-te.

Mas Sem Medo não olhava Lutamos, que se aproximou com o sacador aberto. Sem Medo fixava o grupo do fundo.

Lutamos foi revistado pelo Comissário e mais o sacador, e tudo onde se poderia meter uma nota de cem escudos. Lutamos estava a vestir-se, quando Sem Medo deu um salto terrível, rugindo, sobre o grupo do fundo. Segurou um braço de Ingratidão do Tuga, que tentou libertar-se, e a nota de cem escudos caiu no chão.

— Sacana! – disse Sem Medo, arquejando. – Desconfiava de ti desde o primeiro momento.

Arrastou Ingratidão para o meio do grupo e disse:

— Foi ele que dormiu ao lado do Ekuikui. Agora, estava a tentar enterrar a nota, para depois a recuperar. Mas eu estava atento. Fala, como apanhaste essa nota?

Era inútil esconder, perigoso mesmo. Ingratidão do Tuga confirmou que dormira ao lado de Ekuikui e tinha visto em que bolso o ex-caçador tinha guardado a nota. Roubara-a durante a noite. Os guerrilheiros não diziam nada, uns estavam a favor de Ingratidão, outros contra.

— Serás julgado ao chegar à Base. A tua arma fica com Ekuikui, que te vai guardar. Cuidado se ele foge! Serás tu julgado no seu lugar. Que raio de guerrilheiro me saíste tu, que te deixas roubar? Não dormes só com um olho?

— Ontem estava muito cansado, camarada Comandante. Dormi demais...

– Comandante, como vamos fazer para reencontrar os trabalhadores? – disse Lutamos. – Agora devem já estar muito longe, é impossível.

– Eu penso que o melhor é depois do ataque tentarmos contactar o povo – propôs Teoria. – Estudaremos calmamente a maneira. Temos o nome dele e do kimbo, talvez consigamos lá chegar e entregar-lhe.

– Muito arriscado – disse o Das Operações.

– Eu sou voluntário para lá ir – disse o Comissário. – Fui o responsável do que se passou, sei qual a importância da coisa no aspeto político e...

– Vamos estudar isso depois – disse Sem Medo. – Agora vamos avançar. Mas com cuidado. Se, por acaso, o tuga nos perseguiu e quer ver até onde vamos, podemos dar encontro cara a cara. É melhor mesmo irmos por outro caminho, não temos pressa de chegar.

Lutamos pôs-se à frente da coluna e esta lá seguiu, levando no meio um Ingratidão do Tuga desarmado, o que era um risco, pois o inimigo podia aparecer dum momento para o outro.

Os homens começavam a dar mostras de fadiga, já tinham saído da Base há quatro dias e as provisões em breve faltariam, pois tiveram de as repartir com os trabalhadores. Eram dados que se tinha de ter em conta, pensava Sem Medo, a AKA segura pelo cano e atirada negligentemente sobre o ombro, o chapéu cubano escondendo o risco da bala na pele da testa (daquela vez que fora surpreendido pelo inimigo no rio, quando tomava banho; tivera de fingir estar morto, o que era confirmado pelo sangue que lhe corria da testa e tingia a água do rio; quando os camaradas reagiram, ele pôde esconder-se entre as pedras e voltar à Base, nu; fora castigado pelo Comando, por Henda, pois o cantil e o cinturão foram recuperados pelo inimigo; não a arma, que os companheiros tinham trazido). Depois de uma hora de marcha, Sem Medo mandou parar.

– Vamos pescar, temos de poupar comida.

A maior parte das provisões eram conservas (*corned-beef*, sardinhas, um pouco de leite), o resto era arroz e xikuanga.

Lutamos trazia sempre anzóis e linha. Ele e Mundo Novo encavalitaram-se numa pedra, enquanto os outros se espalhavam em grupos pelo Lombe, lavando-se ou conversando. Sem Medo gostava destas pausas numa marcha, em que filosofava consigo, contemplando as árvores, ou em que auscultava a maneira de ser dos companheiros. Vendo Teoria isolado, esfregando o joelho, o Comandante aproximou-se e sentou-se a seu lado.

– Está a doer?
– Ligeiramente. Está a melhorar.

Sem Medo acendeu um cigarro, um dos últimos que lhe restavam. Fechou os olhos, para melhor saborear a baforada.

– Quando era miúdo, antes de ir estudar para o Seminário, aconteceu-me um caso. Devia ter uns oito anos. Meti-me com um mais velho e o gajo surrou-me mal. Fugi de medo. Abandonei o combate. Durante dias, senti-me um tipo nojento, um covarde, um fraco, sentia que um miúdo qualquer me bateria e eu fugiria...

Calou-se um momento, observando o professor: Teoria ouvia, o ar impenetrável. Sem Medo continuou:

– Decidi então que, para ter respeito por mim mesmo, só havia uma coisa a fazer: procurar a desforra. Provoquei o outro novamente, não imaginas o medo que eu tinha, sabia que ia levar uma surra, não tinha a mínima possibilidade. O outro era muito mais forte e treinado nas lutas do muceque. Defendi-me como pude, mais do medo que ele me inspirava que propriamente dos murros que recebia. Afinal não doía tanto assim. Sangrava do nariz, foi daí que fiquei com o nariz ligeiramente torto, como podes ver. Afinal não doía. Foi o outro que parou, cansado de bater. Eu iria até ao fim, morreria se fosse necessário, mas não me rendia. Ele acabou por dizer: ganhaste, desisto. Depois disso ficámos amigos... A partir daí compreendi que não são os golpes sofridos que doem, é o sentimento da derrota ou de que se foi covarde. Nunca mais fui capaz de fugir. Sempre quis ver até onde era capaz de dominar o medo.

– Por que me falas nisso? – perguntou Teoria.

Havia qualquer coisa que ele queria descobrir em Teoria, qualquer coisa que lhe escapava. Respondeu com nova pergunta:

– Tens sempre medo?
O outro contemplou-o, assustado. Sim, assustado, reparou Sem Medo. Assustado, mas, no fundo, como que aliviado. Num rompante inconsciente, como a libertar-se, Teoria disse:
– Sim, tenho sempre medo. O medo persegue-me. Não sei porque to digo, mas é a verdade. Tenho medo de fazer guarda à noite, tenho medo do combate, tenho medo mesmo de viver na Base...
– Desconfiava disso. E por que não o mostras?
– Mostrar? Um mestiço mostrar o medo? Já viste o que daria? Tenho procurado sempre dominar-me, vencer-me... compreendes? É como se eu fosse dois: um que tem medo, sempre medo, e um outro que se oferece sempre para as missões arriscadas, que apresenta constantemente uma vontade de ferro... Há um que tem vontade de chorar, de ficar no caminho, porque o joelho dói, e outro que diz que não é nada, que pode continuar. Porque há os outros! Sei que, sozinho, sou um covarde, seria incapaz de ter um comportamento de homem. Mas quando os outros estão lá, a controlar-me, a espiar-me as reações, a ver se dou um passo em falso para então mostrarem todo o seu racismo, a segunda pessoa que há em mim predomina e leva-me a dizer o que não quero, a ser audaz, mesmo demasiado, porque não posso recuar... É duro!
Sem Medo passou-lhe o cigarro que fumara até meio. Teoria agarrou-se ansiosamente a ele e fumou-o até ao fim, sem parar, tremendo. Sem Medo disse docemente:
– Há coisas que uma pessoa esconde, esconde, e que é difícil contar. Mas, quando se conta, pronto, tudo nos aparece mais claro e sentimo-nos livres. É bom conversar. Esse é dos tais problemas que pode destruir um indivíduo, se ele o guarda para si. Mas podes ter a certeza de que todos têm medo, o problema é que os intelectuais o exageram, dando-lhe demasiada importância. É realmente aqui uma origem de classe social... Todos pensamos ter duas personalidades, a que é covarde e a outra, que não chamamos corajosa, mas inconsciente. O medo... o medo não é problema. A questão é conseguir dominar o medo e ultrapassá-lo. Dizes que o ultrapassas quando os outros te observam, ou quando pensas que te observam, que é o mais

verídico... mas que, se estiveres sozinho, não és capaz. Talvez. Dás demasiada importância ao que os outros pensam de ti. Hoje, tu já não tens cor, pelo menos no nosso grupo de guerrilha estás aceite, completamente aceite. Não é dum dia para o outro que te vais libertar desse complexo de cor, não. Mas tens de começar a pensar que já não é um problema para ti. Talvez sejas o único que tem as simpatias e o respeito de todos os guerrilheiros, isso já o notei várias vezes. Não podes viver nessa angústia constante, senão os nervos dão de si. E hoje já não há razão.

– Os meus nervos já estoiraram tantas vezes...

– Ainda não. Foram só ameaços! É bom falar, é bom conversar com um amigo, a quem se abre o coração. Sempre que estiveres atrapalhado, vem ter comigo. A gente papeia. Guardar para si não dá, só quando se é escritor. Aí um tipo põe tudo num papel, na boca dos outros. Mas, quando se não é escritor, é preciso desabafar, falando. A ação é outra espécie de desabafo, muitos de nós utilizam esse método, outros batem na mulher ou embebedam-se. Mas a ação como desabafo perde para mim todo o seu valor, torna-se selvática, irracional. As outras formas são uma covardia. Só há a conversa franca que me parece o melhor, a mim que não sou escritor. Não foi por acaso que os padres inventaram a confissão, ela corresponde a uma necessidade humana de desabafo. A religião soube desde o princípio servir-se de certas necessidades subjetivas, nasceu mesmo dessas necessidades. Por isso o cristianismo foi tão aceite. Há certas seitas protestantes, não sei se todas, em que a confissão é pública. Isso corresponde a um maior grau de sociabilidade, embora leve talvez as pessoas a serem menos profundas, menos francas, na confissão. Corresponde melhor à hipocrisia burguesa... E daí não sei, pois eu nunca fui muito franco nas minhas confissões individuais de católico...

Lutamos tinha apanhado um grande peixe e os outros aplaudiram, esquecidos do sítio onde se encontravam. O Comissário mandou-os calar.

– Mas será que o medo passa? – perguntou Teoria. – Eu nunca fui um miúdo muito combativo, nunca me tinha experimentado. Será que ficarei sempre em pânico?

— O teu problema principal é o complexo racial. Esse é que condiciona o outro, penso eu. Se ficares libertado dele e compreenderes que tirar o xangui de vez em quando não te vai rebaixar aos olhos dos outros, que o fazem constantemente e sem remorsos, então deixarás de ter pânico e reagirás normalmente, com medo umas vezes, sem medo doutras. De qualquer modo, já combateste frequentemente, já é altura de te habituares...

— E tu? Nunca sentes medo?

— Eu? Às vezes sinto, sim. O pulso acelera-se, tenho frio, mesmo dor de barriga. Outras vezes, não. Geralmente, nos momentos de maior perigo, fico calmo, lúcido. Penso sempre que assustar-me é pior. Isso ajuda. Mas procuro sempre o medo, isso é verdade. Não tenho propriamente medo da morte, assim, a frio. Tenho medo é de me amedrontar quando vir que vou morrer, e perder o respeito por mim próprio. Deve ser horrível morrer com a sensação que os últimos instantes de vida destruíram toda a ideia que se tem de si próprio, toda a ideia que se levou uma vida inteira a forjar de si próprio.

O Chefe de Operações aproximou-se deles, mas, como os viu conversando baixo, afastou-se. Sem Medo chamou-o.

— Há alguma coisa?

— É melhor preparar-se o almoço, não?

— Sim, sim, aproveita-se.

Sem Medo e Teoria foram ajudar a preparar o almoço.

Depois de comerem, voltaram a avançar. Encontraram uma montanha pela frente, que atacaram às duas da tarde. A primeira parte da montanha estava coberta de folhas de xikuanga, o que dificultava a ascensão. As mochilas pesavam nos ombros, as pernas vergavam-se. Paravam frequentemente, para retomar o fôlego. Quando parecia que se aproximavam do cume, surgia nova elevação. As folhas de xikuanga foram substituídas por mata espessa, que era preciso cortar à catana, para abrir caminho. Às quatro horas, começou a chover. A água descia pela montanha, ensopava o solo. As botas tornaram-se dez vezes mais pesadas, com o peso da lama. As escorregadelas eram frequentes e Pangu-A-Kitina, o enfermeiro, ao escorregar, deixou cair a pépéchá, que foi preciso ir buscar vinte metros mais abaixo. Às cinco horas atingiram o alto da montanha, exaustos. Depois de curto descanso, principiaram a descida, pois à noite era impossível dormirem na montanha, por causa do frio. A descida, embora mais rápida, era mais perigosa que a subida. O Comissário escorregou e rebolou na lama, até se conseguir agarrar a uma liana. As pernas tremiam, pelo esforço de se aguentarem. Os joelhos doíam. Os sacadores impeliam os homens para a frente, para o abismo. A chuva continuava a cair. Às seis horas escureceu totalmente e eles ainda não tinham descido a montanha. O resto foi feito quase de rastos, na escuridão da montanha traiçoeira, a chuva fustigando o rosto. Quando algum caía, os outros não tinham esperança de o reencontrar. Chegaram finalmente ao rio. A noite não permitia procurarem um sítio mais ou menos seco para acamparem. Deixaram-se cair numa espécie de clareira, controlaram o grupo para ver se estavam todos. Felizmente, ninguém faltava. Abriram os sacadores, onde tudo estava molhado, o pano de dormir, a comida, as munições, tiraram latas de leite e beberam o leite frio, pois não se poderia acender fogo com aquela chuvada.

Ao cair, Teoria voltara a esfolar o joelho. O sangue agora já estancara. Pangu-A-Kitina olhou a ferida, alumiada pela lanterna a pilhas, e deixou-a ficar assim. Como tratá-lo, se todos os pensos estavam molhados? Limitou-se a deitar-lhe um bocado de álcool sobre o ferimento. Teoria apertou os lábios, o que não impediu um gemido teimoso de lhe sair da boca.

Houve quem estendesse a lona no chão molhado para dormir. A maior parte, porém, deitou-se mesmo diretamente no chão, tapando-se com o pano já molhado.

– De vez em quando mexe os braços e as pernas – disse Sem Medo ao Comissário. – Senão podem ficar fixos ao chão, pois o clima aqui é tão fértil que, com a chuva, se criam raízes dum dia para o outro. Boa noite, sonhos cor-de-rosa!

Como pode ele ainda brincar?, perguntou-se o Comissário, meio escandalizado.

*EU, O NARRADOR, SOU MILAGRE,
O HOMEM DA BAZUKA.*

Viram como o Comandante se preocupou tanto com os cem escudos desse traidor de Cabinda? Não perguntam por quê, não se admiram? Pois eu vou explicar-vos.

O Comandante é kikongo; embora ele tenha ido pequeno para Luanda, o certo é que a sua família veio do Uíje. Ora, o fiote e o kikongo são parentes, é no fundo o mesmo povo. Por isso ele estava tão furioso por se ter roubado um dos seus primos. Por isso ele protege Lutamos, outro traidor. E viram a raiva com que ele agarrou o Ingratidão? Por quê? Ingratidão é kimbundo, está tudo explicado.

Os intelectuais têm a mania de que somos nós, os camponeses, os tribalistas. Mas eles também o são. O problema é que há tribalismo e tribalismo. Há o tribalismo justo, porque se defende a tribo que merece. E há o tribalismo injusto, quando se quer impor a tribo que não merece ter direitos. Foi o que Lenine quis dizer, quando falava de guerras justas e injustas. É preciso sempre distinguir entre o tribalismo justo e o tribalismo injusto, e não falar à toa. É verdade que todos os homens são iguais, todos devem ter os mesmos direitos. Mas nem todos os homens estão ao mesmo nível; há uns que estão mais avançados que outros. São os que estão mais avançados que devem governar os outros, são eles que sabem. É como as tribos: as mais avançadas devem dirigir as outras e fazer com que estas avancem, até se poderem governar.

Mas, o que se vê agora aqui? São os mais atrasados que querem mandar. E eles vão apanhando os lugares-chave, enquanto há dos nossos que os ajudam. É como esse parvo do Comissário, que não percebe nada do que se passa. Deixa-se levar pelo Comandante, está sempre contra o Chefe de Operações. Um tipo que é inteligente, possas!, ele lê muito, e, afinal, deixa-se levar assim. Ou será que faz de propósito? Às vezes penso que ele tem um pacto com os outros contra nós, os do seu sangue.

Eu sofri o colonialismo na carne. O meu pai foi morto pelos tugas. Como posso suportar ver pessoas que não sofreram agora mandarem em nós, até parece que sabem do que precisamos? É contra esta injustiça que temos de lutar: que sejam os verdadeiros filhos do povo, os genuínos, a tomar as coisas em mãos.

Choveu durante toda a noite. Alguns guerrilheiros, entre os quais Sem Medo, conseguiram dormir. A maior parte, porém, não pregou olho, tremendo de frio e recebendo a chuva em todo o corpo.

De madrugada, as feições encovadas demonstravam o cansaço de dias seguidos de esforço e sofrimento. Só beberam leite. A comida estava molhada, a xikuanga desfizera-se com a água. Restava-lhes o arroz e as latarias, aliás raras.

A mata estava húmida, pingando ainda das folhas. O chão era um pântano escorregadio. Avançaram sempre a corta-mato, até que às dez horas reencontraram o Lombe. Uma patrulha subiu a uma elevação, para se orientar.

Estavam perto da estrada. Retomaram a marcha, tendo esquecido o cansaço. Ao alcançarem a estrada, ouviram duas explosões surdas, logo seguidas de uma outra: os tugas tinham saltado nas minas perto do buldózer. Os guerrilheiros riram, segurando com mais firmeza as armas.

Passados momentos, o Chefe de Operações foi fazer um reconhecimento, à procura do melhor sítio para se fazer a emboscada. Era já meio-dia. Quando o Chefe de Operações voltou, avançaram todos para o local escolhido. Sem Medo apreciou o sítio, aprovou com a cabeça e dispôs os homens ao longo da estrada. Ninguém comera, só chuparam um pouco de leite das latas. Os guerrilheiros tinham de estar prontos para tudo, pois os soldados podiam voltar dum momento para o outro, transportando os feridos das minas.

Passaram duas horas. Nada. Sem Medo foi ter com o Comissário e o Chefe de Operações.

– Levaram os feridos para o outro quartel, certamente – disse o Comandante. – Mas há de vir uma patrulha por aqui. Temos de aguentar.

– A última vez que comemos foi ontem ao meio-dia – disse o Comissário. – Os camaradas não aguentam muito mais, com o esforço de ontem... O melhor é retirarmos para podermos acender fogo e cozinhar. Amanhã eles passarão.

– Não – disse o Chefe de Operações –, eles vão passar hoje. É impossível que não mandem reforços do Sanga. Portanto, os reforços vão voltar, eles não aceitam dormir na mata. Os camaradas aguentam, querem combater. E esperar mais um dia é pior, então acaba a comida de vez.

– Tens razão, Das Operações. Vamos esperar até às cinco horas – disse o Comandante. – Se até lá não vierem, então retiramos para acampar e procurar lenha seca. Dá tempo! O Comissário ficou contrariado, mais pelo brilho dos olhos do Chefe de Operações. Mas não replicou. Voltaram a tomar posição.

Havia guerrilheiros que adormeciam, as armas em posição e o dedo no gatilho. O Comandante percorria constantemente a fila de combatentes, acordando-os suavemente para não os assustar, perguntando coisas insignificantes, sussurrando estórias e anedotas, para levantar o moral. Os guerrilheiros sorriam, piscavam-lhe o olho, demonstrando confiança. É engraçado, pensava Sem Medo, ao ir de um para outro, mesmo os que não me gramam nada parece que me adoram. É a solidariedade do combate!

Tinham devolvido a arma a Ingratidão do Tuga, mas Ekuikui recebera missão de o vigiar de perto. Ekuikui cumpria, muito compenetrado, o seu papel.

O Comandante deitou-se ao lado de Teoria. O professor lançou-lhe uma rápida mirada, mas nada disse. Sabia por que Sem Medo viera. Sem Medo também sabia por que viera.

– Então? – perguntou o Comandante.
– O meu segundo eu prevalece – disse Teoria. – Não te preocupes.
– Não estou preocupado. Sabia disso.

Sem Medo levantou-se e avançou ao longo da estrada, para saber como estava o guarda, colocado a duzentos metros da emboscada e encarregado de dar o sinal, quando o inimigo aparecesse.

– Vamos embora, camarada Comandante?
– Não. Eles vão vir.
– Tenho fome, camarada Comandante.
– E eu que ainda não fumei hoje? – respondeu Sem Medo.

Voltou para o sítio da emboscada. Placou no seu lugar e esperou, numa sonolência leve, interrompida pelo gesto de ver as horas. Às quatro, o Sol já não se vislumbrava, tapado pelas árvores do outro lado da estrada.

A espera era o pior. Depois de o inimigo surgir, acabavam os problemas, os fantasmas ficavam para trás, e só a ação contava. Mas, na espera, as recordações tristes da meninice misturavam-se à saudade dos amigos mortos em combate e mesmo (ou sobretudo) ao rosto de Leli. Sem Medo notou que tinham passado mais de seis meses sem pensar em Leli. Desde o último combate. Ao irem atacar o Posto de Miconje, a imagem de Leli viera confundir-se com a chuva que formava torrentes de lama, resvalando pela encosta que subiam para atingirem o inimigo. Tinham progredido na noite, debaixo do aguaceiro constante, para atingirem o ponto de ataque às seis da manhã. A lama e a chuva cegavam-nos, asfixiavam-nos, ofegantes pelo esforço de subirem de rastos uma montanha coberta de mata densa. Fora aí, na cegueira da floresta e da chuva, que Leli viera, se impusera de novo. A angústia perseguiu-o até dar a ordem de fogo. O grito de fogo saíra-lhe como uma libertação, um urro de animal fugindo da armadilha. O grito ferido de Sem Medo afugentara a imagem de Leli.

Mais uma vez Leli voltava e se impunha. Os olhos de Leli acusavam-no de mil crimes, vingativos e meigos; havia tal abandono e solidão nos olhos dela que Sem Medo quis gritar, afastando o fantasma. Mas era demasiado cedo, o inimigo não aparecera, e ele não podia dar ordem de fogo. Quatro e um quarto. A angústia ganhara-lhe o ventre, sentia cólicas. Esquecera onde estava, o corpo não se fazia sentir sobre os cotovelos dormentes, as mãos encravadas na AKA, os olhos teimosamente fixos na estrada, no princípio da curva. Leli suplicava e acusava, muda, as palavras eram inúteis, ele conhecia-as, não as esquecera. Foi essa a tua vingança, reconquistares-me para me abandonares ao saberes que eu estava de novo presa a ti. O teu orgulho, tudo pelo teu orgulho, um orgulho sem limites, que tudo sacrifica. Ele conhecia as palavras, as palavras que mil vezes lhe martelaram a memória, por isso só os olhos de Leli falavam agora.

Ela corria na praia branca. Os coqueiros inclinavam-se para a cumprimentar. Nua, resplandescente à luz da Lua, o corpo castanho perlado de gotas de água que refletiam o brilho da Lua. Ela corria pela praia branca ao seu encontro. Abraçavam-se, nus, à sombra confidente dos coqueiros, e deixavam-se cair na areia.

O suor manchava-lhe a camisa. Sentia-se mal, a angústia irradiara do ventre para o peito e a respiração tornava-se ofegante. O teu orgulho, um orgulho sem limites... Sem Medo quis levantar-se para correr, correr até ao sítio onde estava o inimigo, despejar todos os carregadores até apagar a imagem de Leli. Mas o guarda apareceu, fazendo sinais, e Leli sumiu.

Pelos sinais, Sem Medo compreendeu que os soldados vinham a pé, o que dificultava a operação. A notícia correu rapidamente pelos guerrilheiros. Momentos depois, ouviram as primeiras vozes. Os tugas vinham alegres por regressarem ao quartel, barulhentos, despreocupados, convencidos que os guerrilheiros já estavam no Congo. Sem Medo percebeu mesmo a alusão gritada dum soldado aos hábitos da irmã de outro. O tuga é sempre o mesmo, em todas as circunstâncias, pensou. Será o que fala que tombará com a minha rajada, ou o outro, cuja irmã foi ofendida?

Os primeiros soldados apareceram na curva da estrada. Depois, aos poucos, o resto da companhia. Vinham sem ordem, aos grupos, desatentos, as armas sobre o ombro. O grupo da frente entrou na zona de morte, avançou até passar pelo comandante. Sem Medo ia contando os soldados inimigos. Contou até setenta. Os guerrilheiros esperavam a rajada do Comandante, sinal de abrir fogo. A vanguarda inimiga aproximava-se do último guerrilheiro, enquanto os da cauda entravam na emboscada.

Está lindo, entraram que nem patinhos! – pensou Sem Medo. E disparou, visando os que estavam à sua frente, a menos de quatro metros. Imediatamente crepitaram as pépéchás com o seu barulho de máquina de costura. Dois segundos depois, Milagre erguia-se e bazukava sabiamente o grupo avançado. Os soldados, apanhados na mais completa surpresa, só placaram ao solo ou cambalhotaram, quando já muitos tinham caído. Os gemidos confundiam-se com o cacarejar das pépéchás e o estrondo das granadas. Finalmente, os primeiros soldados começaram timidamente a responder ao fogo, para permitir que os que estavam na estrada pudessem ganhar a mata protetora.

Sem Medo mudou o carregador, no momento em que apercebeu o soldado à sua frente, deitado na borda da estrada, tentando febrilmente desencravar a culatra da G3. O soldado tinha-o visto, mas a arma encravara. Sem Medo apontou a AKA. O soldado era um miúdo aterrorizado à sua frente, a uns quatro metros, as mãos fincadas na culatra que não safava a bala usada. Os dois sabiam o que se ia passar. Necessariamente, como qualquer tragédia. A bala de Sem Medo abriu um buraquinho na testa do rapaz e o olhar aterrorizado desapareceu. Necessariamente, sem que qualquer dos dois pensasse na possibilidade contrária.

Os soldados que se encontravam na estrada estavam mortos ou feridos. Os outros disparavam agora furiosamente, visando as árvores. Tinham ficado muitos vivos, era impossível passar ao assalto. Sem Medo deu ordem de retirar. Era o mais difícil: as balas silvavam acima das cabeças, cortando os ramos ou cravando-se nos troncos das árvores. Milagre, expondo-se perigosamente, bazukou uma moita donde vários inimigos faziam fogo nutrido. A ação de Milagre fez parar o fogo inimigo e os guerrilheiros aproveitaram para recuar, rastejando, até ficarem ao abrigo dos tiros adversários. Grande combatente, esse Milagre, pensou Sem Medo, enquanto rastejava. A dez metros do sítio onde se encontravam, já puderam erguer-se um pouco e afastarem-se, pois tinham árvores interpostas. Os soldados colonialistas aumentaram o volume de fogo. Os guerrilheiros recuaram até ao ponto de encontro. Os soldados lançavam insultos, de mistura com balas, certos agora que os guerrilheiros já tinham partido. Do Sanga começaram a cair os primeiros obuses de morteiro, atirados à toa, só para desmoralizar.

No ponto de recuo, os responsáveis controlaram os combatentes: Alvorada tinha um ferimento ligeiro no ombro e Muatiânvua ainda não tinha chegado. Esperaram Muatiânvua, enquanto Pangu-A-Kitina tratava do ferido. Muatiânvua não aparecia.

– Deve ter apanhado – disse o Comissário. – É preciso ir buscá-lo.

– Não pode – disse Milagre. – Eu estava ao lado dele e não o vi apanhar.

– Viste-o recuar? – perguntou o Comandante.
– Não.
– Então, pode ter apanhado no recuo. Quem é voluntário para o ir buscar?

Os guerrilheiros contemplaram-se, hesitando. Os soldados continuavam a fazer fogo e era arriscado voltar ao sítio da emboscada, mais perigoso que fazer a emboscada. Lutamos e Ekuikui ofereceram-se. Teoria não se ofereceu, notou Sem Medo. Está a fazer progressos, noutra altura teria de ser voluntário, por afirmação. O Comandante deixou partir os dois voluntários e depois disse:

– Ninguém se queria oferecer, porque Muatiânvua é um destribalizado. Fosse ele kikongo ou kimbundo e logo quatro ou cinco se ofereceriam... Quem foi? Lutamos, que é cabinda, e Ekuikui, que é umbundo. Uns destribalizados como ele, pois aqui não há outros cabindas ou umbundos... É assim que vamos ganhar a guerra?

O soldado aterrorizado que deixara encravar a arma devia ser minhoto ou transmontano. E os outros minhotos ou transmontanos disparavam raivosamente para o cobrir. Ao situarem de onde viera o tiro de Sem Medo que fizera desaparecer o olhar aterrorizado, todos os minhotos ou transmontanos dispararam raivosamente na sua direção. Não havia grande diferença!

Os dois voluntários não precisaram de chegar à emboscada, pois encontraram Muatiânvua, que se dirigia tranquilamente para o sítio de recuo.

– Que ficaste lá a fazer? – perguntou Sem Medo.
– A contar os mortos, para o Comunicado de Guerra! Havia dezasseis corpos na estrada, mortos ou feridos, quem sabe? Os outros estavam zangados, insultavam mal...
– Quando mando recuar, é para recuar! – gritou Sem Medo, para se convencer. Fizera um dia a mesma coisa e fora criticado e louvado ao mesmo tempo. Mudou logo o tom de voz: – Dezasseis, dizes tu? Não foi nada mau. Vamos embora.

E avançaram a corta-mato, Lutamos à frente abrindo caminho com a catana. Até às seis horas, momento em que voltaram a encontrar o Lombe. Acamparam aí. Os soldados tinham parado de fazer fogo, certamente sem mais munições, mas a artilharia do Sanga continuava a gastar inutilmente obuses. Seria assim toda a noite. O combate durara dois minutos, constatou Sem Medo.

Voltaram a retirar a arma a Ingratidão do Tuga. Não fizeram guarda. À noite, na mata, o melhor guarda era a impenetrabilidade do Mayombe. O inimigo não sabia o lugar para onde tinham retirado, por isso os obuses de morteiro caíam a uns cinco quilómetros para a direita. Os morteiros, aliás, não eram utilizados como arma ofensiva, mas apenas para levantarem o moral dos soldados tugas, cercados numa mata desconhecida e temível, que escondia monstros aterrorizadores. O barulho acalmava-os, dava-lhes consciência do seu poderio, protegia-os do seu próprio medo.

O Comissário veio sentar-se ao lado do Comandante, a testa jovem cortada por uma ruga. O Chefe de Operações também se encontrava ali ao lado.

– Camarada Comandante, vamos pensar no dinheiro do trabalhador? Como fazer para o devolver?

– Deixa lá isso! – disse Sem Medo.

– Não deixo, não. É importante. Tratámos bem os trabalhadores, há muito tempo que não tínhamos um contacto tão importante com o povo do interior, as consequências podem ser muito positivas. Mas houve uma sombra. Um trabalhador foi roubado e soube-o. Os outros também souberam. Que é que o povo vai dizer? Os do MPLA trataram bem os trabalhadores, é verdade, mas foi só para os mobilizar. Logo que puderam, roubaram o que de valor levavam. Que interessa fazer ações assim, se ficamos sujos?

– Bem. Que propões?

– Eu vou com dois camaradas. Tentaremos chegar à aldeia onde o mecânico mora e deixamos o dinheiro num papel. Alguém apanhará o papel e entrega-o.

– Quem apanhar fica com o dinheiro, não o entrega e pronto! Um risco para nada – disse o Chefe de Operações.

O Comissário coçou a cabeça. Os olhos brilharam. Falou de novo:

– Esperamos o mecânico no caminho que sai da sanzala. Ele de manhã cedo vai para o trabalho. Entregamos-lhe o dinheiro e pedimos desculpa...

– Arriscado, muito arriscado – disse Sem Medo –, os caminhos devem estar patrulhados.

– Só três homens passam em qualquer sítio sem se fazerem notar.

– O mecânico avisa os tugas, que devem estar a vigiar a zona, e cortam-vos a retirada. Vocês têm de vir pelo Lombe e é fácil cortar...

– Não é nada fácil. Cortaram-nos? De qualquer modo, tens uma ideia melhor?

– Tenho – disse Sem Medo –, deixa cair!

– Não podemos.

– Camarada Comissário – disse o Das Operações –, oiça o camarada Comandante, é um plano arriscado. E o resultado...

– Aí é que vocês se enganam. O risco pesa-se com a importância da coisa. E vocês não compreendem que isto é fundamental, pode decidir sobre a impressão que o povo tenha de nós. É mesmo o mais importante.

Sem Medo fumava o seu primeiro cigarro daquele dia. Restava-lhe um, que seria guardado para o dia seguinte. Estou a ficar velho, pensou ele, começo a tornar-me previdente. Antes eu teria fumado todos os cigarros no princípio e depois sofreria o tempo que fosse necessário. Só os velhos são capazes de repartir o prazer. E é por ficar velho, aos 35 anos, que xinguei o Muatiânvua pela sua ousadia. É por ficar velho que não aprovo a coragem generosa do Comissário? O risco é como o prazer, o jovem não o pode repartir.

– Com quem irias? – perguntou Sem Medo.

– Com dois voluntários. Um terá forçosamente de ser o Lutamos, é o único que conhece a mata.

– E nós? Ficaríamos aqui à tua espera?

– Para quê? Encontramo-nos na Base.

– Eu continuo a não estar de acordo, camaradas – disse o Chefe de Operações. – É demasiado perigoso. O tuga está alertado, ele tem bufos em todo o lado. Vocês vão deixar pegadas, eles vão topar. O próprio povo vai indicar as pegadas.

O Comandante cortou:
– Deixa! Vamos mudar um bocado o plano. Um grupo de seis vai até ao trator. Três avançam e três ficam à espera. O resto fica aqui. Se houver qualquer coisa, vamos em socorro. Os tugas agora estão ocupados em sepultar os mortos...
– Mas não temos quase comida – disse o Das Operações.
– É verdade, Comandante – disse o Comissário. – O melhor é arrancarem para a Base e deixam-nos a comida que sobra. Daqui a dois dias estamos na Base.
– Bem – disse Sem Medo –, façamos um compromisso. Vocês os três partem. Eu e mais dois camaradas ficamos perto da aldeia, para vos proteger em caso de necessidade. O resto volta com o Das Operações para a Base. Está decidido!
– Mas... – disse o Das Operações.
– Está decidido – repetiu Sem Medo.
– Por que tu, Comandante? – perguntou o Comissário.
– E por que tu, Comissário? – disse Sem Medo.
O Chefe de Operações partiu às sete horas para a Base. Sem Medo e dois guerrilheiros seguiram com o Comissário, Lutamos e Mundo Novo. Avançaram prudentemente, evitando os trilhos que se deparavam na mata. Ao meio-dia chegaram perto duma aldeia: ouviam-se gritos e choros de crianças. Afastaram-se de novo para prepararem o almoço.
À tarde, Lutamos e Mundo Novo foram fazer um reconhecimento. Voltaram para junto dos outros, três horas depois.
– Soldados, há? – perguntou Sem Medo.
– Não nos aproximámos muito. Vimos o caminho que vai para a estrada. Não nos aproximámos, para não sermos vistos nem deixarmos pegadas.
– Bom. Vamos avançar então os três, para dormirmos ao lado do caminho – disse o Comissário. – Vocês os três ficam aqui, Comandante.
– Sim, chefe! – disse Sem Medo. Fez sinal ao Comissário para se aproximar e segredou-lhe ao ouvido: – O Das Operações repetiu-me mil vezes para desconfiar do Lutamos.
– Acreditas nisso?

– Eu não. Mas devia dizer-te.
– Se tivesses partido, como eu propus, a esta hora estavas a fumar os cigarros que quisesses na Base. Assim, vais sofrer durante mais uma noite e um dia...
– É preciso saber retardar o prazer... Depois sabe melhor.

Os guerrilheiros abraçaram-se, como quando enfrentavam um perigo qualquer. Depois, o Comissário, Lutamos e Mundo Novo partiram, cautelosamente, para junto do caminho. Demoraram uma hora a chegar lá, com a preocupação de escutarem os ruídos e evitarem partir os paus secos. Anoitecia, quando se sentaram a dez metros do caminho, invisível pelas ramagens e pelo crepúsculo. Abraçaram-se às lianas, cobriram-se com as folhas que dos seus braços nasciam, e prepararam-se para ali passar a noite.

Foram acordados pelas primeiras vozes que se libertavam do espaço limitado da sanzala, para se irem combinar ao orvalho que avivava o verde das folhas. Sacudiram o torpor dos membros e do corpo doído pelas raízes, sobre as quais se deitaram. Avançaram na noite para o caminho. Emboscaram-se ao lado dele. Cada cão que ladrava trazia-lhes a impressão de ladrões esperando a vítima. No entanto, eles esperavam um homem para lhe entregar o seu dinheiro. Estranha situação que leva o que dá a esconder-se, pensou Mundo Novo. Só o colonialismo poderia provocar tal aberração.

As vozes aproximaram-se. Dois homens conversavam, caminhando. Impossível ver-lhes a cara, na escuridão. Não poderiam pará-los, para lhes perguntar quem eram. Os homens chegaram à frente deles e Lutamos compreendeu que falavam do combate. O Comissário segurou no braço de cada companheiro, indicando-lhes que nada fizessem. Os homens passaram. Lutamos segredou aos outros que nenhum dos homens era o mecânico.

– Como sabes?
– Pela voz.

Quinze minutos depois, um vulto desenhou-se na obscuridade quase total. Era uma mulher que ia para a lavra. Deixaram-na passar.

Já clareava, quando distinguiram a uns dez metros o rosto inteligente do mecânico. Vinha com outro trabalhador, o velho que tinha

uma perna defeituosa. Ao passarem junto deles, o Comissário chamou baixinho:
– Malonda!
O interpelado virou-se para eles, atónito e assustado. Lutamos surgiu então da ramagem com que se camuflava.
– Somos nós. Venham aqui só um minuto.
Os trabalhadores reconheceram Lutamos. Hesitaram, olharam para trás, em direção da aldeia, depois interrogaram-se, mudos. Lutamos repetiu o convite e os homens decidiram-se a entrar na mata.
Os guerrilheiros afastaram-se com eles alguns passos do caminho.
– Trouxemos-lhe o seu dinheiro – disse o Comissário. – Um dos nossos camaradas tinha-o roubado. Vai ser julgado e castigado. Está aqui o dinheiro.
– Vieram só por isso? – perguntou o coxo. – Mas era perigoso...
– Era o nosso dever. O MPLA defende o povo, não rouba o povo – disse Mundo Novo.
– Era melhor não virem – disse o mecânico –, não tinha importância.
– Tinha, sim – disse o Comissário. – Vocês podiam acreditar que nós somos bandidos, como dizem os portugueses, e isso não é verdade.
– Mas podem ficar com o dinheiro – disse o mecânico. – Verdade! Ofereço ao MPLA. Verdade mesmo, fiquem com ele.
O mecânico olhava nervosamente para trás, para o caminho. Murmuravam apenas, mas um murmúrio pode ir longe, naquela mata. O Comissário agradeceu e guardou o dinheiro.
– Ouviram do combate?
– Sim – disse o coxo, com um sorriso. – Morreram muitos. Morreu um rapaz ali da aldeia ao lado. Houve óbito ontem.
– Nós sempre dizemos para os angolanos desertarem do exército. As balas não escolhem – disse o Comissário. – Foi o único angolano que morreu?
– Não. Houve outro. Mas esse era do Sul. Brancos é que morreram muitos. Um era capitão.
– Como se chamava?

— Capitão Lima. Eles deram ordem para se procurar rastos em todo o lado, mas o povo não está a fazer...
— E a vocês, fizeram alguma coisa?
— Interrogatório — disse o mecânico. — Muitas perguntas. Quantos guerrilheiros eram, como era o chefe, onde foram, o que falavam, o que comiam, como eram as armas... Mostraram fotografias, para ver se vocês eram aqueles das fotos. Nenhum era! Ficaram zangados, foi com as minas. Que nós sabíamos das minas e que não dissemos nada. Mas nós não sabíamos. Eles estão bravos... Puseram um da Pide aí na aldeia.
— Vocês sabem quem é?
— Sabemos, sim. Então por que que veio só agora? É mesmo da Pide. Por isso que é perigoso aqui...
— Sim, nós já vamos — disse Lutamos.
Surgiram vozes no caminho. Esperaram que os passos se afastassem, depois despediram-se dos trabalhadores. Estes aproximaram-se cautelosamente do caminho, espiaram dos dois lados e, não vendo ninguém, meteram-se nele. Os guerrilheiros tinham-nos seguido, para verem se, de facto, iam sair da aldeia ou se a ela voltavam. Esperaram ainda uns minutos, os nervos tensos, para se certificarem que os trabalhadores não os iam trair. Tranquilizados, embrenharam-se na mata.

Quando chegaram ao local do encontro, os camaradas já estavam levantados.
— Então? — perguntou Sem Medo.
— Correu tudo bem. Encontrámo-lo sem problemas. Ofereceu-nos mesmo o dinheiro. Oferta ao MPLA!
A gargalhada de Sem Medo, como um ronco, era imprudente, podia ser ouvida longe. Mas o Comandante não pudera conter-se.
— Realmente... vir tão longe, arriscar tanto, para continuar com o dinheiro no bolso...
O Comissário respondeu, um pouco vexado:
— Mas era o que devia ser feito...
— Eu sei, eu sei. Mas não deixa de ser cómico! Partiram apressadamente, tentando afastar-se da zona perigosa. O almoço foi só restos

de sardinha em lata, o que os fez perder dez minutos. Prosseguiram a marcha, cortando caminho, sem preocupação pelos rastos que poderiam deixar. A noite encontrou-os na marcha, mas decidiram continuar mesmo assim, ansiosos de dormirem sob um teto e de comerem qualquer coisa quente.

A escuridão e a lama provocaram quedas inúmeras. Não fosse o sentido de orientação de Lutamos, ter-se-iam perdido mil vezes nas curvas do Lombe. A fadiga, as dores, a fome, tinham desaparecido, eram máquinas feitas para andar. Mas às dez horas da noite chegaram à Base. Tinham marchado dezasseis horas seguidas.

Antes mesmo de cumprimentar alguém, Sem Medo pediu um cigarro. E fumou-o integralmente, encostado a uma árvore, ouvindo o Comissário contar aos outros o que se passara. Só depois de esgotar o cigarro, até sentir os dedos queimados, é que Sem Medo se lembrou que ainda tinha o sacador nas costas. Foi então aquecer água para tomar café e fumar outro cigarro. Para comer, tinha a noite inteira...

O julgamento de Ingratidão do Tuga realizou-se no dia seguinte. Julgamento em que participavam todos os guerrilheiros da Base. Ingratidão reconheceu que tinha roubado. Cada guerrilheiro falou, todos condenaram o gesto. Mas alguns invocavam circunstâncias atenuantes; entre eles, Teoria e Ekuikui. O Comando reuniu-se em seguida, para deliberar sobre a pena.

O Comissário foi o primeiro a falar:

– Como prevê a Lei da Disciplina e como se faz habitualmente noutras Regiões, este crime só pode ter um castigo: fuzilamento. Não tenho mais nada a dizer, a situação é clara. Ingratidão deve ser fuzilado, por roubar bens do povo, por sabotar as relações entre o Movimento e o Povo, sobretudo agora, que estamos no princípio.

As palavras do Comissário não foram seguidas de exclamações. A sua dureza provocou um silêncio gelado e um arrepio nos outros dois. Só muito tempo depois o Chefe de Operações deixou de brincar com o punhal, para afirmar:

– Acho que o Camarada Comissário é muito duro. Não devemos esquecer a atitude desse povo contra o MPLA. Muitos camaradas já

morreram, por traição do povo. Por isso os guerrilheiros não gostam do povo de Cabinda. Isso leva-os a cometerem crimes. Está errado, eu sei. Ninguém defende o Ingratidão, mas é preciso também considerar isso. Um erro é menor, se há razões anteriores que levam as pessoas a cometerem esses erros.
– Não há justificação! Se o povo antes traía, havia razões. Não estava politizado, o Taty enganou-os e eles acreditavam que o tuga ia mudar de política e que éramos nós que impedíamos, porque teimávamos em fazer a guerra. E Ingratidão estava esclarecido. Quantos papos batemos nós para explicar como se deve tratar o povo? Os erros anteriores não justificam um erro presente. E só pode haver um castigo. Somos nós que permitimos estes erros que estragam as nossas relações com o povo. Somos nós, com a nossa fraqueza, o nosso tribalismo, que impedimos a aplicação da disciplina. Assim nunca se mudará nada.
O Chefe de Operações ia responder, quando Sem Medo tomou a palavra:
– Comissário, tu és jovem e, como todo jovem, inflexível. Mas vê um pouco com calma. Que se deve fazer a um tipo que rouba dinheiro do Movimento? Fuzilamento. Já alguém foi fuzilado? Não. Que devia acontecer a alguém que recuse, sem razão, vir para a Base? Expulsão, depois de um tempo de cadeia, não? Mas que lhe acontece na realidade? É protegido, não lhe acontece mais que uns quinze dias de cadeia e depois fica em Dolisie. Podia repetir-te os exemplos... Como é que nós, agora, podemos aplicar a maior pena, a pena de morte?
– Não é por fraqueza, acredita. Mas a indisciplina que reina lá fora leva à indisciplina aqui. Os exemplos de fora, do exterior, dos refugiados fardados de militantes, vêm influenciar os combatentes, enfraquecer-lhes o moral. Isto não sucederia se a Região funcionasse bem. Vê o Ingratidão! Combatente no Norte de 1961 até 1965. Combatente em Cabinda desde essa data. Há dez anos que combate o inimigo. Tem pouca formação política? Certamente. Mas a culpa não é dele. Quem a tem? Ele vê os exemplos que vêm de cima. A culpa também não é tua. Tu tomas este facto como uma ofensa

pessoal, porque és o Comissário, o responsável pela formação política. Não podes fazer mais do que fazes para convencer o Ingratidão que o povo de Cabinda é como o do resto de Angola. Ingratidão também não pode ser convencido só por palavras. Só a prática o levará a essa constatação. Não é justo fuzilar um combatente com dez anos de luta, quando outros criminosos ficam indemnes, embora o seu crime teoricamente mereça esse castigo. Não, não se pode. Noutras circunstâncias, Ingratidão não teria feito o que fez e seria permeável à formação que lhe tentámos dar. Mas neste contexto é impossível.

O Chefe de Operações apoiou:

– Se o executarmos, ou há uma revolta ou a maior parte dos guerrilheiros deserta. E não temos efetivo…

– Isso não é argumento – disse o Comissário. – Que fiquem só cinco, mas cinco bons, cinco conscientes… é melhor que ter muitos, graças a compromissos. Não posso admitir a chantagem!

– Chantagem?

– Sim, isso é chantagem. Os guerrilheiros mal formados fazem chantagem por causa da falta de efetivo. O verdadeiro efetivo está lá onde fomos, naquelas aldeias, naquelas explorações. Esse é o verdadeiro efetivo desta Região. E não é permitindo o roubo que conseguiremos esse efetivo. E os responsáveis aceitam essa chantagem!

O tom tinha subido perigosamente. Por isso, Sem Medo interveio:

– Penso que o Comissário tem razão neste aspeto. Isso não é argumento. Mas gostaria que ele respondesse aos meus argumentos.

– Tu és um sentimental, Sem Medo! – disse o Comissário, alterado. – Não acredito que tivesses sequer coragem de mandar fuzilar um traidor.

Sem Medo apertou as mãos, cujos nós se tornaram brancos. Os lábios tremeram. Falou baixinho, dominando-se a custo:

– Fica sabendo, camarada Comissário, que eu já executei um traidor. Não só tomei a decisão, sozinho, como o executei, sozinho. E não foi a tiro, pois o inimigo cercava o sítio onde estávamos. Foi à punhalada! Já espetaste o punhal na barriga de alguém, Comissário?

Já sentiste o punhal enterrar-se na barriga de alguém? Poderia ter evitado fazê-lo, mas todos evitavam, não houve voluntários, não tive coragem, sim, não tive coragem, de mandar um camarada executá-lo, escolhi-me a mim próprio como voluntário, para dar o exemplo. Tu ainda não estavas aqui; se as gentes não falam nisso, é porque ninguém gosta de falar em certos assuntos. Nessa altura não fugi à minha responsabilidade, camarada. E foi a responsabilidade mais difícil de assumir, comparado com isso é brincadeira ser-se voluntário para assaltar um quartel... Há os assassinos, que gostam de matar. Para os homens que apreciam a vida humana, que lutam porque apreciam a vida humana, camarada, é muito difícil ser-se voluntário para executar à punhalada um homem, mesmo que seja um traidor miserável. Eu vi as caras dos outros. Os maiores combatentes viravam-se para não ver, os mais duros combatentes tapavam os olhos com as mãos. E estas mãos, camarada, estas mãos espetaram o punhal na barriga do traidor e rasgaram-lhe o ventre, de baixo para cima. E o meu corpo todo sentiu as convulsões da morte no corpo do outro. Queres mais detalhes? Camarada Comissário, agradeço as tuas palavras, que me fizeram recordar um momento terrível, o mais terrível... Agradeço, Comissário...

Engasgou-se e calou-se. O Comissário, num relance, percebeu as lágrimas que enevoavam os olhos de Sem Medo. Cada palavra tinha sido sibilada como uma bofetada. Nada disse, nada tinha a dizer, nada mais havia a dizer.

– De qualquer modo – disse o Das Operações – nós não temos autoridade para condenar à morte um guerrilheiro. Podemos propor, mas quem decide é a Direção...

EU, O NARRADOR, SOU MILAGRE.

Vejam a injustiça. Eu, Milagre, vim de Quibaxe, onde os homens atacavam o inimigo só com catanas e a sua coragem, eu vim de longe, o meu pai foi morto, a cabeça levada pelo trator, para ver agora um dos nossos, amarrado, seguir para o Congo, amarrado, porque ficou com cem escudos dum traidor de Cabinda! Eu, Milagre, nasci para ver isto!

Ingratidão foi condenado a seis meses de cadeia. E quantos traidores não são castigados, são mesmo aceites? Lutamos foi castigado? Tentou avisar os trabalhadores que íamos prendê-los, tentou sabotar a missão, foi castigado? E Ekuikui, que guardou o dinheiro em vez de o entregar logo, foi ele castigado? Só um dos nossos é que foi.

Quem decidiu? O Comandante. Quem fez pressão para que fosse condenado? O Comandante, sempre o Comandante. Um intelectual, que nada conhece da vida, que não sofreu, um homem desses é que pode condenar-nos?

Assim vai a vida. Ah, na Primeira Região... Na Primeira Região, isto não ficaria assim! Esse Comandante há muito teria ido já para o tuga, para escapar ao nosso castigo. E o Comissário seguia-o, esse miúdo que só faz o que lhe diz o Sem Medo.

Sem Medo? Quem lhe deu esse nome? Nunca vi que fosse assim tão corajoso. É corajoso, sim, mas também não tanto.

É esta a injustiça a que assistimos, sem poder fazer nada. Quando mudará isto? Oh, Nzambi, quando mudará isto?

Capítulo II
A BASE

O Mayombe tinha aceitado os golpes dos machados, que nele abriram uma clareira. Clareira invisível do alto, dos aviões que esquadrinhavam a mata, tentando localizar nela a presença dos guerrilheiros. As casas tinham sido levantadas nessa clareira e as árvores, alegremente, formaram uma abóbada de ramos e folhas para as encobrir. Os paus serviram para as paredes. O capim do teto foi transportado de longe, de perto do Lombe. Um montículo foi lateralmente escavado e tornou-se forno para o pão. Os paus mortos das paredes criaram raízes e agarraram-se à terra e as cabanas tornaram-se fortalezas. E os homens, vestidos de verde, tornaram-se verdes como as folhas e castanhos como os troncos colossais. A folhagem da abóbada não deixava penetrar o Sol e o capim não cresceu em baixo, no terreno limpo que ligava as casas. Ligava, não: separava com amarelo, pois a ligação era feita pelo verde.

Assim foi parida pelo Mayombe a base guerrilheira.

A comida faltava e a mata criou as "comunas", frutos secos, grandes amêndoas, cujo caroço era partido à faca e se comia natural ou assado. As "comunas" eram alimentícias, tinham óleo e proteínas, davam energia, por isso se chamavam "comunas". E o sítio onde os frutos eram armazenados e assados recebeu o nome de "Casa do Partido". O "comunismo" fez engordar os homens, fê-los restabelecer dos sete dias de marchas forçadas e de emoções. O Mayombe tinha criado o fruto, mas não se dignou mostrá-lo aos homens: encarregou os gorilas de o fazer, que deixaram os caroços partidos perto da Base, misturados com as suas pegadas. E os guerrilheiros perceberam então que o deus-Mayombe lhes indicava assim que ali estava o seu tributo à coragem dos que o desafiavam: Zeus vergado a Prometeu, Zeus preocupado com a salvaguarda de Prometeu, arrependido de o ter agrilhoado, enviando agora a águia, não para lhe furar o fígado, mas para o socorrer. (Terá sido Zeus que agrilhoou Prometeu, ou o contrário?)

A mata criou cordas nos pés dos homens, criou cobras à frente dos homens, a mata gerou montanhas intransponíveis, feras, aguaceiros, rios caudalosos, lama, escuridão, Medo. A mata abriu valas camufladas de folhas sob os pés dos homens, barulhos imensos no silêncio da noite, derrubou árvores sobre os homens. E os homens avançaram. E os homens tornaram-se verdes, e dos seus braços folhas brotaram, e flores, e a mata curvou-se em abóbada, e a mata estendeu-lhes a sombra protetora, e os frutos. Zeus ajoelhado diante de Prometeu. E Prometeu dava impunemente o fogo aos homens, e a inteligência. E os homens compreendiam que Zeus, afinal, não era invencível, que Zeus se vergava à coragem, graças a Prometeu que lhes dá a inteligência e a força de se afirmarem homens em oposição aos deuses. Tal é o atributo do herói, o de levar os homens a desafiarem os deuses.

Assim é Ogun, o Prometeu africano.

Três dias depois da missão, chegou à Base um grupo de oito guerrilheiros. Todos jovens, as idades variavam entre os dezassete e os vinte anos. Tinham atravessado há pouco clandestinamente o rio Congo, de Kinshasa para Brazzaville, e recebido um treino militar de um mês.

– É pouco – disse Sem Medo. – E este aqui é novo de mais, devia ficar a estudar ainda. É mesmo um miúdo! Precisamos de guerrilheiros, mandam-nos miúdos sem treino. Só servem para fazer guarda.

– Formam-se aqui – disse o Comissário.

– E entretanto? Vão causar-nos problemas. Quer-se engrossar o efetivo à toa, não se olha à qualidade. Há outros no exterior, com suficiente experiência, mas como são primos de tal ou tal responsável, não podem vir para a guerrilha. Os que não têm primos é que aguentam...

Mundo Novo esboçou um sorriso trocista e disse, piscando o olho ao Comissário:

– Mas, camarada Comandante, este mais miúdo é da família do camarada André. É mesmo da família dele, parece.

Eu sei – disse Sem Medo. – Mas é um primo em desgraça, pois o pai dele partiu a cara ao André em Kinshasa, em 1963, quando estavam na UPA... História de medicamentos que desapareceram. Desses assuntos entre kikongos estou bem informado, porque também pertenço à família...

Encontravam-se na casa do Comando, lugar de reunião à tardinha, antes de ouvirem a emissão de rádio do MPLA. O jovem aspirante a guerrilheiro, acabado de chegar, encostava-se timidamente num canto. Percebia mal o português, falava era kikongo e francês, e a personalidade do Comandante intimidava-o: eram vagamente parentes e tinha ouvido falar muito dele; agora, estava pela primeira vez na sua presença. A barba farta e a cabeleira descuidada do Comandante, a sua cabeça grande, o tronco forte, a voz firme, o olhar agudo, tudo nele concorria para o intimidar. Sem Medo virou-se para ele.

– Qual é o teu nome de guerra?

– Não tenho.

– Bom. Temos de lhe arranjar um nome. Que propõem, camaradas?

Os guerrilheiros estudavam o *rapaz*. Este baixou os olhos.

– Onhoká, a cobra – propôs Ekuikui.

– Deixa lá o teu umbundo – cortou Sem Medo. – Ou lhe dás um nome na língua dele, ou em português, que é de todos. Mas não na tua... Aí começa o imperialismo umbundo! Aliás, não me dá ideia nenhuma duma cobra.

O batismo dum guerrilheiro era sempre um tema de fartas discussões. As propostas saíam de todos os lados. Os guerrilheiros obrigaram-no a pôr-se no meio da casa, para lhe estudarem as características e encontrarem o nome conveniente. As gargalhadas misturavam-se às palavras. Cada um contava uma história que conhecesse sobre ele, até que uma ideia clara se formasse sobre o novo recruta. Os outros sete recém-chegados esperavam a sua vez. Milagre propôs "Avança" e logo Muatiânvua disse que não podia, ele tinha era cara de quem recua. Entre risos e piadas, lá ficaram de acordo com uma característica: a timidez. Finalmente foram unânimes na alcunha de Vewê, o cágado[1].

– Bem, Vewê, és dos nossos – disse Sem Medo. – Espero que não nos dês muito trabalho, sobretudo aqui ao Comissário. A lavar-te as fraldas...

– És duro para ele – segredou-lhe o Comissário.

– É para ele não pensar que o facto de ser meu parente lhe dá privilégios. O que não quer forçosamente dizer que vou ser uma má galinha para este pintainho...

Baptizaram os outros recém-vindos e ouviram a emissão. Quando na casa de Comando só ficaram os responsáveis, Sem Medo disse:

– Mandam-nos mais bocas e não mandam comida. Comissário, tens de ir lá fora arranjar comida. Se um de nós não vai, bem podemos morrer de fome, que os civis do exterior não se preocuparão. É assim esta guerra!

O Chefe de Operações ficou contrariado, pois queria ir a Dolisie passar uns dias com a mulher. Lançou apenas um olhar carregado ao Comissário.

– Devias ir tu, Comandante – disse o Comissário. – Há três meses que não sais daqui. Desde que a Base está no interior... Uma semana lá fora fazia-te bem.

– Acho-te uma piada! Estás ansioso por ir lá por razões que todos conhecemos... Sabes muito bem que os civis me põem fora de mim, que não suporto estar em Dolisie. E tens a lata de dizer que é a mim que uma semana lá fora faria bem! Para já, se eu fosse, iria partir a cara ao meu primo André, que nos manda estes caga-fraldas e não a comida. É melhor pois ires tu, que respeitas o André, como teu responsável...

– Questão de disciplina!

– Ficam-te bem esses sentimentos! Por isso a minha escolha é justa.
– Mas talvez o Das Operações quisesse ir – propôs o Comissário.
O Chefe de Operações encolheu os ombros, embora ansioso pela resposta de Sem Medo. Esta foi uma chicotada que soou na mata:
– *Pás question!* Quem for, tem de levar o Ingratidão para a prisão. O Das Operações era capaz de o deixar fugir, só porque é parente dele.
O Das Operações encolheu-se ao som da chicotada. Sorriu com meia boca, esgar que lhe ficou colado aos lábios.
– Mas, camarada Comandante, está a brincar... Eu...
– Brincar? Nunca falei tão a sério. Pensas que não conheço a minha gente?
O Comissário exultou com a resposta. O Das Operações não ousava reagir à alusão, era um tapete que se metia debaixo dos pés do Comandante. O fel deve estar a sufocá-lo, mas continua numa atitude servil de cão batido. O Comissário, momentos depois, censurou-se por se congratular com o que se passava: para se absolver, acabou com a discussão apressadamente.
– Bem, eu vou então... O que não me desagrada, aliás. Só há aqui comida para três dias, desde que arranje alguma coisa, forço o André a enviar um grupo de reabastecimento. Parto amanhã, então. Que outros assuntos há a resolver lá? O nosso efectivo agora é de trinta guerrilheiros, tem de se prever um maior orçamento mensal. Tem de se arranjar um novo enfermeiro, para substituir por uns dias o Pangu-A-Kitina, que deve ir a Ponta Negra tratar da vista...
– De acordo, de acordo – cortou Sem Medo. – Não metralhes mais, pareces uma mulher que conheci que disparava duzentas palavras por minuto. És um Jesus Cristo, tu e o teu conceito da honra: não queres que Judas seja castigado à tua frente, embora sabendo que ele te denunciou com o seu beijo. Não vale a pena, não insisto mais.
O Chefe de Operações não compreendeu, mas o Comissário percebeu: Sem Medo tinha-lhe lido integralmente o pensamento e, magnânimo, não lhe queria ferir mais os escrúpulos.
O Comissário olhou Sem Medo com espanto, como quem olha um feiticeiro, e o Comandante sorriu:

– Não é por acaso que tenho 35 anos, miúdo!

O Comissário partiu de manhã com um pequeno grupo, do qual fazia parte Ingratidão do Tuga. Depois da partida do grupo, a maior parte dos guerrilheiros foi ocupar a sala que se encontrava no centro da Base e que servia de escola. Três combatentes saíram em patrulha, outros ocupavam-se da cozinha, alguns não faziam nada, arranjando pretextos para não estudarem.

O Comandante dirigiu-se com o grupo de novos recrutas para uma clareira, obrigando-os a fazerem exercícios e explicando-lhes os rudimentos da guerrilha. O Chefe de Operações foi caçar com uma 22 longo. Mundo Novo, que tinha estudado na Europa, por vezes ajudava Teoria. Mas nesse dia estava livre, por isso acompanhou o grupo de novatos. Deitado no capim, onde o raro sol do Mayombe batia durante duas horas, ouvia distraidamente as explicações de Sem Medo, enquanto limpava a arma.

Lutamos já passara uma vez em direção ao rio e regressara para a Base. Voltou a passar para o rio, observou um pouco o grupo, e acabou por sentar-se ao lado de Mundo Novo.

– Vai para a escola!

– Oh! Tenho trabalho – disse Lutamos.

– Que tens a fazer?

– Lavar roupa...

Mundo Novo sorriu. Lutamos era habitual nas fugas à escola, especialmente quando o Comissário não estava presente. Já tinha sido castigado por não estudar, mas não se modificava.

– Tens de te convencer que precisas de estudar. Como serás útil depois da luta? Mal sabes ler... onde vais trabalhar?

– Fico no exército – disse Lutamos.

– E julgas que para ficar no exército não tens de estudar? Como vais aprender artilharia ou tática militar ou blindados? Precisas de Matemática, de Física...

– Ora! Eu não quero ser oficial.

– E quem vai ser oficial, então? Esses que se formam no exército tuga, sem formação política, que um dia tentarão dar um golpe de

Estado? É isso que queres? Que depois da independência haja golpes de Estado todos os anos, como nos outros países africanos? Precisamos de ter um exército bem politizado, com quadros saídos da luta de libertação. Como vamos fazer, se os guerrilheiros não querem estudar para serem quadros?

Lutamos encolheu os ombros. Contemplou o grupo de jovens que cambalhotavam por terra, suando, o suor agarrado à lama do Mayombe, e o Comandante, de tronco nu, cambalhotando também, levantando-se para em seguida rolar pelo solo, misturando explicações a encorajamentos e gritos.

– Camarada Mundo Novo, há muitos que estudam. Não é um que não quer estudar que vai estragar tudo. Eu nasci na mata, gosto é de caçar, de andar de um lado para o outro, fazer a guerra. Mas não gosto nada estudar. Já aguentei, aprendi a ler e a escrever. Sei mesmo fazer contas de multiplicar! Para mim já chega. O Comissário mobilizou-me, o ano passado estudei mesmo. Mas agora já chega, o Comissário já não consegue mobilizar-me mais. E o que disse é verdade, tem razão. Mas as milícias populares vão impedir os golpes de Estado, o povo em armas...

– E quem vai instruir o povo? Somos nós. Quem vai enquadrar as milícias? Tem de ser um exército bem treinado. Para isso, é preciso quadros bem formados.

– É o que diz o camarada Comissário. Todos os que têm muita política na cabeça falam assim. Mas eu não tenho política na cabeça, sou só guerrilheiro. Quando a independência vier, se não me quiserem no exército, volto para aqui, viro caçador no Mayombe. Eu não quero ser muita coisa. Há aí uns que querem ser diretores, chefes de não sei quê, comandantes... Esses estudam. Eu não quero ser chefe.

Mundo Novo deu por terminada a limpeza da arma. Começou a montá-la cuidadosamente. Lutamos observava a operação, a sua pépéchá entre os joelhos.

– Há camaradas que estudam só para subirem, isso é verdade. Mas não podes dizer que são todos. Há outros que querem verdadeiramente ser úteis, ou que querem aprender pelo prazer de aprender.

— Tchá! – disse Lutamos. – Não acredito. Todos querem é subir ou viver melhor ou mandar.

— Nem todos, nem todos. É certo que uma pessoa que se aperfeiçoa está a pensar no seu futuro pessoal também, está a calcular que assim poderá viver melhor. Mas há aqueles que só pensam nisso e os outros, que pensam mais no bem do povo.

— Diz um aqui na Base, um que seja assim...

— Pode-se encontrar.

— Diz um!

— Não sei. Não os conheço bem, cheguei há pouco. Mas penso que haverá, tenho de pensar que haverá...

Sem Medo interrompera os exercícios para um curto descanso. Tinha ouvido as últimas frases. Sentando-se perto deles, perguntou:

— Tens de pensar que haverá, Mundo Novo? Tens de pensar?

Mundo Novo cofiou a barba fina. Hesitou instantes.

— Sim, tenho de pensar.

— Como os crentes que sentem que têm de crer em deus? Por que têm medo de deixar de crer, de perder o amparo dessa crença que lhes dá um significado à vida, não é?

— Não é bem isso.

— É quase isso. Praticamente é o mesmo. Quando alguém afirma que tem de acreditar no desinteresse de alguns homens, porque isso corresponde à ideia que ele tem da humanidade, mesmo que os factos mostrem o contrário, então que é isso? Tem-se uma ideia preconcebida do género humano, uma ideia otimista. Por isso, recusa-se toda a realidade que contrarie essa ideia. É o esquematismo na política. É um aspeto religioso, uma conceção religiosa da política. Infelizmente, é a maneira de pensar de muitos revolucionários.

— Mas, camarada Comandante, não achas que há camaradas que estudam desinteressadamente?

— Crês que haja alguma coisa que se faça desinteressadamente na vida?

Lutamos pensou que encontrava apoio no Comandante. Sentiu coragem para proferir:

– É por isso que não estou de acordo com o Comissário, que nos obriga a ir à escola.

– Tu, Lutamos, és um burro! – disse Sem Medo. – Quem não quer estudar é um burro e, por isso, o Comissário tem razão. Queres continuar a ser um tapado, enganado por todos... As pessoas devem estudar, pois é a única maneira de poderem pensar sobre tudo com a sua cabeça e não com a cabeça dos outros. O homem tem de saber muito, sempre mais e mais, para poder conquistar a sua liberdade, para saber julgar. Se não percebes as palavras que eu pronuncio, como podes saber se estou a falar bem ou não? Terás de perguntar a outro. Dependes sempre de outro, não és livre. Por isso toda a gente deve estudar, o objetivo principal duma verdadeira Revolução é fazer toda a gente estudar. Mas aqui o camarada Mundo Novo é um ingénuo, pois que acredita que há quem estuda só para o bem do povo. É essa cegueira, esse idealismo, que faz cometer os maiores erros. Nada é desinteressado.

– Estás a treinar esses jovens. Que ganhas pessoalmente com isso?

Sem Medo acendeu um cigarro, estirou-se sobre o capim.

– Podia dizer-te que tenho pena deles, tão mal treinados e arriscando-se a morrer logo no primeiro combate. Em parte, até pode ser verdade. Também poderia dizer-te que é para formar mais guerrilheiros, para a luta avançar. É exato! Mas para que quero eu que a luta avance? Não é mesmo para viver melhor numa Angola independente? Portanto, isto que faço tem um fim interessado, o que é normal e humano. Poderia também dizer-te que é para dar uma bofetada nos civis de Dolisie, que nos enviam homens sem treino suficiente. Também pode ser verdade. Então? Diz-me lá onde está o desinteresse?

Mundo Novo pesava as palavras. Os recrutas iam-se aproximando, ao verem o Comandante fumar. Sem Medo mandou-os continuar os exercícios e observava-os.

– Mas não acreditas, Comandante, que haverá homens totalmente desinteressados?

– Jesus Cristo?... Acho que sim, existem alguns raros. Mas não o são sempre. O Comissário, por exemplo, é em certa medida um desinteressado. Penso que pode corresponder, nalguns eleitos, a um período determinado. Mas é temporário. Ninguém é perpetuamente desinteressado.

– Nem Lenine?

– Lenine! Eu não conheci Lenine, como poderei falar dele? Fala-me dos que conheço, dos homens que conheci. Devo dizer-te que nunca vi ninguém totalmente e permanentemente desinteressado. E não atires com os grandes homens na discussão, só para meter medo aos outros e dar força aos teus argumentos. Isso é truque de político!

– Eu acredito que haja homens para quem só conta o bem dos outros. Che Guevara, Henda, para só dar esses exemplos. E muitos outros, anónimos. Quem não acredita nisso não tem confiança na generosidade humana, na capacidade de sacrifício da humanidade. É pessimista...

– E, portanto, incapaz de lutar coerentemente, não é isso? – disse Sem Medo.

Mundo Novo olhou-o de frente. Baixou a cabeça, murmurou:

– É isso.

Logo os olhos de Mundo Novo se iluminaram e continuou, mais firme:

– Para se lutar duma maneira coerente, é necessário um mínimo de otimismo, de confiança nos homens. Estou a pensar em mim e tu estás a pensar em ti, Comandante! Eu tenho confiança. Se tu não fores otimista, não poderás combater.

– Que faço eu?

– Não nego que combates, não. Mas podes abandonar, se as dificuldades forem grandes, podes cansar-te mais facilmente que outro que seja mais otimista. É preciso ter uma fé profunda, para se poder suportar sempre tudo.

Acabas de chegar, de entrar na guerrilha, pensou Sem Medo. Com que direito falas como se já tivesses aguentado inúmeras vicissitudes? Ainda nem viste a verdadeira guerra e já és capaz de dizer que resistirás mais do que eu. Estes jovens vêm todos da Europa com a ideia que o estudo teórico do marxismo é uma poção mágica que os fará ser perfeitos na prática. No entanto, é um tipo que é capaz de falar de frente ao seu Comandante, o que é uma boa base para começar; o resto virá talvez depois, com o tempo, com os pontapés que apanhar da vida.

– Penso que é como a religião – disse Sem Medo. – Há uns que necessitam dela. Há uns que precisam crer na generosidade abstrata da humanidade abstrata, para poderem prosseguir um caminho duro como é o caminho revolucionário. Considero que ou são fracos ou são espíritos jovens, que ainda não viram verdadeiramente a vida. Os fracos abandonam só porque o seu ideal cai por terra, ao verem um dirigente enganar um militante. Os outros temperam-se, tornando-se mais relativos, menos exigentes. Ou então mantêm a fé acesa. Estes morrem felizes embora talvez inúteis. Mas há homens que não precisam de ter uma fé para suportarem os sacrifícios; são aqueles que, racionalmente, em perfeita independência, escolheram esse caminho, sabendo bem que o objetivo só será atingido em metade, mas que isso já significa um progresso imenso. É evidente que estes têm também um ideal, todos o têm, mas nestes o ideal não é abstrato nem irreal. Eu sei, por exemplo, que todos temos bem no fundo de nós um lado egoísta que pretendemos esconder. Assim é o homem, pelo menos o homem atual. Para que serviram séculos ou milénios de economia individual, senão para construir homens egoístas? Negá-lo é fugir à verdade dura, mas real. Enfim, sei que o homem atual é egoísta. Por isso, é necessário mostrar-lhe sempre que o pouco conquistado não chega e que se deve prosseguir. Isso impedir-me-á de continuar? Por quê? Se eu sei isso, a frio, e mesmo assim me decido a lutar, se pretendo ajudar esses pequenos egoístas contra os grandes egoístas que tudo açambarcaram, então não vejo por que haveria de desistir quando outros continuam. Só pararei, e aí racionalmente, quando vir que a minha ação é inútil, que é gratuita, isto é, se a Revolução for desviada dos seus objetivos fundamentais.

Lutamos deixara de seguir a discussão e fora-se embora, para o lado do rio. Os novos guerrilheiros tinham parado as cambalhotas e esperavam o Comandante. Mundo Novo, pensativo, não respondeu. Levantando-se, Sem Medo disse:

– Não estás de acordo? Não és obrigado a estar. Mas conversaremos depois, temos tempo de sobra. Agora tenho que prestar atenção aqui aos meus pintainhos!

E misturou-se a eles, enquanto Mundo Novo perseguia teimosamente com o olhar as lianas que subiam até às árvores, para daí voltarem a descer mais ao lado, tecendo o deus Mayombe de uma enorme e emaranhada teia, que o manietava, dando-lhe o ser.

EU, O NARRADOR, SOU MUNDO NOVO

Recuso-me a acreditar no que diz Sem Medo. Lá está ele, ali, no meio dos jovens, rasgando-se nas raízes da mata, rastejando, triturando os ombros contra o solo duro, putrefacto e húmido do Mayombe, enrouquecendo com os gritos e imprecações que blasfema, emasculando-se no sémen da floresta, no sémen gerador de gigantes, suando a lama que sai da casca das árvores, beliscando-se nos frutos escondidos por baixo das folhas caídas, lá está ele, ali, no meio dos jovens, ensinando o que sabe, totalmente, entregando-se aos alunos, abrindo-se como as coxas duras duma virgem, e ele, que está ali, diz que o faz interesseiramente.

Sem Medo é um desinteressado, a terceira camisa que tinha ofereceu-a ao guia, que acabou por fugir com ela, entregando-se aos tugas.

Se diz que é interesseiro, isso é vaidade. É vaidade de mostrar o que muitos escondem, é uma afirmação de personalidade. Claro que é uma afirmação exagerada, extremista, defeito da sua mentalidade pequeno-burguesa.

Como se fosse possível fazer-se uma Revolução só com homens interesseiros, egoístas! Eu não sou egoísta, o marxismo-leninismo mostrou-me que o homem como indivíduo não é nada, só as massas constroem a História. Se fosse egoísta, agora estaria na Europa, como tantos outros, trabalhando e ganhando bem. Por que vim lutar? Porque sou desinteressado. Os operários e os camponeses são desinteressados, são a vanguarda do povo, vanguarda pura, que não transporta com ela o pecado original da burguesia de que os intelectuais só muito dificilmente se podem libertar. Eu libertei-me, graças ao marxismo.

Por isso, Sem Medo está errado. Mas como explicar-lho, como fazer-lhe compreender que a sua atitude anarquista é prejudicial à luta? Lá está ele, e ri quando um se fere, e zanga-se quando um hesita, e é esse sadismo maternal que os faz ultrapassarem-se, vencerem o medo e lançarem-se no espaço para agarrarem uma liana fugidia. E um sorriso de triunfo perpassa nos olhos dele, sorriso discreto que logo é abafado pela ordem dada ao seguinte. No entanto, com que remorsos se revolveria no leito se um recruta se ferisse gravemente! Ao vê-lo, dir-se-ia que não tem alma. Mas foi ele que correu a peito descoberto para salvar o Muatiânvua, quando caíram na emboscada, e que chorou ao vê-lo ileso. Como é possível que diga que todos são egoístas? É vaidade, vaidade pequeno-burguesa, e mais nada.

Não posso acreditar, recuso-me a acreditar.

O Comissário corria de um lado para o outro, em Dolisie, à procura do responsável, André.

Este marcara-lhe encontro, na véspera à tarde, num bar, e não apareceu. Na manhã do dia seguinte, o Comissário estava na casa de André às sete horas, mas já este se eclipsara. O Comissário mandou Verdade ficar no *bureau*, à espera, e partiu, entrando nos bares, cruzando as ruas, irrompendo pelas casas dos militantes. Nem rasto de André.

Podia ter ido ver a Ondina, desde que cheguei nem a procurei, e ando para aqui atrás dum homem que se esconde de mim! É isto um responsável? E Ondina deve estar furiosa por eu não ter aparecido.

Voltou a passar pelo *bureau* às onze horas. Verdade montava a guarda.

– Não entrou nem saiu.

– Fica aqui. Vou à escola.

O Comissário partiu para a escola do Movimento, em que Ondina ensinava, a um quilómetro da saída da cidade. Os camaradas da Base devem estar praticamente sem comida, pensou. Uma raiva surda invadia-o gradualmente.

O passeio ao Sol ardente ainda enfureceu mais. Não estava habituada ao Sol, sempre escondido na sombra protetora do Mayombe. Ingratidão tinha ido para a cadeia, mas precisava de informar André da decisão do Comando e combinar com ele qual o regime que Ingratidão deveria seguir. E André escondia-se...

A escola encontrava-se numa elevação, escondida por arvoredo. As várias casas de adobe espalhavam-se num raio de 50 metros, servindo de escola e hospital. Mais para cima, havia casas de pau a pique, que eram o internato.

As crianças estavam nas aulas. Ondina também. Esperou por ela, cumprimentando as pessoas, perguntando por André. No entanto, Ondina foi avisada que ele chegara e saiu da sala.

– Chegaste ontem, já sei.

– Sim. Mas tenho andado atrás do camarada André. Ele não aparece.

Ondina estava amuada, era evidente. Ele tentou segurar-lhe a mão, ela evitou, olhando em volta.

– Que tem? – disse ele. – Todos sabem que somos noivos...

– É melhor não. Espera um pouco, eu vou já acabar a aula. Vens almoçar comigo?

O Comissário hesitou, desviou os olhos.

– Tenho de ver se apanho o camarada André à hora do almoço.

– Quer dizer que vais já para Dolisie? – perguntou ela, friamente.

Os camaradas tinham fome, ele viera por isso e por Ingratidão. Não viera por Ondina. A custo respondeu:

– Tenho de seguir daqui a pouco. Não temos comida na Base...

Ondina não replicou. Virou-lhe as costas e partiu para a sala. O Comissário ficou vendo-a, o chapéu guerrilheiro a passar duma mão para a outra, o nome dela atravessado na garganta. Foi visitar os camaradas feridos, passando tempo, passando a esponja sobre a atitude dela. Ele é que se sentia culpado.

O sino finalmente tocou e Ondina saiu, rodeada pela gritaria dos pioneiros libertos. O Comissário dirigiu-se com ela para o quarto. Ondina habitava um quarto da única casa de cimento, quarto que partilhava com uma aluna mais crescida, Ivone.

– Por que não vais a Dolisie? – perguntou ela bruscamente, quando chegaram ao quarto.

– Ainda é cedo. O André só lá deve estar à uma hora.

Esperou que ela o convidasse e depois sentou-se na cama. Ondina ficou de pé, fingindo arrumar as coisas, dominando a irritação.

– Ondina, deves compreender que vim para tratar de certos assuntos urgentes... Ontem à noite, estive para cá vir, quando perdi as

esperanças de encontrar o André... Mas era tarde... Já sabes como as pessoas falam, preferi não vir...
— Preferiste eu sei o quê! Foste ao bar...
— Mas só lá estive meia hora...
Queria dizer que fora convidado por um camarada. Queria explicar-lhe o que significa beber uma cerveja gelada quando se está meses e meses na mata. Queria explicar-lhe que não prestara atenção à conversa, com vontade de vir vê-la, que ela se refletia na espuma da cerveja, que se não fosse a má língua... Mas nada disse, intimidado, vencido.
— Vieram-me dizer que te viram no bar — disse ela. — Não venhas com estórias que andas atrás do André, o André não vai aos bares.
— Não vai aos bares? Passa lá a vida!
— Que é que tens contra o André? Ele não ficaria no bar se estivesse no teu caso.
— Ora, não queres compreender.
Ondina viera há um ano de Angola. Estudara uma boa parte do Liceu, mais que ele. Mesmo depois de noivarem, isso sempre foi uma barreirra. O Comissário considerava que Ondina lhe fizera um favor, aceitando-o, pois podia aspirar a pessoas mais cultivadas. Ele formou-a politicamente, mas nem isso o convenceu de que estavam em pé de igualdade. Se não acabasse com esses complexos, o amor deles falharia, dissera um dia Sem Medo. Mas o Comissário nunca tivera um namoro, a sua experiência era unicamente de prostitutas, a desvantagem era grande em relação a uma Ondina que já conhecera outros homens.
A primeira vez que fizeram amor foi provocada por ela, que comandou, enquanto ele se afligia, se atemorizava, se inibia. A impressão de que o amor é melhor quando com uma quitata custou a abandoná-lo, mesmo depois de várias experiências com Ondina. Sem Medo tinha razão, devia ter confiança em si próprio. Mas não tinha. E sentia que Ondina não apreciava a sua maneira de amar.
— Vou encontrá-lo agora. Logo à tarde podemos estar juntos, eu venho cá. Se se arranjar a comida, mando um grupo lá e fico uns dias. É tudo o que posso fazer... Tivemos um combate...

A lembrança fê-la sobressaltar. Virou-se para ele e agarrou-lhe na mão.

– Ouvi falar, sim. Não foi perigoso?

– Não, correu tudo bem.

Aproximaram-se. Os olhos dela brilharam. O Comissário sentiu um calor indefinível subir-lhe pelo corpo e toda a amargura desapareceu. Beijaram-se. Estava perdoado, pensou ele. Mas já estava a imaginar como se desculparia em seguida para partir e o gelo que de novo se formaria entre eles. A voz saiu triste:

– Ondina, tenho de ir.

– Vai!

Ele ficou parado, o chapéu na mão, olhando a porta e Ondina, Ondina e a porta, sem se decidir. Os camaradas têm fome...

– Logo venho.

E saiu, um soluço galopando, a raiva toda concentrada em André, que o obrigava a correr-lhe atrás, a viver para ele, ele, o homem que tinha o dinheiro da comida. Disparou para a cidade, sem falar a ninguém, vingando-se nas pedras do caminho, quase voando sobre a estrada empoeirada, sob o Sol inclemente.

André chegou pouco depois dele. Alto, magro, uma pera fina aguçando-lhe o rosto, ar de intelectual-aristocrata, eis André. Agarrou o Comissário pelo braço, levou-o para a varanda, confidenciando:

– Há aí uns problemas graves com os congoleses, sabe, camarada Comissário? Por isso ando dum lado para o outro. Mas não me esqueci de si. Ando por aí a partir cabeças, não há dinheiro... É verdade, não há dinheiro. Mas vamos arranjar qualquer coisa esta tarde, sim, vamos. Almoça comigo, não é?

O Comissário queria refilar, dizer que via o jipe a andar dum lado para o outro, por isso havia dinheiro, que se morria de fome na Base, que ele lhe mentira. Mas estava habituado a respeitar os superiores.

– Não há comida nenhuma na Base. Ontem estive à sua espera...

– Pois é esse o problema de que lhe falei. Vieram-me chamar de urgência. Mas esta tarde vamos arranjar qualquer coisa, já poderá seguir amanhã para a Base.

– Eu queria discutir consigo outros assuntos. O do Ingratidão...

– Ah, sim, sim, está bem. O melhor é mesmo ficar uns dias em Dolisie. – Meteu a mão no bolso e entregou-lhe uma nota de 500 francos. – Para beber uma cerveja com a camarada Ondina. Vamos primeiro almoçar, uns congoleses ofereceram-me uma galinha.

O Comissário não quis aceitar o dinheiro, mas André insistiu. Guardou-o com a sensação de que estava a ser comprado: era o preço da sua compreensão. Recusar, dizer as quatro verdades a André, era o que faria Sem Medo. Ou talvez aceitasse e lhe dissesse na mesma as quatro verdades. Mas Sem Medo era quase da idade de André, não ele.

Sentaram-se à mesa e logo apareceram mais cinco que se sentaram e mais a mulher de André. Era fúnji com galinha, oferecida pelos congoleses, segundo dissera André. A galinha sabia mal ao Comissário, sabia-lhe a dinheiro do Movimento. Mas comeu. A raiva estava toda contida nele, raiva contra André mas, sobretudo, contra si próprio. Como é fácil enfrentar o inimigo! Mil vezes mais fácil que certos problemas políticos. Embrenhado em rancores íntimos, limitou-se a resmungar monossílabos às perguntas de André. Este desistiu de o fazer falar.

Findo o almoço, o Comissário tentou discutir com André. Mas este despachou-o.

– Vou já tratar de arranjar comida para a Base. Há camaradas para o transporte?

– Viemos só três. Não chega.

– Bem, então vou organizar um grupo de reabastecimento. Logo que arranjar o dinheiro...

– Têm de partir esta noite – disse o Comissário.

– Sim, sim. Quando nos encontramos? Aqui, às seis horas, está bem?

– Está bem – disse o Comissário, contrariado. Mais uma vez lhe ia cortar o encontro com Ondina.

André desapareceu e o Comissário meteu-se a caminho da escola. Cruzou-se com Verdade, que acompanhava uma mulher.

– Prepara-te para partir esta noite. Vai um grupo de reabastecimento.

– Mas, camarada Comissário, eu tenho um problema...
– Partes esta noite! Prepara-te!

Verdade calou-se e continuou o caminho. Vai furioso, pensou o Comissário. O seu problema é aquela mulher, com quem queria passar a noite, é evidente. Mas ainda tem tempo, a partida é sempre de madrugada. Com que direito fico eu aqui mais uns dias e mando o Verdade para a Base? Mando-o, porque lá há pouco efetivo, porque veio para uma missão que já cumpriu. Por isso, não tem razão de ficar. E eu? Por que fico eu? Esta noite posso perfeitamente combinar com o André o que fazer sobre o Ingratidão. Não tenho outra razão senão Ondina. Que direito tenho de mandar o Verdade para a Base, se, pela mesma razão, eu não vou?

A dúvida foi aumentando à medida que se aproximava da escola. Os responsáveis formavam uma casta que se arrogava todos os privilégios, diziam os militantes. E era verdade. Era verdade, ele ali estava a prová-lo. A decisão já estava tomada ao chegar à escola.

Ondina recebeu-o a princípio com hostilidade. Mas Ivone depois saiu do quarto e ela enterneceu-se. Saíram abraçados e foram-se meter pelo capim, o mais longe possível da escola. Pararam em baixo duma mangueira majestosa, à sombra da qual se sentaram.

Fizeram amor uma, duas vezes, ele sempre desajeitadamente. O Comissário convencia-se que ela não tinha prazer e perdia-se em divagações, auscultando as reações dela, sem se entregar realmente, e sem gozar. Ela sentia-se espiada e deixava de gozar: o orgasmo era um resultado mecânico dum ato maquinal. Mentiam-se depois um ao outro, dizendo terem tido um vivo prazer. Cada um sabendo que o outro mentia. Ondina não ousava falar desse problema, pois o noivo ficaria chocado: ele não permitia que se formasse a verdadeira intimidade dos amantes que podem falar naturalmente, sem preconceitos. Eram noivos, não amantes. E ela pressentia ser necessária uma explicação. Resolvera optar pela prática: com o tempo ele acabaria por se descontrair e se entregar. Mas o tempo parecia ser incompetente para resolver a questão, pois era raro verem-se; encontravam-se por dois ou três dias, de dois em dois meses, ou mais. Só com o casamento. Ondina sabia, no entanto, que o casamento não provocaria uma mudança da vida, porque ele continuaria na Base e ela na escola. Recusava-se a aceitar que estavam no impasse.

No fundo de si mesma, Ondina tinha saudades doutras experiências, em que encontrara mais prazer. Com ele seria sempre assim? Era quando se afastavam que ela realmente sentia um desejo intenso que ficara insatisfeito. Ondina recusava-se a aceitar de face esta realidade. Por isso enveredava as suas relações para o lado intelectual.

– O que há com o André? Parece que não gostas dele.

– É um sabotador! Na Base há fome, mandou para lá uns guerrilheiros novos, praticamente sem treino, e não mandou comida. Eu venho resolver o problema e ele prega-me fintas. Marca encontros em que não aparece, depois diz que não há dinheiro e que vai pedir empréstimos. Mas passou-me 500 francos, sem eu pedir, e o jipe anda dum lado para o outro a gastar gasolina...

– Vocês são todos iguais! Deu-te 500 francos e ainda refilas! Se não desse, é porque só dá aos civis e não liga aos guerrilheiros. Sempre encontram coisas para criticar!

– Não é isso, Ondina. Quando não há dinheiro para comprar comida para a Base, não tem nada que dar 500 francos para cerveja. Se há dinheiro, é normal que dê, uma pessoa que está três meses no Mayombe tem necessidade de um dinheirito qualquer. Mas depende das situações e das possibilidades...

– Pois eu acho que o André é um bom responsável. Sempre a preocupar-se com as necessidades dos militantes...

– É falso – cortou o Comissário. – Preocupa-se com certas pessoas, não com os militantes.

– A mim nunca me faltou nada.

– A ti! Mas e aos outros?

Ondina lançou uma gargalhada. Beliscando o braço do Comissário, disse:

– Veio-me agora uma ideia. Tu não gostas do André porque ele me trata sempre bem. Tens ciúmes dele...

– Eu?

Os olhos espantados do rapaz convenceram logo Ondina que falhara completamente no alvo.

– Nem nunca pensei nisso... Que ele se interessava por ti, realmente nunca me passou pela cabeça. Mas, no fundo, talvez tenhas razão. Ele é um nguendeiro, tem um monte de mulheres por aí, ao que dizem. Pode ser que se interesse. Aqui não há muitas como tu, com estudos, bonita...

– Deixa-te disso! As pessoas falam demais. Vi como ele trata a mulher, não é de homem que tenha outras. São calúnias.

– Ora, trata-a como mãe dos seus filhos...

Ondina acariciou-o para apagar a ruga que se cavara na fronte do Comissário. Este continuou:

– Ele tem apoio no meio das mulheres, dizem que é um belo homem. E bom falador, parece ter mais instrução que na realidade... E tem um cargo importante. Enfim, coisas que contam para uma mulher despolitizada.

– Não para todas, mesmo despolitizadas. Mas deixa o André! Fala-me do combate.

O Comissário obedeceu-lhe, contando o que se passara. Explicou mesmo o caso de Ingratidão e a resposta do Comandante à sua observação infeliz sobre os traidores.

– Sem Medo tinha razão, parece-me – disse Ondina. – E ele ficou furioso, porque isso veio de ti. Basta ouvir como ele fala de ti, pareces filho dele...

– Sim, ele gosta de mim.

Calaram-se, pensando os dois em Sem Medo. E a angústia do Comissário voltou. Como dizer? Como dizer que às seis horas deveria ir para Dolisie e que, nessa noite, partiria? Sobretudo que de manhã prometera ficar uns dias... O silêncio dele fez despertar Ondina. Debruçou-se sobre ele e viu-lhe a ruga na fronte.

– Que tens?

– Nada.

– Conta na tua Dinha!

Suspirou fundo, ganhando coragem.

– Sabes? Às seis horas tenho um encontro, mais um, com o André. Vou seguir esta noite.

Ela soergueu-se num repelão.

– Mas tu disseste...
– Sim, mas o André... Enfim, não foi o André. Eu é que acho que tenho de ir. Nada mais tenho a fazer aqui.

Ondina não respondeu. Ficou sentada, os braços passados sobre os joelhos, a saia tapando metade das coxas. Ele veio a ela. Afagou-lhe os cabelos.

– E eu? – disse ela.

O Comissário afagou-lhe de novo o cabelo.

– E eu? – repetiu ela.

– Vou procurar vir o mais cedo possível.

– Ora!

As carícias dele tornaram-se mais insistentes e ela sentiu o ventre abrir-se-lhe em calor. Esqueceu por momentos a irritação e entregou-se. Mas ele pensava na separação iminente, eram já cinco horas, e não correspondeu ao desejo. Foi mais uma vez fechado e racional. O fogo dela acabou por apagar-se cedo demais e, quando voltou a abandonar-se, já ele terminara. O ventre de Ondina doía de insatisfação, ao voltarem à escola. Mas escondeu a dor e o despeito. Ele partia para a frente de combate, a despedida dum combatente não pode ser feita com queixas nem ralhos, só com ternura, quando há disso para dar.

O Comissário teve de esperar pelas oito horas, para poder avistar André. Este chegou no jipe com dez quilos de fubá e outros tantos de arroz e um pouco de peixe seco.

– Foi o que consegui. Nomeei três camaradas para levarem isso.

– Só isso? Mas não chega nem para dois dias... E para levar isso não são precisas três pessoas.

– Não há dinheiro, camarada. Isto foi agora mesmo um congolês que me deu... Amanhã vou ver se arranjo mais. E é sempre bom que os camaradas daqui vão lá à Base. Embora um pudesse levar essa carga, é sempre bom. Amanhã haverá mais...

É bom que os camaradas vão lá, mas tu nunca puseste os pés na Base, pensou o Comissário.

– Amanhã...

André bateu-lhe no braço.

– Já jantou?
– Eu não!
– Então venha daí... Amanhã arranjo comida para quinze dias.
– Tenho de preparar a minha partida. Temos de falar agora, camarada André.
– Mas amanhã...
– Hoje mesmo, agora! Arranco esta noite.
– Mas por quê? Pode ficar cá mais um ou dois dias e levar o resto da comida...

O Comissário queria mas é fugir de Dolisie e refugiar-se na sua Base. Aqui perderia toda a força moral, desencorajaria.

– Não! Tenho de partir esta noite. Vamos conversar. Janta depois!
– Mas...
– Janta depois – gritou o Comissário. – Há assuntos de guerra a tratar, o jantar pode esperar. Estou farto de esperar por amanhã.
– Bem, bem, camarada Comissário.

A discussão durou dez minutos, pois André tomou nota do que o Comissário dizia, aprovando sistematicamente. André estava sempre de acordo com o interlocutor, era uma característica sua. Só para o caso de Pangu-A-Kitina é que teria de se esperar a resposta de Brazzaville, pois em Dolisie não havia enfermeiro disponível que o substituísse por uns tempos na Base.

Acabada a reunião, o responsável convidou o outro para jantar.

– Já almocei galinha, camarada André. Nem sei se os camaradas na Base almoçaram outra coisa senão comunas. Não preciso de jantar. Até à próxima, camarada André. E obrigado pelos 500 francos, vou comprar com eles comida para os guerrilheiros.

E saiu, batendo com a porta. A guerra estava aberta, o Comissário sabia que tinha feito mais um inimigo.

Às quatro da manhã, quando se preparavam para partir, o Comissário perguntou aos outros:

– O Verdade?
– Não vai.
– Não vai como?
– Tem autorização do camarada André para ficar.

– O quê? O quê? O quê?

O Comissário percorria o quarto escuro, batendo os tacões da bota na terra batida. O quê? Tinha vontade de ir arrancar André da cama e esbofeteá-lo. Como? Ele não autorizara Verdade a ficar e André fizera-o. Quem era o Comissário da Base? Com que direito André se metia a decidir das permissões? Ele partia para não dar um exemplo de abuso e o responsável encorajava os abusos.

Quase com lágrimas nos olhos deu a ordem de partida. O cortejo de cinco homens meteu-se na mata, na noite, em passo acelerado, ritmado por um Comissário que fugia, como louco, para não desesperar, correndo para a sua Base, onde as coisas eram normais, onde os homens faziam o que podiam para lutar e para esquecer o clima que reinava nas suas costas. O dia rompeu e o Comissário não parou. À frente do grupo, contra todas as medidas de segurança, voava sobre o trilho escorregadio, indiferente aos pedidos dos homens que queriam beber água, indiferente às lianas que lhe batiam na cara, defraudado, violado, jurando vingança, procurando a companhia e a segurança de Sem Medo, que já se não desiludia de nada, porque com nada se iludia.

E o percurso durou só cinco horas e meia, quando geralmente eram precisas oito.

Ao ouvir a narrativa do Comissário, Sem Medo riu dele. Olhava o seu ar meio envergonhado, meio ofendido, e ria, ria até se torcer. O Chefe de Operações compôs um sorrisinho leve, que se colou ao bigodinho bem aparado.

– É o que dá querer ser-se mais papista que o Papa! Tinhas todo o direito de ficar uns dias em Dolisie, pois há meses que não ias e aqui não havia nenhum trabalho urgente. Quiseste ser irrepreensível até ao fim, quiseste ter uma ideia superior de ti mesmo... Foste levado! É o que dá ser-se ingénuo. E pensas que amanhã receberemos comida? Uma ova! Vai ser preciso que mais um de nós arranque para lá. Se não fossem as comunas, morreríamos de fome.

O Chefe de Operações levantou o braço, como que pedindo a palavra. Falou pausadamente, procurando com cada palavra lançar uma pedrada ao Comissário.

– Morrer de fome, não, pois consegui caçar uma cabra-monte. Carne há para uns dias. E amanhã pode ser que cace mais. Foi pena o Comissário ter-se esquecido de trazer mais óleo e sal, para se preparar convenientemente a carne.

O Comissário ia a ripostar.

– Fizeste muito bem, Das Operações – disse Sem Medo. – Foi uma operação brilhante! Vamos nomear-te caçador oficial da Base.

O Comandante virou-se depois para o Comissário.

– Como ficou o Ingratidão?

– Falei com o André. Tudo resolvido. Fica na cadeia de Dolisie. O André disse que ia tomar precauções especiais...

– Imagino! – disse Sem Medo.

O Comissário levantou-se e pegou na farda lavada.

– Vou tomar banho.

– Acompanho-te – disse Sem Medo.

Foram para o rio. Sem Medo montava a guarda, enquanto o Comissário se lavava. Saindo da água fresca, o Comissário correu para a clareira, aproveitando os últimos raios de Sol. O Comandante trouxe a camisa que ele esquecera no rio. Atirou-a sobre o capim. O Comissário sentiu no gesto a solicitude do amigo. Isso fê-lo esquecer o riso trocista de Sem Medo, quando lhe contara os dissabores de Dolisie.

– A Ondina e eu... as coisas não estão bem.

O silêncio de Sem Medo, a fumar, sentado num tronco de árvore abatida, encorajou-o a contar o que se passara na véspera. O Comandante ouviu-o, os olhos fixos no cano da AKA.

– Sexualmente vocês não se dão bem, não é?

– Por que o dizes? – O Comissário lançou-lhe uma mirada inquieta, depois continuou: – A princípio não, mas agora as coisas normalizaram-se.

Sem Medo deitou fora o cigarro. Um par de macacos perseguia-se nas árvores próximas. Um tiro liquidaria um deles, era certo. Mas o Comandante não ousou desfazer o casal que se preparava para o amor. Menos uma refeição, pensou. Voltou a concentrar-se na conversa.

– Não sei. Há qualquer coisa que me choca, quando os vejo juntos. Fazem duas pessoas, sempre duas pessoas, não uma simbiose. É como se se vigiassem constantemente, uma espécie de desafio entre vocês dois, utilizando os terceiros no vosso duelo. O amor é um duelo. Mas o amor realizado é também uma combinação, diz-se mesmo que os velhos casais acabam por se assemelhar fisicamente. Vocês ainda não se fundiram um no outro, nenhum dos dois se deixou fundir. Mas era preciso conhecer melhor Ondina, conheço-a mal...

A solução do problema só me seria possibilitada se dormisse com ela, pensou Sem Medo. Há mulheres que podem ser conhecidas do exterior, as atitudes correspondendo à maneira de ser. Outras só podem ser estudadas na intimidade, no modo como se entregam, quais os centros de prazer, quais as defesas que se forjam. Ondina era uma destas últimas. Sabia pelo Comissário que já conhecera outros homens, aos quinze anos fora deflorada, desde então tivera regularmente relações. Aos vinte e dois anos era uma mulher, sentimentalmente muito mais velha que o noivo, adolescente de vinte e cinco anos.

– Já te disse que uma mulher deve ser conquistada permanentemente – disse Sem Medo. – Não te podes convencer que ela ficou conquistada no momento em que te aceitou, isso era só o prelúdio. O concerto vem depois e é aí que se vê a raça, o talento, do maestro. O amor é uma dialética cerrada de aproximação-repúdio, de ternura e imposição. Senão cai-se na rotina, na mornez das relações e, portanto, na mediocridade. Detesto a mediocridade! Não há nada pior no homem que a falta de imaginação. É o mesmo no casal, é o mesmo na política. A vida é criação constante, morte e recriação, a rotina é exatamente o contrário da vida, é a hibernação. Por vezes, o homem é como o réptil, precisa de hibernar para mudar de pele. Mas nesse caso a hibernação é uma fase intensa de autoescalpelização, é pois dinâmica, é criadora. Não a rotina. Evita a rotina no amor, as discussões mesquinhas sobre os problemas do dia a dia, procura o fundamental da coisa. Para ti, o fundamental é a diferença cultural entre os dois. Ainda não te livraste desse complexo. Ao falar dela, há uma admiração latente pela sua maneira de se exprimir, uma procura das suas frases, da sua pronúncia mesmo. No entanto, tu és mais culto que ela. Os teus estudos foram menos avançados, mas tens uma compreensão da vida muito superior. Ela conhece mais Física ou Química, mas é incapaz de compreender a natureza profunda da oposição entre os dois polos do elétrodo e da sua ligação essencial. Tu pouco conheces de Física, mas és capaz de a compreender melhor, porque conheceste a dialética na vida. A tua ação na luta, em que estás a contribuir para transformar a sociedade, é um facto cultural muito mais profundo que todos os conhecimentos literários que ela tem. Vocês dois podem completar-se, pois têm muito para ensinar um ao outro. Mas tu fechas-te no teu complexo, na consciência da tua incultura que, afinal, é só aparente; ela sente isso e considera-se intelectualmente superior, daí até ao desprezo só vai um passo. És tu que a levas a dar esse passo.

O Sol fora tragado pela folhagem. O Comissário vestiu-se. Ao calçar as botas perguntou:

– Que devo fazer?

– Conquistá-la verdadeiramente. Conquistá-la sexualmente, penso que ainda não o fizeste. Há três meses, quando a vi, ela tinha todo o aspeto de quem não estava totalmente saciada sexualmente. Isso vê-se numa mulher, acredita.

– Mas como fazer?

– A receita prática? Não ta posso dar. É como o marxismo. Serve de guia, de inspirador para a ação, mas não te resolve os problemas práticos...

Calou-se, riu silenciosamente, afagando a AKA. Depois continuou:

– Sempre achei ridículo o indivíduo que pega no Mao e passa uma noite a lê-lo, para estabelecer o plano duma emboscada. O Mao dá lições de estratégia, não a táctica precisa para cada momento. O indivíduo tem de ter imaginação, estudar o terreno, e recriar a sua tática. Posso dar-te uma orientação, mas não os detalhes do procedimento. Há mulheres que amam a violência, que amam ser violadas, outras preferem a violação psíquica, outras a ternura, outras

a técnica. Tens de estudar a Ondina, saber qual é o seu género e então traçar o teu plano. Ao meter em execução o plano, tens de ser lúcido, mas, ao mesmo tempo, apaixonado, intuitivo, para o poderes mudar se for necessário. A lucidez não significa frieza no amor. Podes ser espontâneo e lúcido.
– Muito complicado!
O Comissário fez um gesto de desencorajamento. Sem Medo bateu-lhe no ombro. Nesse momento passou Ekuikui, que voltava da caça, sem nada. Tinha o mesmo ar desencorajado do Comissário, o fracasso gravando-lhe uma ponta de vergonha no rosto.
Voltando para a Base, onde os guerrilheiros saíam das aulas para prepararem os fogos e o jantar, Sem Medo disse:
– Queria evitar, mas parece que terei de ir dizer duas palavras ao André. Se amanhã não vier a comida...
– Podias falar com a Ondina. Talvez percebesses melhor o que há, podias aconselhá-la... e a mim também.
A voz era uma súplica reticente. Um esforço de desprendimento, pensou Sem Medo.
– Se tiver ocasião.
Que choque seria para ele, se lhe dissesse que só poderia conhecer verdadeiramente Ondina e aconselhá-los decentemente, estudando-a sexualmente. Nunca compreenderia, perderia sem dúvida a confiança total que tem na amizade, na minha amizade. É dos tais que me entregaria a mulher para tomar conta dela... Eu nunca o faria. Ou, se o fizesse, era já admitindo que tudo poderia acontecer, e sem culpar ninguém do que sucedesse. Se há alguma coisa a culpar! Mas o Comissário é demasiado jovem para compreender. E, de qualquer modo, a Ondina não me interessa.
Entraram na casa do Comando, onde se encontravam vários guerrilheiros, discutindo sobre o último jornal do Movimento que chegara de Dolisie. O Comissário meteu-se na discussão, era o seu trabalho.
O Comandante deitou-se no catre, fumando. Ondina não lhe interessava? Não, isso era certo. Não porque fosse a noiva do Comissário, deixara de acreditar na pureza da amizade quando havia

mulheres no meio. Caim não matou Abel por causa duma mulher? Tentou recordar a passagem da Bíblia. É possível que na Bíblia isso não venha expresso. Mas é evidente que uma mulher esteve na origem do crime. Ondina devia ser uma artista na cama, sentia-se, tinha fogo escondido sob a capa criada pela educação de menina de Luanda. Bastava ver como estudava os homens, os apreciava, pesando o seu valor, procurando mesmo um duelo surdo ao cruzar o olhar e ser a última a desviar a vista. Fizera-o com ele e com outros mais. Tinha sempre um sentido alerta para conhecer se agradava ao homem que afrontava, se uma palavra sua bastaria para o excitar. Ele entrara no duelo, pela primeira vez, antes de o Comissário a conhecer.

Ela chegara na véspera a Dolisie. Ele vinha de Kimongo, onde estava anteriormente a Base. Foram apresentados pelo Kassule, que hoje estava no Leste. Ela enfrentara o olhar apreciador que ele lhe deitara, convidara-o para tomar um café no seu quarto. Ela sentou-se na cama, ele ficou de pé, bebendo o café. A saia curtinha subira e mostrava as coxas. Ele mirou-as descaradamente e fez o olhar subir lentamente do joelho à ponta da cueca branca que se adivinhava, deixou-o aí longamente, e depois continuou a ascensão até aos olhos que brilhavam, desafiadores, olhos de onça. Ela susteve o olhar, esperando o resultado do exame. Ele voltou a baixar os olhos, lentamente, até ao pescoço alto e viu a garganta dela contrair-se, prosseguiu até aos seios pequenos e duros, o ventre magro, chegou de novo às coxas redondas. Daí, o olhar de Sem Medo fixou-se na chávena. Ela esperava a reação. Ele não mostrou perturbação, disso tinha a certeza.

A conversa prosseguiu, agora ele sentado no banco à frente dela. Falaram de Luanda, das pessoas que ele conhecera e que ela conhecia. Ondina procurava o duelo, não deixava de o fitar de frente, uma luzinha brilhando no fundo do olho. Sem Medo por vezes perdia-se na contemplação das coxas, era o que ela tinha de mais excitante, lembravam-lhe outras, só que estas eram mais escuras. O olhar dela era então discretamente jubiloso, mas ele não piscava os olhos ou contraía os lábios ou engolia saliva. Mantinha o porte indiferente do gigante do Mayombe, e o júbilo esbatia-se suavemente no olhar dela, para ser vencido pelo tom ambíguo da perplexidade.

Sem Medo partiu e nunca mais permitiu outro desafio, embora ela o provocasse, mesmo depois de estar noiva do Comissário.

Há mulheres para quem esse duelo é apenas um capricho, uma necessidade fútil de medir forças, e que não vai mais além. Ondina não. Sem Medo sentira que, nela, o que parecia começar como jogo, era afinal uma necessidade imperiosa de se julgar e se refazer a pele que caía durante o duelo. O que começara como jogo, no fim já era convite mudo. O que o fizera desinteressar de Ondina fora a certeza de que ela lhe teria sido uma presa fácil, demasiado fácil, nessa tarde em que se conheceram. Não que ele só quisesse combates difíceis, não. Mas, quando se tratava duma menina bem educada, com maneiras estudadas de citadina que nasceu no muceque e que quer chegar a viver na Baixa, então essa tinha de ser natural e directa, ou então difícil. Ou ela conduzia o jogo ou então não provocava um duelo para suplicar em seguida. Sem Medo apreciava a dignidade da mulher que é capaz de lutar pelo que deseja ou que é capaz de retardar a captura, só para aumentar o prazer da captura. Ondina deixara aperceber uma natureza equívoca, eis o que fizera desinteressar Sem Medo.

Estava o Comandante nestas observações, quando Vewê entrou na casa e se sentou no catre de Sem Medo. Este reparou que ele não pedira licença, era uma familiaridade rara, inédita em Vewê. O gesto agradou-lhe.

– Já não sou um papão?

O rapaz não compreendeu a alusão. Levantou para ele uns olhos límpidos, onde se lia o temor.

– Sentaste-te sem pedir licença, como se fosse a tua cama. Quer dizer que me perdeste o medo...

Outros guerrilheiros observavam a cena do lado de fora da janela, mas não podiam ouvir, pois Sem Medo falara baixo. Vewê baixou os olhos, à espera duma reacção violenta. Se a familiaridade lhe é conferida pelo facto de ser meu parente, então isso é mau; se é porque começa a sair da casca, se começa a desenvolver como feto de homem adulto, então está bem. Qual o móbil de Vewê?

– Pensas que o facto de ser meu primo te dá direitos que os outros não se permitem ter?
– Vai haver a rádio...
– Eu sei, não é isso que pergunto – levantara a voz e os que estavam à janela aguçaram os ouvidos. – Pergunto-te se pensas que ser primo do Comandante te faz considerar superior aos outros.
– Não, não, camarada Comandante.
– Então, por que não pediste licença para te sentares?
Vewê hesitou. Olhou para trás do Comandante, para o grupo de espectadores que se formara atrás da janela, sem que o Comandante os visse. Falou alto para que todos ouvissem:
– Achei normal... Como o camarada Comandante se podia sentar na minha cama sem pedir autorização.
Sem Medo sorriu. O ar tímido de Vewê enganava: tinha carácter, começava agora a tirar lentamente as unhas. Não era Vewê, era gato, onça, ou leopardo. Quem sabe se leão? Ia dar um bom guerrilheiro. O Comandante bateu-lhe no ombro.
– Podes estar à vontade. Conquistaste o direito de te sentares na minha cama sem pedir autorização. Duvido que isso conte para ti, mas enfim...
Vewê olhou para a janela. O murmúrio que percorreu os guerrilheiros fez compreender a Sem Medo que algo se passava. Fixou Vewê e viu o olhar triunfante que lançava aos companheiros de fora. Triunfante e tranquilizado. Sem Medo compreendeu tudo: não era iniciativa de Vewê, fora simplesmente uma aposta que fizera com os outros.
– Vai embora! – gritou o Comandante. – Sai-me daqui, desaparece!
O rapaz olhou-o, perplexo e atemorizado.
– Sai! – gritou Sem Medo, furioso.
Vewê pôs o chapéu na cabeça e desapareceu. O Comissário falou do outro lado da casa:
– Não tens o direito de falar assim a um guerrilheiro, Comandante!
Sem Medo amachucou o cigarro no chão. Sentou-se no catre. Os olhos faiscaram, ao fixar o Comissário. Este levantou-se e avançou para o meio da casa. Sem Medo olhava-o, o cenho carregado.

– Não assisti ao que se passou – disse o Comissário – mas não são maneiras de se falar a um guerrilheiro.

O Comandante levantou-se por sua vez. Os combatentes ouviam atentamente, adivinhando a tensão que se criara entre os dois homens. Os ruídos da mata tornaram-se perceptíveis, ritmados pelo ruído do pé do Comandante martelando o solo.

– É um impostor! – disse Sem Medo. – Não percebeste nada, então não te metas!

E saiu de casa, sem olhar ninguém. O Comissário ia falar, mas a brusca saída do outro deixou-o com a fala suspensa. Os guerrilheiros que rodeavam o Comissário, e os outros que estavam na janela, calavam-se, desiludidos por ter parado aí o conflito entre os dois responsáveis.

Quando Teoria entrou na cabana do chefe de grupo Kiluanje, estavam lá Milagre, Pangu-A-Kitina, Ekuikui, outros guerrilheiros e, num canto, confidenciando-se pensamentos íntimos, o jovem Vewê. Teoria notou que Kiluanje se interrompera no discurso, mas que, ao vê-lo, voltou a falar.

– O problema que há aqui é que o Comandante não tinha razão e o Vewê é um guerrilheiro, antes de ser primo dele.

– É primo dele e por isso ele tem poder de lhe bater mesmo – disse Pangu-A-Kitina. – E você não tem nada com isso.

– Viste como o Comissário ficou zangado? – perguntou Milagre. – Se ele ficou assim, é porque o Comandante estava mesmo errado. O Comissário não fica zangado à toa!

– Porque o Comissário nunca erra? – disse Pangu-A-Kitina.

– Não é isso que eu estou a falar – disse Milagre. – Mas tu, lá porque és kikongo, só queres defender o Comandante.

– Ai é? E por que é que vocês o atacam? Porque são kimbundos...

– É melhor travar aí a discussão, camaradas – disse Teoria.

Ninguém lhe ligou importância.

– Nos Dembos – disse Milagre – um tipo como o Sem Medo já não vivia. Já o tínhamos varrido!

– Como varreram os assimilados e os umbundos em 1961 – disse Pangu-A-Kitina. – Mas isso não parou aí. Ainda vai haver muitas contas a ajustar.

– Camaradas, parem por favor – gritou Teoria, metendo-se no meio.
– Vocês julgam que vêm aqui fazer como na UPA? – disse Milagre. – O vosso partido é a UPA, o partido dos kikongos. Vieram aqui sabotar, estão a trabalhar para o imperialismo.
– Deixa, Milagre! – disse Kiluanje. – As coisas um dia vão-se resolver, mas não interessa agora com a boca.
– Com que então que se vão resolver? – perguntou Pangu-A--Kitina. – Com que então?
– Não interessa, deixa só!
– Camaradas, se continuam assim eu vou chamar os responsáveis – disse Teoria.
– Tu, cala-te – disse Milagre. – Não tens nada que falar, ouviste? A conversa não é contigo...
– Mas...
– Camarada Teoria – disse Kiluanje –, o camarada não foi chamado aqui. Por isso é melhor não se meter.
– Mas o que estão a dizer é grave – disse Teoria. – Vocês ainda não se aperceberam?
– Como não se aperceberam? – interrompeu Ekuikui. – Eles sabem o que estão a dizer, é o que eles sentem. Não só o camarada chefe e o Milagre, mas também o Pangu. Sabem o que estão a fazer e o que querem. Mas como eu não estou de acordo, nem com uns nem com os outros, vou dormir. E digam, se quiserem, que é porque sou umbundo, que não me interessa, estou cagando!
Ekuikui ia a sair, mas Teoria segurou-lhe no braço. O professor tremia e foi isso que fez parar Ekuikui. Os outros guerrilheiros ouviam, interessados, a cena, sem se meterem.
– Não podes sair Ekuikui. Temos de acabar com esta discussão.
– Camarada professor, quando se entra em discussão tribal, o melhor é deixar, não se meter no meio.
– Discussão tribal? – cortou Kiluanje. – Quem é que está a fazer discussão tribal aqui?
Ekuikui riu, tenso.
– Então eu tinha compreendido mal, camarada Chefe. Tinha percebido que se falava de kimbundos e kikongos. Se não se falou, afinal, não é discussão tribal. Fui eu que ouvi mal!

– Pode-se falar sem ser discussão tribal.
– Como? – disse Teoria. – Não se pode falar nada. O melhor, Pangu-A-Kitina, é vires comigo.
– Por que é que hei de ir, se estou aqui tão bem?
– Eu vou – disse Vewê – essa conversa não me interessa.
Vewê saiu e ninguém o reteve.
– Você disse que as coisas se iam resolver, mas não de boca – disse Pangu-A-Kitina para Kiluanje. – Vão-se resolver como? Com tiros?
– Travem isso, camaradas! – gritou Teoria.
– Vão-se resolver, é o que eu digo. Lembras-te do grupo do Tomás Ferreira assassinado pela UPA? E todos os outros? Ainda não estão pagos...
– E eu sou da UPA, lá porque sou kikongo? Que culpa tenho eu que a UPA faça isso?
– Não está pago, é o que eu digo.
– E os bailundos que mataram em 1961? Julgas que eles também esqueceram? Éramos nós que os protegíamos de vocês, que vinham com as catanas...
– Camaradas, eu vou chamar o Comissário – disse Teoria.
– Não é preciso – disse Kiluanje –, está tudo claro. Eu também não discuto mais.
– Parem mas é com as vossas ameaças – disse Pangu-A-Kitina. – Pensam que metem medo? Nós também temos armas.
Teoria pegou no braço de Pangu-A-Kitina e puxou-o para fora. Mas o enfermeiro era mais forte e foi Teoria que foi arrastado para dentro do quarto.
– Vocês não metem medo, hem?
Os guerrilheiros kimbundos riram e não responderam. Tinham segurado Milagre violentamente, para evitar que discutisse mais. Kiluanje controlava-se bem.
– Nós também temos armas! Estão só para aí a ameaçar... O MPLA é vosso? O MPLA não é só dos kimbundos, é de todos.
Os outros não responderam. Esperavam que os gritos de Pangu-A-Kitina, que já tinham atraído outros guerrilheiros que espreitavam pela janela, chamassem o Comissário. Teoria puxava-o, mas o enfermeiro repelia-o com brutalidade.

– Nós varremos muitos de vocês no passado. Os Dombos e Nambuangongos pagavam imposto ao Rei do Congo. Vocês eram nossos escravos, como é que falam agora?

O barulho trouxe o Chefe de Operações.

– Que se passa aqui?

– O camarada Pangu-A-Kitina veio aqui insultar-nos – disse o chefe de grupo Kiluanje.

– Não – disse Teoria. – Começaram a discutir, tentei interromper, mas dum lado e do outro não queriam parar.

– Mas quem é que está a falar agora, a provocar? – disse Kiluanje. – Nós calámo-nos, quando vimos o que Pangu queria. Mas ele continuou, continuou. Agora chamou-nos escravos dos kikongos...

– É mentira! – disse Pangu-A-Kitina.

– É verdade! – disse Ekuikui. – Você foi burro, perdeu a cabeça, era o que eles queriam. Disseste, sim, isso. Mas quem puxou a conversa foram eles e depois aqueceu. Não foi o Pangu que veio aqui insultar.

– Bem, o Comando vai resolver isso depois – disse o Chefe de Operações. – E agora dispersem!

Indo para o quarto que partilhavam, Ekuikui disse a Teoria:

– Não sei se o Pangu foi só levado ou se queria mesmo arranjar uma maka.

– Os outros foram malandros. Irritaram-no e depois calaram-se, para ser ele a enterrar-se. Ele reagiu por tribalismo.

– Claro, camarada professor. Mas parece a mim que ele sabia disso e não se importou. Estava a fazer de propósito.

– Para provocar?

– Sim, para provocar porrada tribal.

– Mas com que fim?

– Isso aí... O que os homens mostram é sempre uma parte muito pequena do que têm no coração.

– Achas portanto que os dois têm culpa?

– Camarada Teoria, os dois queriam a mesma coisa. Quando há problema tribal, não vale a pena pensar quem é que tem a culpa. Se duma vez foi um que provocou, é porque antes o outro tinha provocado. Quem nasceu primeiro, a galinha ou o ovo? É assim com o tribalismo.

Teoria entrou em casa e ficou calado. A sua atitude terá sido a mais correta?

Que podia eu fazer a mais? Tentei impedi-los, fui mesmo contra todos os que ali estavam, não tive medo de me meter. Será um sinal de progresso, de vitória sobre o medo? Noutra altura calar-me-ia ou iria embora, para não provocar problemas. Mas foi mais forte do que eu, não me controlava, fiz o que me passou pela cabeça. Talvez, sim, talvez tenha sido uma vitória.

E adormeceu, sem ter fumado.

EU, O NARRADOR, SOU MUNDO NOVO.

Assistimos neste momento a qualquer coisa de novo na Base: o Comissário ousa afrontar o Comandante.

Para que o progresso se faça, é necessário que um elemento crie o seu contrário, o qual entrará em contradição com ele para o negar. Sem Medo, de certa maneira, criou o Comissário, formando-o. Mas eis que este o ultrapassa em grau de consciência. Surge logicamente uma luta entre eles, luta que se traduz por posições práticas antagónicas. Até agora, o Comissário limitava-se a seguir o Comandante, a imitá-lo: mesmo nos gestos, no estilo de combater, na indiferença aparente com que enfrenta o inimigo. Hoje opôs-se publicamente ao Comandante, levantou a voz para o criticar. Sem Medo, pasmado pela rebeldia do seu pupilo, abandonou a casa de Comando, foi passear na noite.

O Comandante não passa, no fundo, dum diletante pequeno-burguês, com rasgos anarquistas. Formado na escola marxista, guardou da sua classe de origem uma boa dose de anticomunismo, o qual se revela pela recusa da igualdade proletária. Não é de bom grado que aceita a democracia que deve reinar entre combatentes e, por vezes, tem crises agudas e súbitas de tirania irracional. Defensor verbal do direito à revolta, adepto da contestação permanente, abusa da autoridade logo que a contestação se faz contra ele. O caso de Vewê pôs a nu toda a sua mentalidade de ditador. Este flagrante caso de abuso do poder levou o Comissário, que tem uma formação ideológica bem mais clara, a tomar posição a favor da linha de massas.

Esta atitude faz-me pensar que a relação de forças no Comando vai mudar. Como diz o Chefe de Operações, o desprezo do Comandante pela opinião dos outros membros do Comando tem levado a erros graves, situação agravada pelo facto de o Comissário aprovar sempre Sem Medo. Mas agora talvez vejamos a desejada união entre o Comissário e o Chefe de Operações fazer-se contra o Comandante, defensor do niilismo pequeno-burguês. Não há que lamentar divisões entre os responsáveis: elas são uma necessidade histórica.

Por que Sem Medo perdeu a cabeça? Falei com Vewê, soube da aposta que tinham feito, das palavras murmuradas pelo Comandante. Este fez uma ideia superior de Vewê, que o ousava desafiar, e ficou desiludido, ao verificar que a ousadia de Vewê era fruto apenas duma aposta. Reagiu pessoalmente, subjetivamente, ofendido porque a ideia que fizera de Vewê era falsa.

Não foi Vewê que o desiludiu, foi ele que se iludiu sobre Vewê.

Como poderemos fazer confiança num homem tão pouco objetivo?

A Revolução é feita pelas massas populares, única entidade com capacidade para a dirigir, não por indivíduos como Sem Medo.

O futuro ver-me-á, pois, apoiar os elementos proletários contra este intelectual que, à força de arriscar a vida por razões subjetivas, subiu a Comandante. A guerra está declarada.

No dia seguinte, esperaram impacientemente o meio-dia. Nada viera do exterior. A comida só daria para esse dia, depois teriam de voltar ao regime de comunas assadas.

O Comandante acordara mudo e o seu olhar fixava-se obstinadamente no relógio. Não saíra da casa do Comando, não fora treinar os novos recrutas. Depois do almoço, a esperança de ver chegar um grupo de Dolisie esvaiu-se.

– Esse André mais uma vez me aldrabou – disse o Comissário.

– Que esperavas? – respondeu Sem Medo.

Levantou-se, pegou na AKA, chamou Lutamos e Muatiânvua.

– Vamos fazer uma patrulha.

Os três guerrilheiros saíram da Base, a passo rápido, o Comandante à frente. Andaram ininterruptamente até às três horas, inclinando-se para subir as montanhas a pique que se elevavam sempre à sua frente. Chegados a um regato, Sem Medo parou e bebeu água.

Os outros imitaram-no. Lutamos foi observar um caminho que passava ali perto e que estava por eles minado. Muatiânvua deitou-se a fumar. Sem Medo estava taciturno, como acordara nesse dia. Lutamos voltou ao grupo, sem nada de anormal a assinalar.

– Nem caça se encontra – disse Muatiânvua. – Até parece que a caça combinou com o André, para nos deixar morrer de fome.

– Se a gente fosse unido – disse Lutamos –, a gente dava mas é um golpe de Estado, tirava o André de responsável. Isso é que era preciso. Mas a gente do maquis não está unida!

E olhava o Comandante, a estudar a reação. Sem Medo manteve-se calado. Muatiânvua trocou uma mirada entendida com Lutamos e acrescentou:

– Se houvesse um Comando unido, ele podia impor certas coisas ao André...

O Comandante acendeu outro cigarro. Contemplava as copas das árvores que percorriam os ares, desdobrando-se, deixando um ou outro fragmento azul de céu. Fingiu não perceber as alusões dos companheiros e fumou, indiferente. Muatiânvua desistiu de provocar conversa e foi observar o rio, a ver se havia peixe. Entretanto, Lutamos olhava o Comandante, discutindo interiormente se deveria falar diretamente ou não. Há coisa no ar, pensou Sem Medo, sente-se no ambiente abafado da Base, no nervosismo dos homens. E aqui aproxima-se trovoada.

– Vamos até ao deserto – disse ele.

Andaram mais meia hora e saíram da mata, para uma montanha sem árvores, só com capim. A isso chamavam deserto. Tudo é relativo. Para um homem habituado a ter folhas até cinquenta metros acima da cabeça, qualquer terreno em que só encontra capim é um deserto. Da mesma maneira, a savana seria um Mayombe para o camelo. Ainda há homens para os quais a sua verdade tem de ser conhecida por todos, pensou Sem Medo, se a própria vida nos leva a relativizar tudo, até o próprio vocabulário!

O Sol forte do meio da tarde feriu-lhes a vista e tiveram de se habituar aos poucos, piscando longamente os olhos. Sentaram-se no alto do monte, vigiando o horizonte. Muatiânvua e Sem Medo tiraram a camisa e puseram-na a secar sobre o caminho em que se encontravam, utilizado pelos soldados portugueses para patrulhas na região.

As nuvens acumulavam-se sobre a floresta, à sua frente. A floresta concentra nela as nuvens, pensou Sem Medo. Elas vêm dos desertos e vão cruzar-se, penetrar-se, sobre o Mayombe. Correm livremente pelo espaço, em jogos essenciais de deformação constante – ou recriação constante – para serem atraídas em massa informe, se tornarem prisioneiras do seu próprio conteúdo. Uma nuvem isolada tem a individualidade que lhe é dada pela sua mutabilidade inquieta e caprichosa; esta individualidade perde-se na massa que se concentra e que vale pelo seu peso, pela sua potência selvagem.

Sem Medo identificou-se a uma nuvem cinzenta, com fímbrias brancas, que corria em revolução constante, e parecia poder escapar-se, poder passar ao lado da massa de nuvens que se adensava sobre o Mayombe. O coração pulsando, seguiu os movimentos frenéticos da nuvenzita que ora era ave ora luz ora cabelos de mulher loira, ora cavalo galopando. Dentro de si fazia votos para que ela passasse ao lado da massa ameaçadora que a atraía invencivelmente. Por momentos, pareceu-lhe que a nuvem passaria ao lado e percorreria livremente o seu caminho precipitado. Mas, ou foi um golpe de vento ou a atração, o certo é que a nuvenzita foi engolida pela massa cinzento-escura e se desfez nela. Um aperto no coração e um gesto de desalento acompanharam a sua voz:

– Que se passa então, camaradas?

Muatiânvua não esperava senão isso. Cofiou a barba, enquanto os olhos pareciam soltar-se do rosto anguloso.

– O que se passa é que está a haver agitação na Base. Uns dizem que se não há comida é porque a direção não faz confiança no Comando da Base, que está dividido. Outros que porque o Comandante não serve e não faz ações que justifiquem a comida. Outros, esses são poucos, dizem que a culpa é dos civis e que é preciso mudar as coisas. Há os que são pelo Comandante, os kikongos; os que são pelo Comissário contra o Comandante; os que são pelo Chefe de Operações, contra o Comissário e o Comandante; os que são pelo

Chefe de Operações e o Comissário contra o Comandante; enfim, são esses...

Sem Medo sorriu tristemente.

– E os que são pelo Comandante, sem serem kikongos, ou pelo Comissário, sem serem kimbundos?

– Há, mas, eh pá, são poucos!

– Pelo que compreendo, há quem pense que entre mim e o Comissário há problemas...

– Sim. Desde ontem...

Sem Medo não respondeu. Lutamos aproveitou a pausa para dizer:

– É preciso é fazer a unidade no Comando contra os civis. Temos de dar o golpe no André.

O Comandante olhou-o fixamente.

– Mesmo com o Chefe de Operações? Pensas que mesmo com o Chefe de Operações? Sabes por que to pergunto, não?

Lutamos sustentou o olhar penetrante.

– Sim, camarada Comandante. O Chefe de Operações não pode comigo, desconfia mesmo de mim, mas isso é normal. O povo daqui não apoia, homem de Cabinda é logo traidor... Mas ele é bom militar e um dia vai compreender. Eu só quero que a luta avança, por isso penso é preciso fazer a unidade do Comando e obrigar a Direção a pôr outro responsável em Dolisie. Só assim a luta pode avançar. Esse povo não é traidor, mas precisa de ver a guerra está a sair mal ao tuga. O Povo apoia o que tem razão, mas quando o que tem razão mostra que é forte. Os civis falam em Dolisie não se deve enviar comida porque nós não fazemos guerra e que o Comando está dividido por tribalismo e ambição...

– Vocês sempre com a desunião do Comando! – disse Sem Medo. – Onde é que viram que o Comando está dividido? Há ou havia problemas entre o Comissário e o Das Operações. Nunca tive problemas com nenhum deles. O caso de ontem... quem é que está para aí a inchar o caso de ontem, a fazer dele um monstro? Ontem não houve nada de especial. Porque o Comissário me criticou? Está muito bem, devia fazê-lo mais vezes. Julgam que isso criou problemas, estão muito enganados, não há problema nenhum. Vocês todos não dão o devido valor ao Comissário, pensam que ele é um mole ou um miúdo. Ele tem a sua cabeça, que pensa muito bem.

– Sabemos, sim – disse Muatiânvua.

– Se uma vez ele discute comigo, pronto, é porque há coisa séria por trás! Não é normal que dois homens discutam e se zanguem mesmo, sobretudo se são amigos? E eu digo-vos a vocês, que são uns destribalizados aqui, que não são kikongos nem kimbundus: não tentem atirar-me contra o Comissário, com intrigas, do disse que disse, comigo não pega. Com ele também não.

– Não, a gente só contou o que dizem os guerrilheiros – disse Muatiânvua. – Eu não vou com uma pessoa contra outra. Eu vou com o que tem razão. Não gosto de intrigas, sempre falei de homem a homem. O que disse posso repetir numa reunião, com o André e tudo.

– Eu sei – disse Sem Medo.

Muatiânvua era considerado por muitos como "anarquista nas palavras". Quando se levantava numa reunião muitos tremiam intimamente: Muatiânvua só falava quando tinha uma bomba para a discussão, que atirava para o meio da reunião, com um ricto trocista na boca, os cabelos em desordem e os olhos dardejando desprezo para o responsável em falta. Fora muitas vezes indigitado para estágios ou mesmo para promoções. Mas sempre aparecia um inimigo feito pelas suas palavras para lhe sabotar o estágio ou a promoção. Muatiânvua encolhia os ombros e dizia que não viera para passear pelo estrangeiro – que conhecia devido às viagens de marinheiro – ou para ser chefe; viera para lutar.

Sem Medo bateu-lhe no braço.

– Eu sei. Não falo para ti, nem para o Lutamos. Mas há muitos que só esperavam uma pequena discussão entre o Comissário e mim, para começarem a agitar. Muitos nem sabem o que fazem. Estão enganados. O que nos une, a mim e ao Comissário, é muito forte, demasiado forte.

Calou-se, porque a voz lhe saía dificilmente, pela contração da garganta. Os outros respeitaram o seu silêncio. Sem Medo olhou o vulto ameaçador das nuvens sobre o caminho que iriam percorrer para voltar à Base. Vestiu a camisa.

– Vamos apanhar chuva.

Não só apanharam chuva, mal se embrenharam na mata, como a noite os surpreendeu no caminho. Tropeçavam nos troncos caídos, escorregavam no chão lamacento, enrodilhavam-se nas lianas que os vigiavam. Sem Medo avançava à frente dos outros, impaciente por chegar, não pelo calor da cubata, mas pelo café que o Comissário preparava, sabendo que eles estavam cansados e friorentos. E não era pelo café, mas porque era preparado pelo Comissário para ele, Sem Medo.

O Comissário tinha mesmo preparado o café e encheu-lhe a lata de leite que servia de caneca. Sem Medo bebeu o café e acendeu um cigarro. Depois de fumar, mudou de farda. O jantar esfriara há muito no prato. O Comissário sentou-se na cama, ao lado dele.

– Queria falar-te.
– Sobre o caso de ontem?
– Sim.
– Não vale a pena – disse Sem Medo.
– Vale, sim. Não vais jantar agora?
– Mais logo.
– Então vamos para fora. Já deixou de chover há muito.

O Comissário estava nervoso, e os seus olhos revelavam falta de à-vontade. Discutir para quê? – pensou Sem Medo. Desenterrar o que já morreu. Os homens gostam de se flagelar com o passado e nunca se sentem contentes sem o fazer. É a incapacidade de pôr uma pedra sobre um facto e avançar para o futuro. Há outros, no entanto, os que não sabem gozar a vida, que só veem o futuro. Incapacidade de sofrer ou gozar uma situação. Se sofrem, consolam-se, pensando que o amanhã será melhor. Se são felizes, temperam essa felicidade pela ideia de que ela acabará em breve. Eu vivo o presente; quando faço amor, não penso nas vezes em que não encontrei prazer, ou que será necessário lavar-me a seguir. Mas o Comissário é um miúdo, cuja personalidade está indecisa entre o passado e o futuro.

Poderá talvez aprender a gozar a vida, mas por enquanto ainda necessita duma explicação.

– Vamos – disse Sem Medo.

Sentaram-se sobre um tronco caído, à entrada da Base, as armas nos joelhos. Muatiânvua vira-os e não despegava os olhos dos dois vultos.

– Quero pedir-te desculpa do que se passou ontem – disse o Comissário. – Não devia falar-te assim à frente dos guerrilheiros. É desautorizar-te e tirar a confiança dos guerrilheiros no Comando.

– Tinhas razão, eu não devia tratar o Vewê como tratei.

– Mas não devia falar-te ali. Deveria ter-te dito isso à parte. Os guerrilheiros...

– Os guerrilheiros devem habituar-se a ouvir os responsáveis criticarem-se e verem que isso não vai provocar problemas entre eles.

O Comissário abanou a cabeça.

– Foi um gesto impensado, está errado. As críticas devem ser feitas em reunião do Comando ou em privado. Foi assim que sempre se disse.

– Pois aí é que está o mal – disse Sem Medo. – As coisas passam-se entre os responsáveis. Se há roupa suja a lavar, é preciso que o militante não saiba, ela é lavada na capelinha. Fica tudo sempre na capelinha. Como ensinas então os guerrilheiros a criticar e a ser sinceros, e a controlarem os responsáveis, se na prática não lhes dás exemplos? Eu, quando tenho uma coisa a dizer-te, ou ao Das Operações, não vos chamo à capela para criticar, já reparaste? Com vocês deve ser a mesma coisa.

– Isso dizes tu! Mas os guerrilheiros já estão a falar, a dizer que há makas entre nós, que o Comando está dividido.

– Precisamente porque tu sempre evitas fazer-me críticas públicas. Se o fizesses, já estariam habituados e não era uma coisa destas sem importância nenhuma que os ia alertar.

– O princípio está errado! – disse o Comissário.

– Bom. Tu tens necessidade de te sentir em falta e estás a confessar-te. Enquanto não tiveres a penitência, não tens a alma tranquila.

À confissão chamas autocrítica, à contrição chamas o reconhecimento do erro. Queres que te ordene a flagelação para expiares o sacrilégio?

– Vês em tudo o pensamento religioso!

– Porque ele está em tudo. Os quadros do Movimento estão impregnados de religiosidade, seja católica, seja protestante. E não são só os do Movimento. Pega em qualquer Partido. Há uns que procuram aldrabar o padre e escondem os pecados: é como os militantes que fogem à crítica e nunca a aceitam. Há os outros, os que inventam mesmo pensamentos impuros que afinal nem chegaram a ter, salvo no momento da confissão, para que se sintam mesquinhos em face do sofrimento do Cristo: são os militantes sempre dispostos a autocriticar-se, a reconhecer erros que não cometeram, apenas porque isso lhes dá a impressão de serem bons militantes. Um Partido é uma capela. E é por isso que achas que os responsáveis devem criticar-se a sós, como o padre e o sacristão, que só na sacristia se acusam de roubarem as amantes respetivas, porque se o fizessem em público os crentes tornar-se-iam céticos.

– Não é a mesma coisa. Um Partido não é uma capela.

– Não deveria ser uma capela, mas é. Onde é que os dirigentes discutem em público? Não, só no seu círculo. O militante tem de entrar no círculo, pertencer à casta, isto é, tornar-se dirigente, para saber da roupa suja que se lava nas altas instâncias. Quando um dirigente é publicamente criticado, é porque caiu em desgraça, é um bispo tornado herético, um Lutero.

– Então, achas que tudo se deveria fazer em frente do povo?

– Pelo menos dos guerrilheiros, dos militantes, vanguarda do povo, como se diz. Vocês falam tanto das massas populares e querem esconder tudo ao povo.

– Vocês, quem?

– Vocês, os quadros políticos do Movimento. Os que têm uma sólida formação marxista.

– Tu também a tens.

– Eu? – Sem Medo sorriu. – Eu sou um herético, eu sou contra a religiosidade da política. Sou marxista? Penso que sim, conheço suficientemente o marxismo para ver que as minhas ideias são conformes a ele. Mas não acredito numa série de coisas que se dizem ou se impõem, em nome do marxismo. Sou pois um herético, um anarquista, um sem-Partido, um renegado, um intelectual pequeno-burguês... Uma coisa, por exemplo, que me põe doente é a facilidade com que vocês aplicam um rótulo a uma pessoa, só porque não tem exatamente a mesma opinião sobre um ou outro problema.

– Por que estás sempre a dizer "vocês", a incluir-me num grupo?

– Porque fazes realmente parte dum grupo: os futuros funcionários do Partido, os quadros superiores, que vão lançar a excomungação sobre os heréticos como eu. "Vocês" representa todos os que não têm humor, que se tomam a sério e ostentam ares graves de ocasião para se darem importância...

Sem Medo interrompeu-se. O Comissário esperou a continuação. Mas o Comandante parecia ter parado de vez. Acendeu um cigarro e ficou a ver as volutas destacarem-se na noite e perderem-se, mais alto, na escuridão do Mayombe. Muatiânvua continuava a observá-los, de longe. Ekuikui aproximou-se dele.

– Estão a discutir?

– Só a falar – disse Muatiânvua.

– Estão zangados?

– Não sei.

– Se ao menos ficassem de acordo...

– Por que é que não haveriam de ficar?

O Comissário bateu na perna de Sem Medo. O Comandante fumava, o olhar perdido na noite.

– Por que paraste de falar? – perguntou o Comissário. – Para não me ofenderes?

Sem Medo sorriu. Ficou ainda calado por momentos, sorrindo.

– Sei que não te ofendes com isso. Ainda tens uns restos de compreensão, ainda não és totalmente dogmático... Isso virá, talvez, mas por enquanto ainda podes ouvir umas verdades sem te ofenderes.

– A partir de que momento pensas que me ofenderei?

– Tu? Quando acabar a guerra. Quando fizeres parte dum Partido vitorioso e glorioso que conquistará o poder e que considerará pagãos todos os que dele não fizerem parte. Quando estiveres sentado no poder, pertencendo ao grupo restrito que dominará o Partido e o Estado, depois da primeira desilusão de constatar na prática que o socialismo não é obra dum dia ou da vontade de mil homens.

– Não é forçoso que uma pessoa se torne dogmática...
– Então terás de abandonar a capela!
– Não é forçoso...
– Ora! Vamos tomar o poder e que vamos dizer ao povo? Vamos construir o socialismo. E afinal essa construção levará trinta ou cinquenta anos. Ao fim de cinco anos, o povo começará a dizer: mas esse tal socialismo não resolveu este problema e aquele. E será verdade, pois é impossível resolver tais problemas, num país atrasado, em cinco anos. E como reagirão vocês? O povo está a ser agitado por elementos contrarrevolucionários! O que também será verdade, pois qualquer regime cria os seus elementos de oposição, há que prender os cabecilhas, há que fazer atenção às manobras do imperialismo, há que reforçar a polícia secreta, etc., etc. O dramático é que vocês terão razão. Objetivamente, será necessário apertar-se a vigilância no interior do Partido, aumentar a disciplina, fazer limpezas. Objetivamente é assim. Mas essas limpezas servirão de pretexto para que homens ambiciosos misturem contrarrevolucionários com aqueles que criticam a sua ambição e os seus erros. Da vigilância necessária no seio do Partido passar-se-á ao ambiente policial dentro do Partido e toda a crítica será abafada no seu seio. O centralismo reforça-se, a democracia desaparece. O dramático é que não se pode escapar a isso...
– Depende dos homens, depende dos homens...
– Os homens? – Sem Medo sorriu tristemente. – Os homens serão prisioneiros das estruturas que terão criado. Todo organismo vivo tende a cristalizar, se é obrigado a fechar-se sobre si próprio, se o meio ambiente é hostil: a pele endurece e dá origem a picos defensivos, a coesão interna torna-se maior e, portanto, a comunicação interna diminui. Um organismo social, como é um Partido, ou se encontra num estado excecional que exige uma confrontação constante dos homens na prática – tal uma guerra permanente – ou

tende para a cristalização. Homens que trabalham há muito tempo juntos cada vez têm menos necessidade de falar, de comunicar, portanto de se defrontar. Cada um conhece o outro e os argumentos do outro, criou-se um compromisso tácito entre eles. A contestação desaparecerá, pois. Onde vai aparecer contestação? Os contestatários serão confundidos com os contrarrevolucionários, a burocracia será dona e senhora, com ela o conformismo, o trabalho ordenado mas sem paixão, a incapacidade de tudo se pôr em causa e reformular de novo. O organismo vivo, verdadeiramente vivo, é aquele que é capaz de se negar para renascer de forma diferente, ou melhor, para dar origem a outro.

– Depende dos homens – disse o Comissário. – Se são indivíduos revolucionários e, por isso, capazes de ver quais são as necessidades do povo, poderão corrigir todos os erros, poderão mudar as estruturas...

– E a idade? E o assento que conquistaram? Quererão perdê-lo? Quem gosta de perder um cargo? Sobretudo quando atingem a idade do comodismo, da poltrona confortável com os chinelos e os charutos que nessa altura poderão comprar? É preciso ser excecional!

– Há homens excecionais...

– Sim, há. Uma vez todas as décadas. Um só homem excecional poderá mudar tudo? Então tudo repousará nele e cair-se-á no culto da personalidade, no endeusamento, que entra dentro da tradição dos povos subdesenvolvidos, religiosos tradicionalmente. O problema é esse. É que, nos nossos países, tudo repousa num núcleo restrito, porque há falta de quadros, por vezes num só homem. Como contestar no interior dum grupo restrito? Porque é demagogia dizer que o proletariado tomará o poder. Quem toma o poder é um pequeno grupo de homens, na melhor das hipóteses, representando o proletariado ou querendo representá-lo. A mentira começa quando se diz que o proletariado tomou o poder. Para fazer parte da equipa dirigente, é preciso ter uma razoável formação política e cultural. O operário que a isso acede passou muitos anos ou na organização ou estudando. Deixa de ser proletário, é um intelectual. Mas nós todos temos medo de chamar as coisas pelos seus nomes e, sobretudo, esse nome de intelectual. Tu, Comissário, és um camponês? Porque o teu pai foi camponês, tu és camponês? Estudaste um pouco, leste muito, há anos que fazes um trabalho político, és um camponês? Não, és um intelectual. Negá-lo é demagogia, é populismo.

– Está bem. Que sejam todos intelectuais... Que tem isso a ver?

– Não sou contra os intelectuais. Há intelectuais que têm vergonha do seu pecado original, que parecem desculpar-se de o ser, e gritam aos quatro ventos o seu anti-intelectualismo. Não sou desses. Sou é contra o princípio de se dizer que um Partido dominado pelos intelectuais é dominado pelo proletariado. Porque não é verdade. É essa a primeira mentira, depois vêm as outras. Deve-se dizer que o Partido é dominado por intelectuais revolucionários, que procuram fazer uma política a favor do proletariado. Mas começa-se a mentir ao povo, o qual bem vê que não controla nada o Partido nem o Estado e é o princípio da desconfiança, à qual se sucederá a desmobilização. Não digo que seja isto o fundamental, nota bem.

– Sei. Mas acho que estás a ser parcial. Se se fizer uma política no geral justa e se conseguir melhorar o nível de vida do povo, este fará confiança. E isso representará um progresso enorme em relação à situação atual...

– Evidentemente! Comissário, compreende-me bem. O que estamos a fazer é a única coisa que devemos fazer. Tentar tornar o país independente, completamente independente, é a única via possível e humana. Para isso, têm de se criar estruturas socialistas, estou de acordo. Nacionalização das minas, reforma agrária, nacionalização dos bancos, do comércio exterior etc., etc. Sei disso, é a única solução. E ao fim de certo tempo, logo que não haja muitos erros nem muitos desvios de fundos, o nível de vida subirá, também não é preciso muito para que ele suba. É sem dúvida um progresso, até aí estamos de acordo, não vale a pena discutir. Mas não chamemos socialismo a isso, porque não é forçosamente. Não chamemos Estado proletário, porque não é. Desmistifiquemos os nomes. Acabemos com o feiticismo dos rótulos. Democracia nada, porque não haverá democracia, haverá necessariamente, fatalmente, uma ditadura sobre o povo. Ela pode ser necessária, não sei. Outra via não encontro, mas não é o ideal, é tudo o que sei. Sejamos sinceros connosco próprios. Não vamos chegar aos cem por cento, vamos ficar nos cinquenta. Por que então dizer ao povo que vamos até aos cem por cento?

– Como é que vais dizer que só ficaremos pelos cinquenta por cento? Isso desmobiliza...

– Aí está onde queria chegar! Como todos os do teu grupo, pensas que se não pode dizer a verdade ao povo, senão ele desmobiliza-se. Tem de se aumentar, tem de se exagerar, para aquecer as esperanças que farão as pessoas aguentar os primeiros tempos duros. Eu, se estivesse à morte, preferia que mo dissessem, detesto as mentiras piedosas. Ora, é o que vocês querem fazer. Para que o moribundo não desanime, não se suicide, prometem-lhe a cura; os padres prometem a salvação no outro mundo. O vosso Paraíso, aquele Paraíso que agitam diante dos olhos das massas, é o futuro, um futuro tão abstrato quanto o Paraíso cristão.

– Não há dúvida que ainda tens problemas metafísicos. O vocabulário trai-te, Comandante!

Sem Medo fez uma pausa. Repetiu o seu gesto maquinal de acariciar o cano da arma.

O silêncio ia invadindo a Base, ao aproximar-se a hora de recolher. Mas da casa do Comando saíam risos abafados dos guerrilheiros que escutavam a rádio. Muatiânvua e Ekuikui, sentados a distância dos dois homens, tentavam adivinhar nos vultos e nas palavras que por vezes a eles chegavam se o clima de confiança fora restabelecido.

– É possível – disse Sem Medo. – Ou é apenas um hábito que ficou. Todos nós pensamos na morte e isso é um problema metafísico. Mas essa linguagem exprime bem o meu pensamento, por isso a utilizo. O que queria que tu compreendesses, e que me parece que o Mundo Novo não percebeu no outro dia, é que não é pelo facto de eu saber que não chegaremos ao paraíso prometido que recuarei.

– Eu sei, ele falou-me disso. Pôs essa dúvida. Respondi-lhe que não recuarás porque as tuas razões de lutar são sinceras.

– Quais são?

– Quais são? Enfim, sei lá! São razões humanas, de crença numa necessidade de justiça, de ódio à opressão... as mesmas que as nossas. A única divergência é no futuro. Tu és mais um homem para esta fase da luta, recusas-te a pensar no futuro. Nós pensamos também nesse futuro. Como te vês em Angola independente?

– Eu? Não me vejo. Simplesmente, e em toda a sinceridade, não me vejo. Isso é que vos choca?

– Enfim, cada um tem os seus planos... Onde mais gostará de trabalhar, ou então quais as suas ambições.

– A ti vejo-te claramente, como um quadro político. A mim, não me vejo. Talvez noutro país em luta... Quem sabe se na cadeia? Não me vejo em Angola independente. O que me não impede de lutar por essa independência.

– A primeira vez que te vi, não, a segunda vez, estavas num bar a beber uma cerveja. As pessoas dançavam, as mesas estavam cheias de pares barulhentos, como são os bares congoleses. Havia uma orquestra que tocava, num barulho infernal. Entrei com vários camaradas, não havia mesa vaga. Num canto descobrimos-te a uma mesa, sozinho, com uma garrafa de cerveja à frente. Contemplavas a garrafa vazia. Tudo te parecia indiferente, o barulho, as pessoas que dançavam, as mulheres que passavam à frente da mesa, fazendo-te sinais. Disseram-me: está ali o Sem Medo, o chefe de secção Sem Medo. Eu era novo no Movimento, tinha chegado há pouco de Kin-shasa, tinha-te visto uma vez no *bureau*. Compreendi então que eras um homem só. Os outros quiseram ir ter contigo, para se sentarem à mesa vaga. Consegui convencê-los a irmos para outro bar, a deixar-te sozinho. Nunca me esqueci dessa cena, tu a olhares a garrafa vazia, longe, muito longe do mundo que te rodeava. És um homem só, Sem Medo.

O Comandante aprovou com a cabeça.

– No entanto – continuou o Comissário – há uma coisa em ti, talvez a solidão, que intimida e ao mesmo tempo leva as pessoas a serem sinceras contigo...

– Talvez a solidão...

– Achas que sim?

– Todos nós somos uns solitários – disse Sem Medo. – Os solitários do Mayombe! Por que gostamos de viver na mata? Não é porque gostamos de nos sentir sós no meio da multidão de árvores que nos rodeia? Quando estava na Europa, eu gostava de andar no meio da gente, à hora da saída dos empregos. Anónimo, absolutamente anónimo no meio da massa. Por isso gosto das grandes cidades ou então da mata, onde se não é anónimo, antes pelo contrário, é-se singular, mas em que realmente uma pessoa sente ser uma personalidade singular, assim como no meio da multidão. Por isso não gosto de cidades pequenas, que são o destestável meio-termo da mediocridade. Desculpa os palavrões, mas é isso mesmo!

Muatiânvua tocou na perna de Ekuikui. Sussurrou:

– Está tudo porreiro! É conversa mole, pá!

– Sim, parece que está tudo porreiro. Vamos deitar?

– Não, aguenta. É bom tomar conta deles, a noite está escura.

Teoria fora urinar e encontrou os outros dois.

– Que fazem aí, camaradas?

– Guarda – disse Muatiânvua, apontando os dois vultos.

Teoria sentou-se também, com a arma entre os joelhos, contemplando o Comissário e Sem Medo.

– Enquanto os outros desejam que eles se peguem um com o outro, vocês são os únicos que velam por eles – disse Teoria.

– Há mais, camarada, há mais! – disse Ekuikui.

Sem Medo acendeu outro cigarro. À luz do fósforo, o Comissário viu os olhos que brilhavam. Apertou-lhe o braço.

– Comandante, podes fazer confiança em mim. Confiança total! Tens um segredo, uma coisa que te faz ser um solitário, mais solitário que nós todos. Se achas que te faria bem contar, podes ter confiança. A minha boca não o revelará a ninguém.

– Mais tarde, Comissário, mais tarde. Mas não penses que é um segredo temível que me leva a ser solitário. Todos temos uma história, eu também tenho uma, mas não é nada de especial. Sempre fui um solitário. Quando era miúdo, escondia-me para inventar aventuras extraordinárias em que participava.... como herói, bem entendido! Tudo começou com uma tarefa que apanhei dum mais velho, e do qual fugi vergonhosamente. Como compensação, comecei a inventar estórias, situadas nos mais variados ambientes, em que o fim era sempre o mesmo: o duelo de morte contra esse miúdo. Até que me convenci que inventar estórias não chegava e que era preciso agir, chegar até esse duelo de morte. Provoquei-o e lutámos. Mas nunca mais deixei de inventar estórias em que era o herói. Como não era tipo para ficar só na invenção das estórias, tinha dois únicos caminhos na vida: ou escrevê-las ou vivê-las. A Revolução deu-me oportunidade de as criar na ação. Se não houvesse revolução, com certeza acabaria como escritor, que é outra maneira de se ser solitário. Como vês, não é esse segredo, que pensas terrível, a causa da minha solidão, é uma questão de temperamento.

– Sabes o que penso? Deverias casar.

– *Trop tard*!

– Por quê?

– Passou a época. Penso que já me habituei demasiado a ser o único dono de mim próprio, para me poder partilhar. Ou então arranjaria uma mulher em quem mandasse, o que não é o meu estilo. Viver duradoiramente com uma mulher, respeitar os seus desejos, confrontá-los com os meus, procurar um compromisso quando os desejos são divergentes, aceitar que ela decida, como eu, sobre os pequenos e grandes problemas, tudo isso hoje me é difícil. Tornei-me demasiado independente. Para continuar a fazer uma vida independente, mesmo casado, então não vale a pena. Prefiro a independência duma vida e a dependência duma noite, de vez em quando. A menos que apareça a mulher excecional, aquela que só aparece uma vez numa década! Até aqui não a encontrei. Mas isso tudo leva-nos longe do assunto principal e não jantei por causa dele...

– Tens razão, estou a ser egoísta – disse o Comissário.

– Lá estás tu a desculpar-te! Se não quisesses, não teria vindo, ou teria abreviado.

– Sabes o que se passa na Base? Há o campo kimbundo e o kikongo. Ambos os campos desejam a nossa ruptura, para terem um chefe de fração, pelo que entendi.

– À parte os elementos destribalizados, que são pela nossa união – disse Sem Medo.

– Exato. A tensão tribal tem vindo a crescer desde a missão. Os kimbundos não estão contentes por causa do que aconteceu ao Ingratidão e por causa do André...
– Lá nisso do André têm razão...
– Os kimbundos atribuem os erros todos ao André, mas também a ti. São os dois kikongos mais em vista. Querem pois um conflito, de modo que eu tenha de me apoiar neles contra ti. Os kikongos, por seu lado, defendem o André e querem que tu te coloques como o líder militar kikongo que expulse os kimbundos do Comando.
– O azar dos kikongos é que não posso com o André e não o escondo.
– E o azar dos kimbundos é que entre mim e o Das Operações...
Riram os dois, como duas crianças que enganaram os pais. Muatiânvua e os companheiros ouviram os risos e apertaram os braços uns dos outros.
– O Das Operações está a trabalhar na sombra – disse o Comissário. – Toda a tarde esteve em conferência com os kimbundos, até mesmo com o Teoria... Chamou-o a sós!
– Ah, bom? O tribalismo nele é mais forte que o racismo? Não o pensava.
– Não é o tribalismo. É a ambição!
Sem Medo aprovou com a cabeça. O Comissário disse:
– Falou também a sós com o Mundo Novo, que depois me veio sondar. Como pensas que joga o Mundo Novo?
– Acho que não se meterá nas coisas, desde que perceba que a base de tudo é tribalismo. Talvez ainda não tenha topado muito bem e as complicações teóricas baralham-no... Complicações que ele vê, mas que não existem, entenda-se! Esse moço é realmente um teórico, mas tem estofo, gosto dele. Certamente pensa que sou um burguês, ele é o mais alto expoente do vosso grupo de dogmáticos. Mas isso passa-lhe!
– Que devemos fazer? – perguntou o Comissário.
– Acho que o melhor é deixar andar – disse Sem Medo.
– Se vamos fazer uma reunião geral, como é do teu gosto porque isso vem no manual do perfeito comissário, não vamos resolver nada,

antes vamos dar razão aos que pensam haver makas escondidas que pretendemos camuflar. Vamos deixar passar a vaga, preparar as coisas para outra missão e depois reúne-se, quando o ambiente esfriar.

— Por uma vez estou de acordo contigo sobre a reunião. Mas como preparar a missão, se não há comida?

— É verdade. Esse gajo do André... Temos de resolver isso em primeiro lugar. Não convém que nenhum de nós abandone a Base. Vamos enviar o Das Operações a Dolisie. Já sei que vai lá ficar uma semana, mas não há outra solução.

— OK.

— Desde que ele traga a comida, vamos fazer uma ação. A inatividade cria toda a espécie de problemas. Como diz o Milagre, a guerra está fria, por isso a lei também fica fria! E só poderemos vencer o tribalismo quando o povo de Cabinda começar a aderir. Mesmo a maka entre kikongos e kimbundos aí fica menos aguda.

— Temos de ter muita cautela para não cometer uma injustiça que possa provocar uma catástrofe. E dar sempre a entender que somos unânimes. Sobre o caso do Pangu-A-Kitina é melhor deixar andar.

— É isso, Comissário. Mais nada?

— Não, o resto fica para depois, deves estar com fome.

— E estou mesmo. O papo abriu-me o apetite.

— A mim, levantou-me o moral.

— Comissário, então que significa o meu súbito apetite? Não é o mesmo?

Levantaram-se, rindo. Foram para a casa do Comando, livres como as volutas de fumo que se libertavam na mata. Tranquilizados, Muatiânvua e os companheiros foram-se deitar.

Em breve soavam as palmas do toque de silêncio.

EU, O NARRADOR, SOU MUATIÂNVUA.

Meu pai era um trabalhador bailundo da Diamang, minha mãe uma kimbundo do Songo.

O meu pai morreu tuberculoso com o trabalho das minas, um ano depois de eu nascer. Nasci na Lunda, no centro do diamante. O meu pai cavou com a picareta a terra virgem, carregou vagões de terra, que ia ser separada para dela se libertarem os diamantes. Morreu num hospital da Companhia, tuberculoso. O meu pai pegou com as mãos rudes milhares de escudos de diamantes. A nós não deixou um só, nem sequer o salário de um mês. O diamante entrou-lhe no peito, chupou-lhe a força, chupou, até que ele morreu.

O brilho do diamante são as lágrimas dos trabalhadores da Companhia. A dureza do diamante é ilusão: não é mais que gotas de suor esmagadas pelas toneladas de terra que o cobrem.

Nasci no meio de diamantes, sem os ver. Talvez porque nasci no meio de diamantes, ainda jovem senti atração pelas gotas do mar imenso, aquelas gotas-diamante que chocam contra o casco dos navios e saltam para o ar, aos milhares, com o brilho leitoso das lágrimas escondidas.

O mar foi por mim percorrido durante anos, de norte para sul, até à Namíbia, onde o deserto vem misturar-se com a areia da praia, até ao Gabão e ao Ghana, e ao Senegal, onde o verde das praias vai amarelecendo, até de novo se confundir com elas na Mauritânia, juntando a África do Norte à África Austral, no amarelo das suas praias. Marinheiro do Atlântico, e mesmo do Índico eu fui. Cheguei até à Arábia, e de novo encontrei as praias amarelas de Moçâmedes e Benguela, onde cresci. Praias de Benguela, praias da Mauritânia, praias da Arábia, não são as amarelas praias de todo o Mundo?

Em todos os portos tive uma mulher, em cada porto uma maka. Até que, um dia, estava eu nos Camarões, ouvi na rádio o ataque às prisões, no 4 de fevereiro. O meu barco voltava para o sul e não cheguei a Angola. Fiquei em Matadi, ex-congo Belga. Lumumba tinha morrido, a ferida sangrava ainda, a ferida só ficou sarada quando o 4 de fevereiro estalou.

Onde eu nasci, havia homens de todas as línguas vivendo nas casas comuns e miseráveis da Companhia. Onde eu cresci, no Bairro Benfica, em Benguela, havia homens de todas as línguas, sofrendo as mesmas amarguras. O primeiro bando a que pertenci tinha mesmo meninos brancos, e tinha miúdos nascidos de pai umbundo, tchokue, kimbundo, fiote, kuanhama.

As mulheres que eu amei eram de todas as tribos, desde as Reguibat do Marrocos às Zulu da África do Sul. Todas eram belas e sabiam fazer amor, melhor umas que outras, é certo. Qual a diferença entre a mulher que esconde a face com um véu ou a que a deforma com escarificações?

Querem hoje que eu seja tribalista!

De que tribo?, pergunto eu. De que tribo, se eu sou de todas as tribos, não só de Angola, como de África? Não falo eu o swahili, não aprendi eu o haussa com um nigeriano? Qual é a minha língua, eu, que não dizia uma frase sem empregar palavras de línguas diferentes? E agora, que utilizo para falar com os camaradas, para deles ser compreendido? O português. A que tribo angolana pertence a língua portuguesa?

Eu sou o que é posto de lado, porque não seguiu o sangue da mãe kimbundo ou o sangue do pai umbundo. Também Sem Medo, também Teoria, também o Comissário, e tantos outros mais.

A imensidão do mar que nada pode modificar ensinou-me a paciência. O mar une, o mar estreita, o mar liga. Nós também temos o nosso mar interior, que não é o Kuanza, nem o Loje, nem o Kunene. O nosso mar, feito de gotas-diamante, suores e lágrimas esmagados, o nosso mar é o brilho da arma bem oleada que faísca no meio da verdura do Mayombe, lançando fulgurações de diamante ao sol da Lunda.

Eu, Muatiânvua, de nome de rei, eu que escolhi a minha rota no meio dos caminhos do Mundo, eu, ladrão, marinheiro, contrabandista, guerrilheiro, sempre à margem de tudo (mas não é a praia uma margem?), eu não preciso de me apoiar numa tribo para sentir a minha força. A minha força vem da terra que chupou a força de outros homens, a minha força vem do esforço de puxar cabos e dar à manivela e de dar murros na mesa duma taberna situada algures no Mundo, à margem da rota dos grandes transatlânticos que passam, indiferentes, sem nada compreenderem do que é o brilho-diamante da areia duma praia.

Capítulo III
ONDINA

A comida acabara, mesmo a presa caçada pelo Chefe de Operações. Os homens iam cada vez mais longe apanhar comunas, pois as árvores que estavam perto da Base já se tinham esgotado. Era preciso marchar duas horas para se chegar ao sítio virgem onde havia ainda frutos. Iam aos grupos de três e enchiam os sacadores. As comunas eram repartidas de igual modo por todos. Havia vários guerrilheiros com diarreia, causada pelo óleo do fruto. Ekuikui saía ainda de noite e voltava à noite, procurando caça. Nada se encontrava. Ekuikui emagrecia a olhos vistos, com o esforço não compensado, mas partia teimosamente no dia seguinte.

Há quatro dias que o Chefe de Operações partira. Tinha enviado logo um mensageiro, avisando que a comida seguiria breve. Mas os dias passavam e o reabastecimento não chegava. Podia-se dizer que havia uma semana não se alimentavam devidamente. As comunas eram nutritivas, mas não tiravam a fome, pois estavam habituados à mandioca, que enche o estômago sem alimentar. A sensação de fome aumentava o isolamento.

O Comissário corria constantemente dum sítio para o outro, resolvendo os litígios que se multiplicavam. Vários guerrilheiros ameaçaram mesmo desertar, mas ficaram-se nas palavras. Mais uns dias e as deserções seriam reais. Sem Medo dissera ao Comissário para evitar dar castigos em caso de conflitos tribais, pois a fome acentuava o nervosismo e o tribalismo. O Comissário não queria ceder, mas acabou por reconhecer que a situação era anormal e que a irritação se apoderava de todos. Tornou-se um mediador entre os adversários, em vez de juiz.

Mundo Novo tinha notado a modificação de atitude do Comissário. Um dia, pediu para lhe falar. Estavam junto do rio e o Comissário concordou.

– Camarada Comissário, parece-me que o camarada está a ser muito liberalista. Tem havido coisas graves, muito graves mesmo, aqui na Base, e o Comando não se pronuncia sobre elas. Está a ver-se que só faltam tiros! O camarada, em vez de impor a disciplina, tenta apaziguar.

– Há fome, camarada. As cabeças não funcionam bem com fome, muito menos os nervos. Não podemos agir com a mesma rigidez que em período normal.

Os olhos do Comissário fixavam-se obstinadamente no rio, como que esperando ver um cardume de peixes. Já tinham mesmo pensado ir até ao Lombe pescar, mas não compensaria o esforço e o risco, e, além disso, não havia sal.

– Eu acho que não se pode transigir. A situação agrava-se ainda mais. Todos aproveitarão a desculpa do enervamento para não se conterem. Acho que o camarada, como Comissário, deve ser inflexível.

– Não, isso só provocaria uma rebelião em peso, que noutra altura seria injustificável.

– Não se pode abandalhar a disciplina só por medo duma rebelião.

– Depende das ocasiões, das circunstâncias.

– Não, camarada Comissário, não posso estar de acordo. Isso é um compromisso, é mesmo um oportunismo. Há coisas rígidas, como a disciplina...

– O problema não é a disciplina. É o castigo à indisciplina. Quando a situação mudar, criticar-se-ão os que neste momento tomaram atitudes erradas. Mas não agora. Tudo depende das circunstâncias.

– Há coisas que devem estar acima das circunstâncias. Não se pode entrar numa casa sem se assistir a uma discussão. Porque a minha comuna é mais pequena que a tua, porque o intendente te deu uma comuna a mais, etc., etc. Isto não pode ser. Se algo de grave se passar, a responsabilidade será sua.

– Nunca fugi à responsabilidade, camarada Mundo Novo, não precisa de me lembrar isso. E estou disposto a defender a minha opinião em qualquer altura.

– Aí será demasiado tarde, pois o mal já se terá passado. Os problemas disciplinares competem-lhe a si, por isso deve decidir sobre eles com toda a autoridade e sem pedir a opinião de ninguém.

– Obrigado pelo conselho, mas conheço o meu trabalho. E peço a opinião a quem quiser... Até sou obrigado a ouvir as opiniões que me querem impor, como a sua...

O Comissário virou-lhe as costas e afastou-se, para a Base. Mundo Novo apertou os punhos para não gritar. Teleguiado murmurou entre dentes: O Comandante apanhou-te sem o Das Operações, já te virou ao contrário e te meteu no bolso.

O Comissário foi diretamente à casa do Comando. Estavam lá Teoria e Sem Medo. O Comissário deitou-se no catre, tentando acalmar-se.

– Não ouviste a declaração que deu agora na Rádio? – perguntou Sem Medo. – Um guerrilheiro qualquer foi apanhado e prestou declarações. Declarações contra nós, claro! Pode ser mentira, mas também pode ser verdade.

– Não ouvi – disse o Comissário.

– Dizem que foi no Moxico.

– É tramado um gajo ser preso! – disse Teoria. – Ficar isolado, contra todos. Toda a cara que vires é um inimigo e tu estás só, no meio deles. É duro, não há dúvida que é duro. Que fazer em tal situação? Há malta que resiste, outros falam.

Tenho a impressão que falam mais por causa do isolamento moral, do que propriamente pelo sofrimento físico.

– Depende dos indivíduos – disse Sem Medo. – Os dois fatores contam, nuns indivíduos mais um fator que outro.

– E depois, na prisão... já com interrogatórios terminados, anos lá dentro, face a face consigo mesmo. É de endoidecer! Compreendo que haja tipos que não aguentem...

– Parece-me que há três tipos de indivíduos perante a prisão – disse Sem Medo. – Há em primeiro lugar os que se conformam; são os desesperados, que se deixam destruir, que se queixam constantemente mas que aceitam, no fundo, a desgraça. Por isso se queixam. Formalmente, aparentemente, são os mais inconformistas, porque gritam, protestam, choram. Mas isso afinal é uma forma de aceitação. O inconformismo é uma atitude racional e coerente. Esses são apenas tipos sem personalidade, para quem as lágrimas ou os gritos não passam de um meio exterior de se crerem ainda revoltados.

– Porreiro! – disse Teoria. – Continua.

O Comandante olhou o Comissário, que procurava manter os olhos fechados. Uma ruga cavou-se na testa de Sem Medo.

– Há depois os inconformistas, que lutam para fugir, que preparam planos e criam novos logo que aqueles falharam, que vivem em oposição direta com os guardas, que levam pancada todo o tempo mas que se levantam em seguida.

– E depois?

– O terceiro tipo é o dos inconformistas serenos. Vendo que a fuga é impossível, organizam-se, fazem agitação junto dos outros presos, arranjam maneira de estudar, escrever etc. Nunca se lamentam, porque sabem ser inútil. Não tentam uma fuga individual, porque é inútil. E eles detestam os gestos inúteis, que só desgastam a capacidade de revolta.

– Vejo-te no segundo grupo – disse Teoria.

– Eu preferiria ver-me no terceiro – disse Sem Medo. – Mas talvez tenhas razão. Nem sempre se consegue ser o que se deseja.

Os guerrilheiros, de fora, chamaram Teoria. Estava na hora das aulas. As aulas eram seguidas com pouca atenção. Mas o Comando e o professor insistiam nelas, pois, de qualquer modo, ajudavam a passar o tempo e a esquecer a fome. Teoria sofria, enfraquecido e a ter constantemente de falar, mas suportava o dever.

O Comissário e Sem Medo ficaram sós. Sem Medo desligou o rádio.

– Que se passa, Comissário?

– Por que perguntas?

– Estás com cara de quem chocou com um gorila!

– E choquei mesmo! Esse Mundo Novo... apanhou-me no rio, passou-me uma xingadela porque estou a deixar abandalhar a disciplina na Base. Que devia ser mais duro, que estou a tomar posições liberalistas...

– Isso é bem dele!

– Que serei responsável do que se passar, qualquer dia há tiros, que não deverei ligar às opiniões dos outros. Com isso ele queria dizer para não ligar à tua opinião. Mas estava-me a gritar a opinião dele. Veja lá!

– E tu?

– Acabei por lhe virar as costas. É certo que a situação é delicada, uma pessoa não sabe bem o que deve fazer. Anda tudo nervoso e deve-se ter isso em consideração, mas também é preciso não deixar apodrecer a coisa.

– Que pensas então que se deve fazer? Pôr nas cordas dois guerrilheiros que se insultem?

– Não, isso não.

– Pô-los de guarda suplementar?

– Com a fome, ninguém aguenta de guarda mais que o tempo normal. Vão dormir na guarda.

– Então? – perguntou Sem Medo.

– Não sei, não sei. Mas penso que também não se pode deixar abandalhar...

– Claro, também acho. O problema é que não se pode castigar agora. Mas deves criticar os faltosos, mesmo muito duramente, não podes registar apenas.

– Não faço outra coisa!

– Então, que é que queres modificar na tua atitude?

– Eu, nada. O Mundo Novo é que queria.

– Parecia-me há pouco que não estavas totalmente seguro da tua posição.

O Comissário olhou Sem Medo, soerguendo-se na cama até ficar sentado.

– Alguém pode estar seguro nesta situação? Diz, Comandante, alguém pode estar seguro?

– Sim, pode. O Mundo Novo! Ele tem uma Bíblia... Toda a verdade está escrita, gravada em pedra, nem dois mil anos de história poderão adulterá-la. Felizes os que creem no absoluto, é deles a tranquilidade de espírito! Não queres ser feliz, seguríssimo de ti mesmo? Arranja um catecismo...

O Comissário sorriu. Voltou a deitar-se.

– Que devemos fazer?

– Nada. Esperar.

– O povo é tão longe! – disse o Comissário. – Se houvesse povo perto, poderia dar-nos comida. Aquela aldeia em que estivemos na última missão podia abastecer-nos. Temos de levar a Base mais para dentro, lá para aquela zona. Podia abastecer-nos, não achas?

– Podia, poderia... Agora só resta esperar o Das Operações. Se o senhor André se dignou abrir a bolsa.

– Mas não terá mesmo dinheiro?

– Quem?

– O André?

– Deve ter dinheiro, sim. Aquilo é sabotagem.

– Mas por quê? – perguntou o Comissário.

– Vai lá saber porque um burocrata sabota a guerra! Ou porque a guerra leva à formação de mais quadros, que um dia o podem substituir... Ou porque as coisas devem ser feitas dentro de normas que ele se criou e que não pode torcer de maneira nenhuma. Sei lá! Também não compreendo. Porque ele não guarda o dinheiro só para o gastar com mulheres. Gasta bastante com elas, ao que dizem tem uma série de amantes. Mas ele tiraria o dinheiro doutros sectores menos fundamentais, os sectores civis, para que a guerra não sofresse com a sua vida noturna. Era o que faria qualquer tipo, desonesto mas inteligente. Ele não. Vai exatamente sabotar o sector que o pode liquidar. Porque era fácil agora provocarmos aqui um levantamento. Haveria coisa mais fácil que levar os guerrilheiros até Dolisie para o prenderem? Brincadeira de crianças! Isso forçaria a Direção a tomar medidas, e quaisquer que elas fossem, ele tinha que ir bater com os ossos para outro sítio. Muitas vezes me pergunto se não será a única solução que nos resta...

– Por que não a pões em prática?

– Quais seriam os guerrilheiros que não o fariam? Só os kikongos. Mas mesmo esses talvez marchassem, se eu os convencesse.
– Não sei. O André dá-lhes sempre dinheiro às escondidas, quando vão a Dolisie.
– Aí é que está! Nem a todos. O próprio Pangu-A-Kitina se queixa. E mesmo que os kikongos não quisessem, eles são uma minoria que não se oporia, porque eu estava com os amotinados.
– Perderias totalmente o prestígio perante eles.
– Se soubesses como estou cagando para esse prestígio tribal! Se não o faço, não é por isso.
– Por que então?
– Talvez porque é um gesto de rebelião demasiado forte, talvez exagerado em relação à gravidade do caso. Ou porque tenho uma secreta esperança que haja outra solução.
– Essa agora! – disse o Comissário. – Se fosse outro, não me admiraria. Mas fico pasmado em ouvir-te falar assim.
– Que queres? Talvez seja menos anarquista do que pensas... E tu, serias homem para dirigir esse levantamento?
– Já pensei nisso também. Seria capaz, se ele nascesse duma reunião de militantes. Se a maioria dos militantes o exigisse. Por que não? O que está em causa é a luta. A nossa última ação mostrou que há condições para a luta alastrar aqui. O que falta é organização. O André está pois a sabotar o desenvolvimento da guerra. É um direito dos militantes o de o varrerem. Mas tinha de ser uma decisão tomada pela grande maioria dos militantes.
– Estás a ser demagogo! Sabes bem que a maioria marcharia se os dois tomássemos posição a favor desse levantamento. Não digas pois que te sujeitarias à opinião da massa, se sabes perfeitamente que podes influenciar essa massa.

O Comissário ia replicar, mas Lutamos entrou abruptamente na casa do Comando.
– Camarada Comandante, posso ir caçar?
– Tão tarde?
– Estava no rio e vi um pássaro azul no céu. É sinal de Sorte. Há caça aqui perto. De certeza que encontrarei alguma coisa, foi o que o pássaro mostrou.

– Tu e a tua superstição! – disse Sem Medo. – Vai, vai lá. Ainda vais dizer que sou o responsável pela fome na Base, porque não deixo os caçadores marcados pela Providência irem caçar. Claro que se não encontrares nada, continuarás a acreditar nos pássaros.

Lutamos encolheu os ombros. Saiu.

– Quando acabarás com estas crenças, Comissário?

– Nem com vinte anos de socialismo!

O Comandante voltou a ligar o rádio. A Emissora Oficial dava música de dança.

– Estávamos a falar do levantamento – disse o Comissário. – Devo dizer-te que, se nunca te falei nisso, foi por medo de te incitar. Pensava que agarrarias logo a caução política (o Comissário carregou no termo), para fazeres um discurso aos guerrilheiros e dares a ordem de ataque, como se fosse uma operação...

– Como vês, enganaste-te redondamente.

Indecifrável Sem Medo, pensou o Comissário. Realmente as linhas nunca são retas.

– Sabes uma coisa, Comandante? Tenho vontade de fumar.

– Este gajo! Nunca fumas...

– Às vezes dá-me para isso.

– Toma lá um cigarro. Não te engasgues!

Sem Medo estendeu-lhe o maço. O Comissário pegou num cigarro, depois voltou a pô-lo no maço.

– Não, deixa. Os cigarros estão a acabar. Eu não sou viciado, é egoísmo fumar um dos poucos que te restam.

– Tens razão, não insisto. Restam-me três. A fome suporto facilmente. Mas a falta de tabaco é pior. E quanto menos se come, mais vício de fumar se tem. Como fazer se o Das Operações não chega hoje? Teremos mesmo de marchar sobre Dolisie.

– Só por causa dos teus cigarros?

– Claro! Aí já terei um motivo sério que me fará esquecer os escrúpulos.

O Comissário riu. Um riso juvenil, em que todos os músculos participavam no esforço. Sem Medo, não. O riso de Sem Medo parecia vir muito do fundo e soltava-se, numa gargalhada atroadora. O riso do Comissário vinha da pele, o seu vinha do ventre, pensou Sem Medo. Seria a idade que levaria o riso a enterrar-se no corpo? Como rirei dentro de dez anos? Um risinho baixo, sem mexer os lábios, sons roucos libertando-se duma garganta velha. Roncos como o do leão, talvez. É isso, o leão está sempre associado à ideia de velhice. E dentro de vinte anos? Aos cinquenta e cinco? Ora, nessa altura já não viverei, certamente. O riso sairá duma cova, um metro abaixo da terra, mais profundo portanto, e fará estremecer a estela com o nome e as datas. Se estela houver...

Sem Medo foi treinar os novos recrutas. O Comissário foi assistir às aulas, para passar o tempo e para encorajar o professor e os alunos. Os recrutas queixavam-se de fraqueza, não estavam habituados a tal regime. Sem Medo fez-se surdo aos seus protestos, obrigou-os a executar os exercícios habituais, embora desse mais espaços de descanso e não insistisse tanto nos mais duros. Vewê continuava a fugir ao seu contacto, por isso o Comandante colocava-o sempre perto de si e escolhia-o como parceiro nos exercícios de pares. Vewê obedecia, mas não abria a boca. Está ofendido ou envergonhado? Certamente as duas coisas.

A escola e o treino foram interrompidos pelo aviso do guarda: aproximava-se um grupo de homens. Os guerrilheiros abandonaram o que estavam a fazer, correram para a entrada do caminho, esquecendo mesmo as armas. Sabiam que só podia ser o grupo de reabastecimento do Chefe de Operações. Os abraços dos que chegavam e dos que os esperavam mostravam não só a alegria de se reencontrarem como também o sentimento de quebra do isolamento. O ambiente distendeu-se imediatamente na Base, com gritos e gargalhadas, abraços à mistura.

Mas o Chefe de Operações não trazia só o reabastecimento. Chamou o Comandante à parte:

– Trago um mujimbo[1]. O camarada Comandante é a pessoa mais capaz de resolver esse caso.

– De que se trata?

– Há uma maka em Dolisie. Foi por isso que demorámos mais tempo. Impossível de encontrar o camarada André, que se anda a esconder dos militantes. Só o ajudante dele é que o encontra. Acabou por arranjar essa comida, mas demorou.

– Mas que se passa então?

– Coisa séria, há muita confusão... Foram apanhados o camarada André e a camarada Ondina... Apanhados no capim! Está tudo em pólvora. Dolisie está quase a pegar fogo. Não sei como fazer com o Comissário. Toda a gente sabe, ele tem de saber.

Sem Medo encostou-se a uma árvore. Acendeu um cigarro. O Chefe de Operações reparou que a mão do Comandante tremia.

– Que devo fazer, camarada Comandante?

– Não fazes nada, não dizes nada.

– E ele fica assim?

– Não, eu falarei com ele – suspirou Sem Medo. – Quem é que poderá falar com ele, senão eu?

– Mas eu trago uma carta da Ondina para ele.

– Ah bom? Entrega-a. Depois eu falarei com ele. Tens a certeza de que é verdade?

– É verdade, camarada Comandante. Até deve estar a chegar hoje um camarada da Direção para resolver o caso.

Voltaram à casa do Comando. O Comissário encontrava-se lá, com alguns militantes. O Comissário estava animado, os outros reservados, falando cerimoniosamente. O Comissário não notava, mas Sem Medo percebeu logo. O Chefe de Operações olhou o Comandante. Este ordenou-lhe com a cabeça o que tinha a fazer.

– Está aqui uma carta para si, camarada Comissário.

O Comissário reconheceu a letra. Um sorriso perpassou-lhe nos lábios e, sobretudo, nos olhos. Interrompeu a conversa, rasgou precipitadamente o envelope e sentou-se na cama. Sem Medo estudava-lhe as reações. E viu o Comissário passar lentamente, com a lentidão com que lia a carta, do estado de deleite à estupefação, depois à incredulidade, para terminar na apatia. Deitou-se na cama, fixando o capim do teto, a carta na mão. Ondina tinha explicado tudo, era evidente.

Que fazer? O melhor era deixá-lo sair por si mesmo da apatia. Quando passasse ao desespero, então sim, seria o momento de intervir.

O Comandante foi à cozinha ordenar que se preparasse um almoço abundante, mas o chefe-dia já tinha tomado a iniciativa. Os grupos cochichavam. O mujimbo passava da boca dos que chegavam de Dolisie para os ouvidos dos que estavam na Base. Ao menos uma vez, pensou Sem Medo, o maior interessado não foi o último a saber. Precisava de conhecer os pormenores da coisa antes de formular uma opinião, mas sentiu pela primeira vez uma certa admiração por Ondina, que fora capaz de utilizar a primeira oportunidade para contar o que se passara. Vá lá, ao menos isso abona a seu favor...

O Chefe de Operações aproximou-se.

– Vai haver grandes problemas em Dolisie, camarada Comandante. Como lhe disse, a Direção já foi avisada. Vai ser preciso substituir o camarada André.

– Já não é sem tempo – disse Sem Medo.

– Parece-me que o camarada Comandante tem de ir lá. E o Comissário também.

– O Comissário vai se quiser. Isso é um problema pessoal, não temos que nos meter. Também estou a pensar que tenho de ir lá, isso já é um problema de organização. Mas onde está o André?

– Escondido. Tem medo da reação dos militantes, é o que se diz. Porque o problema tribal vai entrar também. Vigiaram os comboios e ele não apanhou nenhum. Deve estar em Dolisie, a menos que tenha apanhado boleia dum carro para Brazza.

André era kikongo e Ondina noiva dum kimbundo. Não é preciso ser feiticeiro para adivinhar o clima que reinará em Dolisie, pensou Sem Medo. O André enterrou-se definitivamente. Enquanto tinha amantes congolesas, as pessoas murmuravam mas não ousavam agir. Agora era diferente. O dramático é que o inevitável sucedesse para André à custa do Comissário, isso era injusto. Vamos lá nós saber o que é justo ou injusto, quando há mulheres no meio!

Não foi por causa duma mulher que Caim matou Abel? Se não o diz, a Bíblia escondeu pudicamente a verdade.

Ao voltar à casa do Comando, Sem Medo encontrou o Comissário preparando o sacador. Este mirou-o. Sem Medo notou o olhar vazio e teve medo. Inútil tentar esconder ou ir com meias palavras, era o momento de agir.

– Onde vais? A Dolisie?

O Comissário não respondeu. Embrulhou o cobertor, meteu-o no sacador e apertou as correias. O Comandante pôs-lhe a mão no ombro.

– Não queres ir bater um papo?

O outro não respondeu. Meteu o sacador às costas, pegou na arma e no cantil.

– Comissário, responde, aonde vais?

O Comissário virou-se para ele, mexeu os lábios e, repentinamente, deu-lhe as costas e saiu. Sem Medo pegou na AKA e foi atrás dele.

O Comissário caminhava rapidamente. Ultrapassou a sentinela, atravessou o rio, tomou o atalho para Dolisie. O Comandante seguia-o a dez metros de distância. Marcharam quinze minutos, atravessando os rios a vau. O Comissário parecia não se aperceber da presença de Sem Medo. Vai cego e surdo, pensou este. É um perigo caminhar assim no mato.

No entanto, o Comissário parou e virou-se para trás.

– Que queres, Sem Medo?

– Vou contigo.

– Por quê?

– Não me disseste aonde ias. Eu sou o Comandante, tenho o direito e o dever de seguir quem arranca da Base ilegalmente. Ou mesmo prender, se julgar necessário.

– Eu não vou fugir.

– Quem mo garante?

– Não sou um desertor.

– Estás em estado de deserção, pois não avisaste aonde ias.

– Sabes muito bem aonde vou.

– Não sei, porque não fui avisado. Pensa que é burocracia, mas é o meu dever.

– De qualquer modo – disse o Comissário – estou-me marimbando. Considerem-me desertor, se quiserem. Se pensas que tenho muito respeito pela vossa organização...

– Não podes condenar a organização pela atitude reprovável dum responsável.
– São todos a mesma coisa. Aproveitam sempre do facto de serem responsáveis para...
– Tu também és responsável, Comissário!
O Comissário encolheu os ombros. Enfrentavam-se agora sobre o caminho, o Comissário segurando a arma com as duas mãos, o Comandante com a arma ao ombro.
– Vamos sentar e conversar – disse Sem Medo.
– Não há nada a conversar!
– És parvo! Vais a Dolisie fazer o quê? Eu também vou a Dolisie. Estava a pensar em ir amanhã, hoje já é muito tarde e é preciso aproveitar para comer. Se quiseres, podes vir comigo. Aliás, é mesmo melhor que vamos os dois, pois haverá sérios problemas políticos a resolver.
– Estou-me cagando para os problemas políticos!
– Está bem, eu sei. Compreendo perfeitamente o que sentes, acredita. Mas para que desertares se podes ir legalmente? Para que perderes parte da razão aos olhos do Movimento, só por um gesto impensado?
– Não é deserção, pois já estás avisado. De qualquer modo, sou membro do Comando e posso tomar as minhas decisões. E não me interesso nada pelo Movimento.
– Não me obrigues a ser eu a defender o nome do Movimento contra ti, Comissário. Eu, o anarquista, a impedir o Comissário Político de desrespeitar o Movimento...
– Que dá o Movimento aos militantes? Só punhaladas pelas costas.
– Não confundas um responsável irresponsável com a organização.
– São todos iguais!
– Não são nada e tu bem sabes.
Sem Medo estendeu-lhe o maço de cigarros que viera com o Das Operações. O Comissário aceitou-o. Fumaram os dois.
– Vamos sentar. Fumar de pé não dá nada.
O Comissário obedeceu. Primeiro assalto ganho, pensou Sem Medo. Agora trata-se de agir com muita cautela.

– Que farás se eu continuar a andar? – perguntou o Comissário.
– Das duas, uma: ou te prendo ou te acompanho. Estou indeciso. A primeira repugna-me, nem é justa. A segunda hipótese agrada-me muito mais, mas não avisei na Base nem trouxe o sacador.
– Nunca me prenderias.
– Seria forçado, pois não te posso deixar ir sozinho. Vais apanhar a noite pelo caminho.
– Nunca me prenderias!
– Achas que não?
O Comissário deitou o cigarro fora.
– Que vais fazer a Dolisie, João?
Pela primeira vez, Sem Medo chamara-o pelo nome. O nome que Ondina utilizava.
– Resolver esse problema.
– De que maneira?
– Sei lá!
– Não é melhor pensares um pouco, e irmos amanhã os dois?
– Preciso de vê-la, de falar com ela... Não posso decidir nada sem falar com ela.
– De acordo! Mas é melhor amanhã. Vais chegar à noite, sem Guia de Marcha. Claro que isso não é grave, mas.. Se quiserem, podem complicar-te a vida.
– Achas que alguém me pedirá a Guia de Marcha? Todos fugirão de mim, como se eu tivesse sarna, que é preciso evitar, pois ninguém sabe como falar a um sarnoso... Posso desertar, posso ofender, tudo me é permitido, pois eu tenho sarna. Uma sarna que não se cura, uma sarna que fica até à morte, como a infâmia. Corno! Eu sou um corno, compreendes? E vens tu falar-me de pequenos aspetos formais, como Guias de Marcha... Sei que estás a procurar um pretexto qualquer, queres reter-me na Base, tens medo que eu ande assim à noite. OK! Por que estás com tantas curvas?
Sem Medo desviou o olhar para o caminho. Um dia, os portugueses descobririam esse caminho que estava a ser demasiado utilizado e iriam até à Base. Os pisteiros colonialistas já andavam à procura dele, a notícia de que a Base estava no interior já lhes chegara aos ou-

vidos, pelos espias infiltrados no Congo. Talvez neste momento estivessem numa emboscada. Toda a atenção era pouca. E o Comissário corria por esse caminho, sem reparar no leve quebrar de galhos que faz um pé prudente.

– Não podes falar assim, não sabes o que se passou ao certo.

– A Ondina escreveu-me. Contou tudo.

– Era uma ligação permanente ou foi por acaso?

– Por acaso, uma vez. Por acaso não, isso nunca é por acaso. Se ainda gostasse dele, eu compreenderia. Tive mesmo esse pressentimento um dia, mas foi algo de muito vago. Mas ela diz que não gosta dele, que aconteceu... Eu não percebo, Comandante, não percebo. Faço esforço, mas não consigo perceber.

Eu percebo, pensou Sem Medo. Mas quem pode afirmar finalmente que percebe, que está seguro de alguma coisa?

– Parecia que ela gostava de mim, embora com certos problemas, ela mesma na carta o deixa entender... Nem sei. Diz que se vai embora, pede a transferência, pede perdão... Eu não consigo compreender, Comandante. Por quê, por quê? Oh, por quê?

Sem Medo deixou-o chorar. Era tudo o que Sem Medo desejaria, era que ele chorasse. Como um miúdo. E ele serviria de mãe e deixá-lo-ia chorar no seu *colo*. Passou-lhe um braço pelo ombro. Sentiu no corpo as convulsões do corpo do Comissário e lembrou-se doutro momento em que sentira no corpo as convulsões do traidor apunhalado. A mesma sensação amparou-se dele e quis repelir o Comissário. O pânico apossou-se de Sem Medo, abraçando um Comissário moribundo que tremia. Não podia repeli-lo, ele precisava de se aninhar no seu colo e deixar escapar toda a raiva, todo o desespero que nele se acumulara. Sem Medo suportou estoicamente a sensação desagradável, até que o Comissário acalmou.

Levantou-se, pegou na arma e caminhou para trás, em direção da Base. Sem Medo seguiu-o. Chegado ao primeiro rio, o Comissário parou e meteu a cabeça na água. Retirou a cabeça da água para inspirar e de novo a mergulhou, até ficar sem fôlego. Repetiu a operação cinco vezes. Por fim, sentou-se numa pedra. A água caía-lhe da cabeça e escorria pelo pescoço, molhando a camisa. Ergueu-se num repelão.

– Vou a Dolisie.
– Disparate! Espera e vamos amanhã.
– Preciso de a ver hoje. Preciso de estar descansado.
– Descansado de quê?
– Saber realmente o que se passou.
– E o André? Que pensas fazer em relação a ele?

O Comissário olhou Sem Medo. Olhar puro, de criança, embaciado pelas lágrimas. É assim que te vais tornando homem, pensou Sem Medo. Tornar-se homem é criar uma casca à volta, cheia de picos que protejam, uma casca cada vez mais dura, impenetrável. Ela endurece com os golpes sofridos.

– Nada. Claro que não lhe vou fazer nada. O Movimento que se encarregue.
– Pensei que te quisesses vingar.
– Vingar de quê? Não a violou!
– Mas há pouco estavas a dizer que todos os responsáveis são iguais, que abusam do seu poder.
– Isso compete à organização. A falta dele é em relação ao Movimento, é um responsável que faltou à disciplina da organização. Não tenho nada com isso. O que me interessa é ela.
– Quer dizer que fazes confiança no Movimento, então...
– Como não hei de fazer, Comandante? Que seria eu sem o Movimento? Um órfão. Se o Movimento ainda tem tipos como tu, então como não hei de fazer confiança?
– Cuidado! Essas ideias são perigosas e erradas. Daí a cair-se no culto da personalidade...
– Que burro sou! Estás para aí a puxar discussão, para me distrair e me atrasar, e eu a cair na armadilha... Vou-me embora. Deixa-me passar!
– Não, João, não passarás. Vamos amanhã.
– Deixa-me passar!

O Comandante estava no caminho de Dolisie, a arma ao ombro. O Comissário apontou-lhe a AKA.

– Eu vou passar, Sem Medo. Não me tentes impedir.
– Não faças isso, João, ou terei de te prender.

– Tenta, se és capaz.

O Comissário avançou, a arma apontada: Sem Medo estudou os seus olhos. Avançou um passo. Um fulgor brilhou no olhar do Comissário. Fulgor repentino que logo desapareceu. Sem Medo avançou outro passo. O cano encostou-se-lhe ao ventre. Sem Medo afastou o cano com o braço esquerdo, fixando sempre os olhos do Comissário. Segurou o cano e puxou-o. O Comissário largou a arma. O Comandante pôs tranquilamente as duas armas no mesmo ombro.

– Vamos para a Base. Avança!

O Comissário avançou à sua frente, sem protestar. Perto da Base, Sem Medo entregou-lhe a arma.

– Isto fica entre nós.

Quando entraram na Base, eram duas horas e o almoço estava pronto. O Comissário foi para a casa do Comando. Sem Medo pediu aos guerrilheiros que não o incomodassem. E foi à cozinha buscar a comida para os dois. O Comissário recusou o prato. Sem Medo não insistiu, deixou o prato sobre a mesa. O Comissário acabou por pegar no seu, olhou-o com um sorriso envergonhado e começou a comer.

– Desculpa, dá-me mais um cigarro.

O Comandante estendeu-lhe o maço.

– Não me digas que agora vais começar a fumar.

– Sou capaz disso. Não se diz que o cigarro é o único fiel companheiro?

Sem Medo sentiu a amargura do outro. Acendeu-lhe o cigarro sem ripostar. Acendeu depois o seu.

– No outro dia querias conhecer o meu segredo, lembras-te? Ainda o queres ouvir?

– Sim.

– Acho que é chegado o momento. Vamos então até ao rio. É lá o nosso confessionário.

Foram. Sentaram-se sobre um tronco. Sem Medo tirou as botas e meteu os pés dentro da água.

– Devias fazer o mesmo. É das sensações mais agradáveis.

– Talvez – disse o Comissário. – Mas, se o tuga aparece, deixas as botas e tens de fugir descalço, o que não é nada agradável.

– Já me aconteceu.
– Eu sei.
– Como vês, há erros que se não corrigem. Mas tu querias conhecer a minha história. Pois bem! Em Luanda eu vivia com uma moça, tinha eu vinte e quatro anos. Ela chamava-se Leli, era uma mestiça. Em 1960 começámos a viver juntos. Não casámos por complicações com a família dela. O pai era um comerciante e queria que a filha casasse com um branco. Para adiantar a raça! Mas as coisas arranjavam-se. Por azar, a Leli convenceu-se que gramava um outro. Um dia apareceu-me em casa dizendo que se ia embora. Eu já desconfiava que havia qualquer coisa, pois ela ultimamente andava ausente, fria, sempre irritada. Eu era um miúdo, sem grande experiência. Era a minha primeira mulher, só tinha antes conhecido prostitutas. Uma série delas, é verdade, mas isso não chega. A tática é totalmente diferente, com uma prostituta não há praticamente uma relação de forças que se cria, tudo se faz à base do dinheiro. Salvo se és chulo, aí está bem. Mas eu nunca fora chulo, desconhecia praticamente toda a arte de dominar o outro.

– Dizem que é a arte suprema, ser chulo – disse o Comissário.

O Comandante não pegou no que ele disse. Continuou, dentro das suas recordações:

– Foi uma cena terrível, ela chorando num canto, eu no outro. Que não, nunca dormira com ele, mas era o que mais desejava na vida. Acabou por ficar comigo mais uns tempos. E eu sem aprender! Parecia que a coisa estava acalmada, mas afinal estava apenas adiada. Eu fazia trabalho clandestino, por vezes tinha de arrancar para Caxito ou Dalatando. O meu emprego ressentia-se com isso, mas não me importava. Ela importava-se, dizia que eu ia arranjar mulheres, que não queria ter uma boa posição social, que ela é que sofria a miséria etc. Eu considerava isso como ciúmes e estava tranquilo. Se tinha ciúmes é porque me amava. Ingénuo! O ciúme e o amor são independentes, pelo menos nesta sociedade. Pois bem. Um dia ela voltou a repetir-me que ia ter com o outro. E saiu de casa. Nessa noite revolvi-me no mais atroz ciúme. Queria percorrer o muceque à procura dela, imaginei matar os dois, sei lá mais quê!

Depois compreendi que a nossa vida era finalmente monótona, os rasgos de amor tinham acabado no primeiro ano, e Leli era insaciável. Decidi que a devia reconquistar. Ela voltou na manhã seguinte, desfeita. Contou-me que não tivera coragem de ir ter com o outro, dormira na casa duma amiga. Compreendi que ela estava bastante presa a mim, mas que era necessário ter uma experiência negativa de outro lado, para poder ser reconquistada.

– E então empurraste-a...
– Exato. Disse-lhe que não queria mais nada com ela, ia arranjar uma outra mulher. Isso libertou-a de mim, mas, ao mesmo tempo, chocou-a. O facto de me perder fê-la imediatamente vacilar. Dominei a vontade que tinha de lhe dizer a verdade e expliquei-lhe que nessa noite refletira e que, afinal, ela já não me interessava. Leli não sabia que fazer. Vi-a desamparada. Nesse momento senti que a vencera, era só uma questão de tempo.

– Por que não a recuperaste logo ali?
– Era preciso consolidar a vitória. Ela foi viver com o outro. Era um empregado dos correios, metido a intelectual, extremamente vaidoso. E vazio, no fundo. Eu encontrava Leli frequentemente, comportava-me com ela como o melhor amigo, o confidente. À sua frente tomei a personalidade dum libertino, compreensivo com tudo e todos. No primeiro mês, Leli não me pertenceu, pertencia ao outro. Mas observei nela a desilusão cavar-se, à medida que o tempo passava e conhecia melhor o outro. Inconscientemente ela tinha de fazer a comparação comigo, o novo homem, agora adulto, que à sua frente surgia. Foi com requinte que me moldei à personalidade que lhe devia apresentar. E ela começou a lamentar a escolha. Eu aparecia frequentemente com raparigas e sentia o ciúme dela avivar-se. Leli sempre fora uma comediante, mas conhecia-a bem de mais para ser enganado: Leli tinha ciúmes de qualquer miúda que eu olhasse com interesse. Era cedo ainda para atuar. Deixei-a desiludir-se completamente do outro. Jantávamos juntos quase todos os dias e ela confidenciava-me as suas amarguras. Eu, sub-repticiamente, levava-a a aperceber-se da vaidade do outro, das suas pretensões, das suas ideias atrasadas. O pequeno-burguês-tipo. Leli não era pequeno-

-burguesa, teria mais defeitos de grande-burguesa que de pequeno-burguesa.

– Possas! Foi preciso sangue-frio... Até fizeste uma análise de classe?

– Não, isso sou eu agora a explicar, naquele momento não o seria capaz de fazer.

Sem Medo tirou os pés da água e esfregou-os distraidamente.

– A partir do segundo mês, era já certo que Leli estava farta dele. Só sexualmente ainda havia uma certa ligação entre eles. Era nesse domínio que eu teria de agir. Chegou uma noite em que ela confidenciou que iria arranjar um amante. Comigo nunca o fizera, porque me respeitava. Mas a ele... Disse-o de uma maneira superficial, talvez mais para saber a minha opinião. Nessa noite convidei-a a minha casa. Pus discos, dançámos e, por fim, ataquei-a. Só se apercebeu do que acontecia depois já de termos feito amor. Procurou ainda lamentar-se, mas eu disse-lhe que era o mais natural, que nada tinha a reprovar-se. Fizemos amor durante a noite inteira. No dia seguinte, ela foi buscar as suas coisas à casa do outro.

O Comandante calou-se, os olhos perdidos no vago.

– E depois?

– Vivemos assim dois meses. Vem o mais difícil de contar, agora. Enquanto estivemos separados, habituei-me à nova personalidade que me forjara. Todo o esforço de dominar o ciúme, de pensar nela como uma vítima a abater, acabou por me endurecer. Deixei de a gramar ou, pelo menos, de a gramar da maneira absoluta como até aí. Eu precisava de me libertar dela, da influência que Leli tinha sobre mim. Para isso tinha de a reconquistar, de me sentir superior a ela, de ser capaz de agir apenas racionalmente, apenas movido pela razão, sem sentimentos. Depois de a reconquistar, senti-me liberto.

– Estavas desforrado, não é isso?

– Se quiseres, o meu amor-próprio estava vingado. Comecei a descobrir realmente todo o lado mesquinho que Leli possuía mas que, até aí, eu não descobrira. O hábito de ter outras mulheres levou-me à busca de outras mulheres. Nunca mais lhe fui fiel. Ela sabia-o, mas perdoava. Pensava que o fazia por vingança tardia. Estava toda cho-

cada com o que se passara e maravilhada ainda por eu a ter aceitado. Não sei se compreendes, mas o problema é que ela se apercebeu que me amava irresistivelmente quando sentiu que me perdeu. Depois disso, ela foi tentando esconder a si própria essa descoberta.
– E então?
– Ao fim de dois meses, analisei-me profundamente. À mesa dum bar, como sempre faço quando quero ser sincero comigo mesmo. Analisei-me e vi que estava liberto. Nada do que fora era ainda. O passado estava morto, nem me emocionava ao pensar no outro ou em Leli nos braços do outro. Decidi então acabar de vez. Entrei em casa e disse-lho. Ela não acreditou. Repeti-lho: "Acabou, já não gosto de ti, habituei-me a viver sem ti." Ela compreendeu por fim. Poupo-te a descrição da cena. Disse-me algumas verdades, falou-me por exemplo do meu orgulho sem limites que tudo sacrificava a ele. Não era totalmente verdade, tudo é mais complicado.
– Mas tinha uma grande parte de verdade. Recuperaste-a só para a deixares a seguir, para satisfazer o teu amor-próprio. Mas, e depois?
– Tinha de o fazer para me libertar, compreendes? De qualquer modo, quando a reconquistei era sincero, não pensava abandoná-la depois. Enfim... Todas as interpretações são possíveis. Continuando... O 4 de fevereiro estoirou então. Estava na organização clandestina e consegui passar para o Congo. Leli entretanto procurava-me, tentando recuperar-me. Ela fugiu de Luanda em abril. Tentava chegar ao Congo. Foi apanhada pela UPA e assassinada. Não sei se te disse que era mestiça...
– Quer dizer que...
– Não o digas! Fui o causador da sua morte, não é isso que ias dizer? Sim, fui o causador da sua morte. Involuntário, mas que importa? Leli viva não me conseguiu reconquistar. Mas a sua vingança foi a sua morte. Ligou-me fatalmente a ela, num sentimento que não é de maneira nenhuma o amor, mas que me amarrou. Hoje não posso amar nenhuma mulher, pelo medo de lhe fazer mal. Quando me interesso por alguém, zás!, há um vidro a separar-me dela, é o medo de voltar a sentir o que senti ao saber da morte de Leli. Matar não custa, Comissário. Não é nada matar na guerra!

O Comissário mediu as palavras.

– Isso passará quando encontrares uma mulher à altura.

– Encontrei tantas! Parti em 1962 para a Europa. Aí conheci tanta estudante, dormi com tanta estudante! Em 1964 voltei para a luta. Encontrei tanta miúda! Não, há qualquer coisa que se quebrou com Leli. Talvez tenha endurecido demasiado, o certo é que há uma barreira. Eis a história. Eu fico com as marcas, mas tu podes ficar com a experiência. Por isso te vou dar os ensinamentos que dela tirei.

O Comissário aprovou com a cabeça, silenciosamente.

– Compreendi, em primeiro lugar, que o verdadeiro homem, aquele que não pode ser dominado, é o que pode calar a paixão para seguir friamente um plano. Todo o sentimento irracionaliza e, por isso, incapacita para a ação. Que todo o dominador é em parte dominado, é essa a relação dialética entre o escravo e o senhor de escravos. Que as relações humanas são sempre contraditórias e que as não há perfeitas. Que a sorte sorri a quem a procura, arriscando. Que não há atos gratuitos e que não existe coragem gratuita, ela deve estar sempre ligada à procura dum objetivo. E que, quando alguém quer fazer uma asneira, deves deixá-lo fazer a asneira. Cada um parte a cabeça como quiser! Depois de ter a cabeça partida, aceitará melhor um conselho. Só se pode provar que um plano é mau, quando ele não atingir o objetivo proposto.

– Dir-se-ia que toda a tua vida te levou para a estratégia militar, Sem Medo. O seminário, o amor...

– Sim. A vida modelou-me para a guerra. A vida ou eu próprio? Difícil de saber.

– Pensas muito na Leli?

– Sim. Antes duma ação. Isso aliás dá-me força para combater.

– É por isso que lutas?

Sem Medo observou-o. Depois desviou a vista para a água que, de novo, corria sobre os seus pés.

– Não, penso que não. Já antes lutava. Nunca é só uma a razão que leva um tipo a lutar. Isso contou, talvez, mas não é a única razão. Mas não me criticas? Esta história não te choca?

– Hoje não. Talvez depois, quem sabe?

Sem Medo despiu-se. Ali perto havia uma enorme pedra que entrava na água. Ao lado da pedra, o rio era profundo, da altura dum homem, o que formava uma piscina natural de sete metros de comprimento por três de largura. Sem Medo mergulhou e deixou-se ficar submergido até perder o fôlego. Veio à tona e deu umas braçadas, atingindo o bordo da piscina. Voltou a mergulhar, atravessou a piscina debaixo da água e veio sair perto do Comissário.

– Devias nadar.
– E quem faria a guarda?
– Está bem. Quando acabar, vou fazer a guarda.

O Comandante voltou a mergulhar. A água estava fresca, quase fria. No Mayombe é sempre cristalina, pois são rios de montanha que correm sobre pedras. Sem Medo nadou dum lado para o outro, até sentir frio. Saiu a tremer e procurou uma réstia de sol.

– Podes ir. Eu faço agora a guarda.
– Não – disse o Comissário. – Acabei de comer agora.
– Teorias! Nunca fez mal a ninguém. Só apanha congestões quem tem medo delas.
– É estúpido morrer duma congestão.
– É estúpido morrer! Mas se te digo que não faz mal... Não penses nisso e mergulha. Vais ver que nada acontecerá.
– Não vale a pena.

Sem Medo encolheu os ombros. Tremia ainda, mas o corpo começava a secar.

– Não me explicaste uma coisa, Comandante. Se compreendi bem, a Leli sempre gostou de ti. Mas então por que se convenceu que gramava o outro?
– O amor é assim. Se se torna igual, a paixão desaparece. É preciso reavivar a paixão constantemente. Eu não o sabia ainda, deixei-me convencer pela vida sem histórias que levávamos. Vês a vida dum empregado de escritório em Luanda? Está bem que tinha o trabalho clandestino, a Leli começava a interessar-se, estudávamos juntos o marxismo. Mas sentimentalmente tínhamos parado. Chegámos à estabilidade. A culpa foi minha que me acomodei à situação, que não me apercebi que a rotina é o pior inimigo do amor. Mesmo na

cama nos tornámos rotineiros. Depois apareceu o outro, metido a poeta, fazendo-lhe versos, falando bem. Tocou na corda sentimental dela. Toda a mulher gosta de ser a musa dum poeta. Ela mais tarde mostrou-me os poemas. Eram detestáveis, mas emocionavam Leli. Ela nunca teve grande espírito crítico, é preciso que se diga. E ele utilizou os golpes baixos: conhecia-me melhor que eu a ele. Em conversas ia contando a Leli como eu era, ou antes, os meus lados negativos. Só depois de viverem juntos é que eu o conheci bem. Tinha de conhecer o adversário para melhor o liquidar.

– E não lhe deste porrada?

– Para quê? Tirei-lhe a Leli quando o quis. Queres maior desforra do que essa?

Um bando de pássaros grandes pousou numa árvore ali perto. Grasnavam como patos. Sem Medo pegou na arma. Depois encolheu os ombros: já havia comida na Base.

– Os primeiros tempos da vossa separação devem ter sido duros.

– Sim. As coisas não se passaram linearmente. Tinha crises de angústia, misturadas a momentos de apatia. Todo o trabalho se ressentiu. À noite pensava que ela estava nos braços do outro. Esforçava-me então por adormecer, para me convencer de que era o mais forte, capaz de dominar todo o sentimento. Adormecia esgotado. Por vezes tinha vontade de lhe rogar que voltasse. Mas à sua frente mantinha um desinteresse de pedra, uma esfinge. Foi o nome que me dei, a Esfinge. Tornou-se o meu nome de guerra, até que me deram a alcunha de Sem Medo, nem sei por quê. A Esfinge ficava-me melhor.

O Comissário viu Sem Medo dominando o deserto, recebendo as chicotadas da areia sem mexer as pálpebras. Tudo se passava no interior, nas convulsões da pedra, nas correntes de ar percorrendo os túneis cavados pelo tempo, no lento borbulhar da matéria aparentemente parada.

– O contrário da vida é o imobilismo – disse Sem Medo. – No amor é a mesma coisa. Se uma pessoa se mostra toda ao outro, o interesse da descoberta desaparece. O que conta no amor é a descoberta do outro, dos seus pecadilhos, das suas taras, dos seus vícios, das suas grandezas, os seus pontos sensíveis, tudo o que constitui o outro. O amante que se quer fazer amar deve dosear essa descoberta. Nem só querer tudo saber num momento, nem tudo querer revelar. Tem de ser ao conta-gotas. E a alma humana é tão rica, tão complexa, que essa descoberta pode levar uma vida. Conheci um tipo, um militante, que ao se juntar a uma mulher fez uma autocrítica sincera do que era. Passou uma noite a falar. Contou tudo tal qual se via. "Agora já me conheces, já estás prevenida." Ao fim de um mês, a mulher abandonou-o. E ele era o melhor tipo do mundo. O seu mal foi aplicar à letra no amor o que aprendera no Partido sobre os benefícios da autocrítica.

Isso depende das mulheres. Há mulheres que querem saber exatamente como o homem é, para se acomodarem a ele, para moldarem o seu comportamento segundo o do marido.

– São as escravas. As que não procuram o amor, com todos os seus riscos, mas uma situação tranquila. Isso para mim não são mulheres, são coelhas. Não é dessas que falo. Falo das que são adversários sérios e que, portanto, são capazes de dar o maior prazer e os maiores desgostos a um homem. A mulher sem personalidade, que vive em função do outro, a submissa, é como o homem que aceita a desgraça sem se revoltar. Uns medíocres!

– São consequência duma sociedade – disse o Comissário.

– Conheci uma mulher assim. Era casada, o marido abandonou-a, penso que por ter feito dela um capacho tal que se fartou de limpar os pés nela. Foi na Europa. Há quatro meses que se separara do marido. Eu já a conhecia antes, ela tinha um corpo bastante excitante, a ocasião ofereceu-se, aproveitei. Aceitou facilmente os beijos e as carícias, mas não queria ir para a cama. Ainda tinha esperanças em que o marido voltasse e não queria traí-lo, mesmo que num momento de separação. Se foi para a cama comigo é porque estava realmente com necessidade de homem, é das tais coisas a que uma pessoa se habitua, mesmo se mediocremente. Levei três horas a convencê-la.

– Grande luta...

– Nem imaginas! Foi preciso levá-la a reviver os momentos de separação do marido, levá-la a ver o marido nos braços de outra, pô-

-la a chorar, para depois as carícias a aquecerem até ser capaz de perder a cabeça. Nessa noite eu estava excitado, ela tinha umas coxas atrativas, senão teria desistido. Não, não foi isso! Foi mais a aposta comigo próprio e a curiosidade de ver como ela era realmente. Depois do amor pôs-se a chorar, a dizer que já não merecia o marido, que era uma puta etc. A submissão tinha moldado completamente o seu espírito. Nunca mais quis nada com ela, como é evidente.

– Isso vem do papel social da mulher – disse o Comissário. – Numa sociedade em que o homem controla os meios de produção, onde é o marido que trabalha e traz o dinheiro para casa, é natural que a mulher se submeta à supremacia masculina. A sua defesa social é a submissão familiar.

– No geral é isso. Mas há mulheres que se não submetem, que encontram no amor o contrapeso a essa inferioridade social. E mesmo sem trabalhar, estando dependentes economicamente, são capazes de jogar taco a taco com o homem. Seria aliás essa a sua melhor defesa.

– São exceções. Repara que há séculos de submissão. Isso marca.

– Tens razão. Mas essa mulher que conheci, e tantas outras afinal, era dum país socialista.

– Não quer dizer nada, Comandante. Primeiro, esse problema não está ainda resolvido nos países socialistas. Em segundo lugar, deve ser a última superstrutura a ser modificada. A mais difícil de modificar, que choca contra toda a moral e preconceitos individuais que os modos de produção anteriores provocaram.

Sem Medo tinha secado. Vestiu a farda, contemplando o rio.

O Comissário tinha deixado o seu problema para mais tarde, estava mais calmo. Oh, ficava para mais tarde! Quando a noite viesse bem o sentiria revolver-se na cama. Mas nesse momento o desespero tinha desaparecido, já não era um mau resultado. Levantaram-se e partiram para a Base, sem falar.

Partiram da Base às sete da manhã, com mais três guerrilheiros. Meia hora depois subiam o Cala-a-Boca, montanha que demorava duas horas a subir, com intermitências, onde o solo estava eternamente escorregadio, pela humidade permanente. O nome da montanha fora encontrado por um dos primeiros grupos de reabastecimento, na altura em que a Base fora instalada no interior. Era um grupo constituído por civis. Um deles, no cume da montanha, pôs-se a chorar, a dizer que não avançava mais. Outro disse-lhe: "Cala a boca, não chora, quem te mandou vir para a Revolução?" Todos os sítios tinham os seus nomes picarescos. Um tronco de árvore em que um civil se deixara cair, recusando seguir, era a "árvore do Nuno"; uma descida em que uma pioneira escorregara era a "descida da Helena"; um rio onde Ngandu caíra ao atravessar o vau era o "rio Ngandu". Nomes que recordavam proezas negativas dos civis de Dolisie. Os guerrilheiros apontavam sempre os sítios e deleitavam-se a dizer os nomes. Isso também ajudava para a troca de informações.

Venceram o Cala-a-Boca e meteram-se pelo capim alto que fustigava os rostos e se introduzia na roupa, provocando comichões. Já estavam no Congo. Angola apresentava-se atrás deles com a forma de montanhas cobertas de mata, o cume afogado nas nuvens.

Chegados a Dolisie às duas horas, o Comissário partiu para a escola e Sem Medo foi ao *bureau*. No *bureau* encontrou o velho Kandimba, que lhe disse não haver almoço. Os responsáveis? O André ainda não aparecera e o membro da Direção que viera de Brazzaville tinha saído.

– Arranja-me um pão, mais velho. Ainda não almocei.

O velho Kandimba trouxe-lhe meio pão. Sem Medo comeu-o à porta, observando a rua. Trocara a farda pela roupa civil, mas não tomara banho na casa de passagem dos guerrilheiros, à entrada da cidade. Fá-lo-ia no *bureau*, depois de comer o pão.

– Então vocês agora metem-se com as mulheres dos outros? – disse Kandimba.

– Vocês?

– Sim, vocês, os kikongos.

– Está lindo isto aqui! – disse Sem Medo.

Acabou o pão e foi tomar banho. Kandimba passou-lhe a toalha.

– Está mau – disse o velho. – O camarada André fez bem em fugir, senão tinha levado um tiro.

– Era o que ele merecia – disse Sem Medo.
– Acha que sim?
– Por que não?

O velho abanou a cabeça. Recebeu a toalha molhada e abanou de novo a cabeça. Apontou o maço de cigarros que sobressaía do bolso da camisa atirada sobre uma cadeira.

– Posso tirar um?
– Tira, mais velho. O André não vos dá dinheiro?
– Aquele? Fuu!

Ouviram um carro parar à frente do *bureau*. O velho saiu da casa de banho a correr. Sem Medo acabou de se vestir e foi ao gabinete. Encontrou lá o membro da Direção e um André amarrotado, perdido todo o porte aristocrático que lhe conferia o corpo esguio e a barbicha longa. Sem Medo cumprimentou o dirigente.

– Quando chegaste da Base?
– Agora mesmo. Esse homem finalmente apareceu? – disse Sem Medo, apontando André com o queixo.
– Não me cumprimentas? – perguntou André.
– A ti? Só a murro!

O dirigente olhou para o velho Kandimba, que presenciava a cena. Este, sem uma palavra, abandonou o *bureau*.

– Estava escondido numa casa. Foi um trabalhão para o convencer a vir aqui.
– Vão-me matar, eu sei que me vão matar.
– O Comissário veio comigo – disse Sem Medo.

André estremeceu. Levantou-se da cadeira, agarrou o braço do dirigente.

– Deixe-me ir embora. Vão-me matar. É um escândalo para o Movimento, deixe-me ir embora.
– Parecias mais corajoso quando enfrentavas as mulheres – disse Sem Medo.
– Ninguém fará nada – disse o dirigente. – O camarada vai ficar no seu quarto, com militantes à porta para o protegerem. É só o tempo de acabar o inquérito, depois seguirá para Brazzaville.
– Vão ser os próprios guardas que me matarão.

– Deixa-te de chorar como uma galinha – disse Sem Medo. – Se te matarem, também não se perde muito.
– Chega, Sem Medo! – disse o dirigente.

O Comandante saiu do *bureau*. Agoniava-o ver homens aterrorizados pela morte: um comportamento de traidor. E foi isto o todo-poderoso senhor de Dolisie? O verniz cai sempre que o perigo o risca.

André foi para o seu quarto, acompanhado por dois guerrilheiros armados. O dirigente mandou chamar Sem Medo. Este sentou-se à frente da secretária.

– O pior já passou – disse o membro da Direção. – Ao chegar cá, o ambiente estava explosivo. Fizemos ontem uma reunião de militantes, onde se explicou tudo. As acusações choviam. Não só este caso, mas a corrupção, o desinteresse pela luta, o tribalismo. Ninguém se atrevia a defender o André.

– Todas as acusações são verdadeiras, como é que o iam defender? Mas não te iludas. Ele tem os seus apoios.

– Eu sei. Apoio tribal.

– Claro! Tudo aqui é assim.

– Não penses que é só aqui – disse o dirigente. – Nas outras Regiões é a mesma coisa. O tribalismo é um fenómeno objetivo e que existe em todo o lado. O curioso é que... sei lá! Pega num grupo que aqui seja tribalista, separa-o e espalha-o noutra Região. Serão os primeiros a gritar contra o tribalismo.

– Estarão em minoria – disse Sem Medo. – Aqui vemos que camaradas que estão isolados, pois são os únicos da sua região aqui, esses camaradas aparentam ser destribalizados. Digo bem, aparentam, pois não sei se voltando à sua região de origem, onde serão portanto maioritários, eles não voltem ao tribalismo.

– Portanto, as maiorias tenderiam a ser mais tribalistas, não é? Maiorias e não só, basta que haja um grupo, mesmo que seja minoria. O grupo faz criar a antiga solidariedade tribal.

– É isso – disse Sem Medo. – O ideal seria que cada indivíduo estivesse durante xis anos isolado, no meio de outro grupo, para perder os sentimentos tribais. Ao fim dum certo tempo, creio que começaria realmente a perdê-los.

– Em parte é o que acontece com a urbanização. Processo que é doloroso, mas que tem o mérito de ir aos poucos eliminando o tribalismo. Mas, mesmo assim, é um processo lento.

– Todos esses processos são lentos. Vê a Europa e o problema das minorias nacionais. Nem hoje está resolvido...

– Mas os europeus gostam de nos atirar à cara com o nosso tribalismo – disse o dirigente.

– Para eles, o que se passa na Europa não é tribalismo. Está bem, já não há tribos, o nome está incorreto. Mas é um fenómeno muito semelhante. Às vezes fico desesperado, aqui. Será que conseguiremos vencer esse mal?

– Não tenhas dúvidas. Mas é preciso muito trabalho. E não são tipos como o André que ajudam a vencê-lo.

– Sim – disse Sem Medo –, esses só o reforçam. O que me admira é que seja necessário este escândalo para se arrumar um responsável incapaz. Sem sabermos do que se passava, nós estávamos para marchar sobre Dolisie e prendê-lo, porque morríamos de fome e a comida não chegava. Durante quatro dias só nos alimentámos de comunas. E isto não é novo. A Direção estava farta de saber, porque deixou apodrecer a situação?

– Não havia dados concretos.

– Não havia dados concretos? Quantos relatórios foram feitos a avisar-vos? Foi preciso um assunto de mulheres para resolver o problema.

O dirigente ofereceu cigarros.

– Sem Medo, ouve. Há coisas que não podem ser feitas no ar. Lemos os relatórios, recebemos cartas, mas isso não chega. Tinha de haver um facto...

– É sempre isso. Quando um homem anda com uma pistola a gritar que vai matar outro, ninguém faz nada. É preciso que ele dispare para que se tomem medidas.

– Há outros problemas a resolver. As coisas não são simples.

– As coisas nunca são simples, camarada – disse Sem Medo. – E complicam-se cada vez mais com o tempo que passa.

– Eu compreendo que para vocês as coisas devessem ser todas rápidas, têm o desejo de fazer avançar a guerra, está certo. E não têm em conta outros fatores, ou subestimam-nos. Mas muitas vezes somos obrigados a ir mais devagar do que o desejável... Enfim, isso pode-se discutir, mas ainda não almocei...

– Eu também não – disse Sem Medo.
– Vieste da Base e não comeste?
– Não, o Kandimba disse que não havia nada.
– Essa agora! Kandimba! Kandimba!

O velho apareceu quase imediatamente na porta.

– Então não deste almoço ao camarada Comandante? O velho coçou a cabeça.

– O camarada disse para eu guardar o almoço, eu guardei. Mas não disse para dar a outros.

– Então uma pessoa vem da Base, está cansado, e tu não lhe dás comida? Isso não pode ser. Vamos então almoçar, Sem Medo.

Levantaram-se e foram para o quarto ao lado. O velho serviu-os. Quando o velho saiu, o dirigente disse:

– Não percebo o que se passa aqui.
– Eu sou kikongo e ele é kimbundo. Neste momento esse problema conta, está na base das reações de qualquer pessoa, pois o André é kikongo. Não foi ele que cometeu o erro, foram os kikongos!

– E misturado com a burocracia. Não deu porque eu disse para guardar a comida!

– A burocracia é a defesa – disse Sem Medo. – Ele socorreu-se com a burocracia, não era esse o fundo do problema. No entanto, foi capaz de me cravar um cigarro...

– Temos de arranjar um substituto para o André – disse o dirigente.

– Não deve ser difícil.
– Hum! Não é assim tão fácil. Tem de se considerar uma série de aspetos.

– A Ondina já foi ouvida? – perguntou Sem Medo.
– Já.
– Pediu a transferência?
– É mesmo a única coisa a fazer.

– Não sei – disse Sem Medo. – As coisas ainda se podem arranjar com o Comissário. É pelo menos o que ele pensa. Nesse caso, seria melhor passar a esponja.

– Não creio. A Direção verá. Mas estes casos, no Movimento, implicam sempre um castigo. Nem que seja uma suspensão.

– Sim, a eterna moral cristã! – disse Sem Medo.

– Moral revolucionária, camarada.

– Deixa-te disso! Moral revolucionária, nada. Seria moral revolucionária, se todos os casos fossem sancionados ou nenhum o fosse. Há uma série de casos similares que se passam, toda a gente sabe, e não se faz nada. Só quando provoca escândalo é que o Movimento se mete. Isso é moral cristã, que se interessa pelas aparências. Aliás, penso que um caso destes não é um crime contra o Movimento, é humano. No caso da Ondina. No do André já não, porque é responsável.

– Continuas o mesmo, Sem Medo.

– E acabarei mal por causa disso, eu sei.

Comeram em silêncio durante um certo tempo. Era fúnji de peixe. Kandimba trouxe uma garrafa de maluvo e encheram os copos.

– Há quanto tempo não bebes, Sem Medo?

– Há uns quatro meses.

– Quem te viu na Europa, nunca diria que ias aguentar isto. Não me esqueço uma reunião que fiz com os estudantes e em que tu apareceste bêbado a cair.

– Mas não disse asneiras. Bebia demais, sim, mas aguentava. Quando me sentia fora de mim, adormecia.

– Atitude prudente!

– Habituei-me a isso em Luanda – disse Sem Medo. – Uma bebedeira é perigosa para quem faz um trabalho clandestino, pois pode falar. Foi um bom hábito.

– Geralmente, quando uma pessoa bebe, torna-se sincero.

– Eu também. Mas só para mim. É perigoso ser sincero para os outros. Por isso, quando chego ao limiar que me vai fazer sincero para os outros, adormeço, perco os sentidos, entro em coma.

Acabaram o fúnji e o maluvo. Fumaram em silêncio, observando-se.
– Como está o Comissário? – perguntou o dirigente.
– Abatido.
– Isso passa-lhe.
– São coisas que marcam sempre. Temi que fizesse alguma asneira, mas não, está lúcido.
– Tanto melhor! É um moço que pode ir longe.
– Sim, pode ir longe – disse Sem Medo.
– É preciso que não faça asneiras.
– Não fará.
– Tu velas por ele, não é?
– Faço o que posso.
– Ouvi dizer que eras um pai para ele.
Sem Medo sorriu. Puxou uma baforada.
– Se há coisa que nunca tive foram instintos paternais. Mas enfim, pode ser uma maneira como outra qualquer de rotular a minha atitude.
– Ele pode subir. É disciplinado, bom combatente, boa formação política. É preciso é que não faça asneiras. Mudando de assunto... Foi bom teres vindo, pois é preciso ficar aqui alguém. Logo que o inquérito esteja pronto, sigo para Brazza com o André. Talvez já amanhã. Enquanto não vem o novo responsável, tens de te ocupar de Dolisie. Não protestes. Não há nada a fazer, é necessário. Prometo que nunca será mais do que uma semana.
– O que é o mesmo que dizer um mês.
– Não, será rápido. Sabemos que fazes falta no interior para esta arrancada.
– Íamos fazer uma série de ações. Todos os planos caíram por terra. Primeiro atrasaram por falta de comida. Agora por causa do que se passou. Se ainda tenho que ficar, então... É preciso considerar que neste momento o Comissário não está capaz de arcar sozinho com todas as responsabilidades. Desde que o pontapé de saída seja dado, então já será mais fácil.
– Só ficas uma semana.

– Mas metam um tipo capaz aqui. Já é tempo de haver aqui responsáveis capazes. Não esse bando de burocratas que se instalam nos lugares vitais e que sabotam tudo.

– Os melhores estão na guerrilha – disse o dirigente. – E estarás de acordo em que se tirem quadros da guerrilha?

– Em última instância. Mas só em última instância. Há lá uns moços com capacidade: Mundo Novo, Teoria... Com mais uma rodagem, vão dar excelentes quadros. Sobretudo quadros políticos. Nos militares, temos boas promessas: Muatiânvua, o Chefe de Operações, Milagre, Verdade... Esses são os melhores combatentes.

– Achas que o Mundo Novo serviria para Dolisie? Sem Medo baixou os olhos. Terminou o cigarro, refletindo.

– Mundo Novo é um duro. Gostaria de o ter mais tempo na guerrilha para saber se é realmente um duro ou se é apenas uma capa. Mas parece-me ser duro. É decidido, tem boa formação, tem conhecimentos de organização, é dinâmico. E esteve na guerrilha, conhece pois as dificuldades e as necessidades dela.

– Estarias pois de acordo que viesse para aqui?

– O problema é que é uma subida brusca. Eu estava a pensar nomeá-lo chefe de grupo, para começar. Um salto assim tão grande não será prejudicial? De guerrilheiro simples passar a responsável de Dolisie... Pode estragar-se. Embora não creia muito nisso, sim, ele é sólido.

– Não tens nenhuma reserva contra ele?

– Não gosto muito dele, pessoalmente. É um dogmático! Mas isso é pessoal, nada tem a ver com o resto. Não poderia ser meu amigo, mas pode ser um bom responsável para esta fase e, quem sabe, se no futuro... E é preciso sangue novo. Ele é capaz de fazer um bom trabalho, disso estou certo. E o peixe aprende a nadar vivendo dentro da água. A guerrilha é capaz de ser um quadro demasiado estreito para ele.

– Do facto dessa, não sei como chamar, incompatibilidade de feitios entre vocês, não nascerão problemas entre a Base e a retaguarda?

– Não, não o creio. Não há razões para isso. Por que é que o século XXI e o século XX se não uniriam contra o século XIX?

— Quando ele chegou — disse o dirigente — reparei na sua dureza. Acho que tens razão, é um duro. Vamos estudar essa hipótese. O salto é brusco, mas estava na lógica das coisas.

— Ele pode organizar bem a retaguarda. E sem uma retaguarda sólida, nada se fará.

Levantaram-se da mesa. Kandimba veio buscar os pratos. Encostaram-se à varanda.

— Só falta um bom café e aguardente — disse Sem Medo.

— O café pode-se arranjar. Não a aguardente, pois estamos em crise financeira.

— Como sempre!

— Que queres? Enquanto não contarmos essencialmente com as nossas forças, isso será assim. O povo não apoia, nem conseguimos quotizações sérias. Tudo tem de vir do exterior.

Kandimba, faz café, por favor. A propósito do Mundo Novo: a que chamas tu ser dogmático?

— Ser dogmático? Sabes tão bem como eu.

— Depende, as palavras são relativas. Sem Medo sorriu.

— Tens razão, as palavras são relativas. Ele é demasiado rígido na sua conceção da disciplina, não vê as condições existentes, quer aplicar o esquema tal qual o aprendeu. A isso eu chamo dogmático, penso que é a verdadeira aceção da palavra. A sua verdade é absoluta e toda feita, recusa- se a pô-la em dúvida, mesmo que fosse para a discutir e a reforçar em seguida, com os dados da prática. Como os católicos que recusam pôr em dúvida a existência de Deus, porque isso poderia perturbá-los.

— E tu, Sem Medo? As tuas ideias não são absolutas?

— Todo o homem tende para isso, sobretudo se teve uma educação religiosa. Muitas vezes tenho de fazer um esforço para evitar de engolir como verdade universal qualquer constatação particular. Uma pessoa está habituada a não discutir, a não pôr em questão uma série de ensinamentos que lhe vieram da infância. É preciso uma atenção constante para não cair na facilidade, não atirar com um rótulo para a frente e assim fugir a uma análise profunda do facto. Porque o esquematismo, o rotulismo, são o resultado duma preguiça intelectual.

Preguiça intelectual ou falta de cultura. Mas é a primeira que é grave. Claro que também é uma covardia.

– Sabes uma coisa, Sem Medo? És um intelectual.

– Somos.

– Não o digo no sentido pejorativo. És de facto um intelectual. E eu penso que é bom que os haja. Talvez tenhas uma atitude demasiado crítica, estás sem dúvida marcado pela Região, pelos fracassos, pelos erros. Nas outras Regiões não é assim. Se fores para uma outra Região, então modificarás um pouco a tua atitude, verás que as coisas não são tão más, ganharás mais perspetivas. Penso aliás que não falta muito tempo.

– Vou ser transferido?

– Pensa-se nisso. Mas fica entre nós, por enquanto. Agrada-te a ideia?

Sem Medo permaneceu calado por instantes. Contemplou a rua, os raros transeuntes que se aventuravam ao sol, olhou o responsável.

– Agrada-me, sem dúvida. Estou farto de resolver problemas de fraldas. Eu gosto de fazer a guerra e aqui não há guerra. E é cansativo lutar-se sem povo. Por outro lado, devo dizer-te que gosto desta Região e que ela tem possibilidades. A culpa é nossa, não temos sabido aproveitá-las. Mas, se me dessem a escolher, preferiria ir para outra Região. Sobretudo se fosse uma Região nova.

– Abrir uma nova Frente?

– Sim. A serra da Cheia, por exemplo. Ou o Huambo.

– É o espírito de pioneiro que fala! Isso não será um complexo que te ficou?

– Não percebo o que queres dizer.

– Descabaçaste alguma miúda? – perguntou o dirigente.

– Não, nunca calhou.

– É isso o que eu queria dizer. Enquanto o não fizeres, quererás sempre abrir novas frentes.

Sem Medo lançou uma gargalhada. O outro riu também.

– Freud não explica tudo.

– Mas explica muita coisa – disse o dirigente.

– É curioso!

— O quê?

— É curioso — disse Sem Medo — que estejamos para aqui a discutir Freud, quando nos encontramos em plena confusão política, com adultério e quase revolta pelo meio. É o vício dos intelectuais, este gosto pela conversa em qualquer circunstância.

— Não, o povo do kimbo ainda é pior. E repara que isto foi um parêntesis, estávamos mesmo assim a tratar de assuntos atuais. Falávamos mesmo da tua transferência...

— Está absolvido, camarada responsável! Mas é coisa séria?

— Certíssima. O problema é encontrar um substituto. Claro que não é imediato, levará bem uns três meses. Mas entretanto as coisas aqui avançarão um pouco, espero. Não vim incumbido dessa missão, mas tu deverias ser contactado brevemente para a Direção conhecer a tua opinião. Embora penses o contrário, há certas medidas que não tomamos sem consultar os interessados. Quando isso é possível, evidentemente. A sugestão tinha vindo do Leste, nós aqui devíamos dar o nosso parecer. O teu desejo será realizado, pois se precisa dum Comandante para avançar para lá das regiões atualmente em guerra. Onde, não sei, isso é segredo militar. Mas é para uma nova Região.

Os olhos de Sem Medo iluminaram-se. Sentiu nas narinas o vento do Planalto que conhecera na sua juventude. Viu as vertentes imponentes da Tundavala, onde o Mundo se abria para gerar o deserto do Namibe: a Tundavala eram as coxas entreabertas da montanha que deixavam escorrer as areias do deserto, inundando o horizonte até à África do Sul. Sentiu o perfume de eucalipto nas montanhas do Lépi, recordou os campos de milho do Bié e do Huambo, as bandeiras vermelhas das acácias no Chongorói, tudo indo dar, descendo, aonde a terra morria e os escravos do passado perdiam para sempre o seu destino. Viu Benguela, o antigo armazém de escravos, o quintalão de engorda dos negros, como bois, esperando o barco para a América. Lá se abria o caminho da América, mas se fechava o caminho da vida para o homem negro. Agora, Benguela não seria o cemitério antecipado do Novo Mundo, mas a porta aberta para o Mundo novo. Os olhos de Sem Medo desciam sensualmente pelas vertentes escarpadas da Huíla ou pelas doces vertentes do Huambo e deleitavam-se, espraiando-se no mar, confundindo na espuma as silhuetas solitárias dos imbondeiros ou os penteados arquitetónicos das mulheres do Planalto.

– Seria o paraíso – sussurrou.

Percorrera isso tudo em turista, de cima das carreiras de passageiros, altivo pela visão de cima e pelas suas pretensões de jovem kaluanda. O mesmo circuito faria, agora a pé, o lar às costas, caracol empunhando uma arma, talvez que já não identificado ao vulto do imbondeiro majestoso, mas à amoreira do Mayombe, cujas raízes se entrelaçam com as árvores de teca ou de comunas, num abraço vital.

– Por enquanto a tua ação é ainda aqui – cortou o dirigente.

– O que não impedirá de sonhar com esse futuro.

– Desde que o sonho te não tire faculdades para o presente, isso não é proibido.

– Não tirará. Não sou um sonhador passivo. O sonho leva-me a criar o futuro.

– Bolas! Há muito tempo que te não via tão otimista, tão seguro de ti.

– Deste-me a única boa notícia que ouvi desde há anos.

– E esse café vem ou não? – gritou o membro da Direção.

– Está a ser plantado – disse Sem Medo. – Nesta Região tudo leva tempo a nascer.

O café chegou, finalmente. Tomaram-no em silêncio.

– Vou até à escola – disse Sem Medo. – Tenho de vigiar o Comissário, velar por ele, como dizes. Olha, aí está quem me pode substituir.

– Também tinha pensado nele. Mas talvez seja demasiado jovem.

– Que medo é esse dos jovens? Fazes-me lembrar os velhos funcionários que temem a concorrência das novas gerações. Bem, vejo-te logo. Agora vou cumprir as minhas funções paternas.

As pessoas evitavam-no. Ou quando o não podiam fazer, cumprimentavam-no sem saber bem o que dizer. Um sarnoso, pensou ele. Um corno, para chamar as coisas pelo seu nome.

Ondina estava no quarto. Bateu e a resposta veio logo a seguir. Entrou. Ondina olhou-o, aceitou a mão que ele lhe estendia.

– Era melhor não teres vindo.

– Recebi a tua carta. Tinha de falar contigo.
– Para que, João? Não há nada a falar.
Ele sentou-se na cama. Evitavam fitar-se. Mas num relance teve tempo de observar as olheiras profundas da rapariga. Ela sentou-se num banco, as mãos entre as coxas.
– Preciso de saber. Acho que tenho direito a uma explicação.
– É inútil.
– Preciso de saber.
– Isso é masoquismo.
– Não é nada. Até agora não compreendi por quê. Quero saber onde falhámos. Não achas que tenho esse direito?
Ondina abanou a cabeça. Pela primeira vez, mirou-o de frente. Ele não sustentou o olhar.
– Tens esse direito? Nem sei. O problema não é de direitos ou de deveres. Mas penso que é só mexer na ferida inutilmente. Vamos só sofrer, sem nenhum resultado concreto. Teria sido melhor que eu partisse sem nos encontrarmos. Acabou. Cada um para seu lado.
– Não.
Ondina levantou o braço e deixou-o cair, em seguida, desalentada.
– Está bem. Que queres saber?
– Como se passou.
– Como se passou? Queres os detalhes?
– Tudo.
– João, isso é masoquismo.
– Talvez, não me importo. Que é masoquismo? Eu quero compreender. Não me basta aceitar sem compreender, é o mesmo que não aceitar.
– Bem. Há uma semana talvez, encontrei o André no caminho para Dolisie. Ele parou o jipe, deu-me boleia. Aceitei. Fomos a um bar, bebemos uma cerveja. Voltámos para a escola. Escurecia. Ele parou o jipe a meio do caminho.
– E depois?
– Depois fomos para o capim.
– Só assim?
– Que mais queres saber?

– Não irias assim para o capim, conheço-te.
– Conheces-me, João?
Ele não respondeu. Ela fitou-o, viu as mãos que se revolviam.
– Bem, se queres saber... Ele beijou-me no jipe. Quando me propôs para irmos para o capim, aceitei.
– Por que o deixaste beijar-te? Por que aceitaste?
– Sei lá. Apeteceu-me.
– Mas por quê? Isso não acontece à toa.
– Comigo pode acontecer à toa. Depende das circunstâncias, depende do homem... Eu sentia-me só, André é um belo homem.
– Não me gramavas então.
– Quem sabe? Há várias espécies de amor. Aliás, isso já não interessa. Vou-me embora e tu encontrarás outra mulher.
– Não, não me interessa. Nenhuma mulher me interessará. Nunca mais!
– Ora! Isso é criancice. Já imaginaste o que seria se não nos tivessem visto? Um militante viu o jipe abandonado na estrada, desconfiou de qualquer coisa, sabes como eles espiavam o André para o eliminarem. Viu-nos voltar ao jipe.
– Se não te tivessem visto...
Ondina marcou uns instantes de silêncio. Voltou a fazer o mesmo gesto de lassidão.
– Ter-te-ia escrito na mesma. Foi nessa noite que escrevi a carta que recebeste, ainda antes de saber que o caso tinha sido descoberto. Não, não to poderia esconder.
– Mas antes, Ondina? Nunca tinha havido nada com o André?
– Não. Ele agradava-me como homem, é tudo.
– E depois disso, passaste a gramá-lo?
– Não. Acabou aí.
O Comissário levantou-se e pegou-lhe as mãos.
– Ondina, nada está perdido. Eu não me importo.
– Não, João; não vale a pena.
– Se gostasses dele, então seria diferente. Assim não tem importância. Estavas só, estavas aborrecida pela maneira como eu parti, a ocasião favoreceu. Sim, eu sei, foi isso mesmo. Foi um gesto impensado. Não me importo!

– Dizes isso agora, João. Depois viriam as queixas, as acusações.
– Não falarei mais nisso.
– Mesmo que não fales, não poderás esquecê-lo. Cada vez que partirás, será sem confiança. Estarás sempre à espera de receber outra carta. Não tenho o direito de te manter nessa situação.

Ele procurou abraçá-la. Ela repeliu-o docemente.

– Recordarás tudo o que é mau e nunca me perdoarás. As nossas relações serão feitas de ciúme, de amor, e de desejo de vingança. Viveremos sobre uma corda esticada. Até que, um dia, me atirarás à cara com o que se passou.
– Nunca!
– Dizes isso agora.
– Eu amo-te, Ondina.
– Talvez. É certo. É mesmo o que complica as coisas. Tudo poderia ser tão fácil... Poderíamos continuar a ser amigos.
– Ou amantes ou inimigos. Entre nós a amizade não é possível.
– Eu sei, é pena.

O Comissário tentou de novo abraçá-la. Ondina deixou-se abraçar. Ele afagou-lhe o cabelo, beijou-lhe o pescoço. Quando procurou os lábios, ela libertou-se.

– Não, João, é inútil. Eu não gosto de ti, compreendes? Quando compreendes isso duma vez? Eu não gosto de ti, não te quero mais.

A voz alterada dela fez enfurecer o Comissário.

– Não é verdade! Eu sei que não é verdade.

O Comissário abraçou-a com violência, apertou-a de encontro a si. Ela tentou fugir mas ele fez força. Beijou-lhe os lábios, quase mordendo. Ondina gemeu. Ele acariciou-a brutalmente, depois derrubou-a sobre a cama.

– É melhor não, João.

O vestido voou com o puxão dele. Ele despiu-se rapidamente, dominando-a, enquanto ela se debatia.

– Vou-te provar que me gramas.

Ele foi brutal, sem se importar que ela gozasse. Ondina ficou deitada, os olhos fechados, as coxas na mesma posição, enquanto ele se levantava num repelão, já arrependido.

Deixou-se cair aos seus pés e soluçou baixo. Ela saiu do torpor e afagou-lhe a cabeça. O Comissário voltou a deitar-se, a cabeça no seio, chorando. Até que os soluços fizeram endurecer de novo os bicos dos seios de Ondina e ele sentiu. O amor foi menos brutal, da segunda vez.

– Vão ouvir – disse ela quando se afastaram.
– Que me interessa? Que te interessa? Diz-me que ficas comigo.
– Posso dizer-te agora, João, mas que valor tem isso dito numa cama, depois de se fazer amor? Amanhã, a frio, poderei dizer-te o contrário.
– Não. Dirás a mesma coisa.
– Agora aceitaria ficar. Porque pela primeira vez nos entendemos realmente bem. Mas depois será a mesma coisa e eu desejarei outros homens.
– Diz-me que me queres.
– Sim, João. Mas amanhã...
– Que me interessa amanhã?

Novamente se entrelaçaram. A noite caía lá fora e o quarto estava escuro.

Sem Medo esperou longo tempo na escola e acabou por voltar sozinho a Dolisie.

O Comissário só mais tarde apareceu em Dolisie, já o Comandante se deitara. João foi ter com ele ao quarto.

– Está tudo arranjado, Sem Medo. Ela fica comigo. Sem Medo viu os olhos luminosos do Comissário, procurando nos seus a aprovação.

– Que pensas, Comandante?
– Tu é que sabes. Se vês que as coisas se podem arranjar, tanto melhor para vocês. Fico muito contente. O que se passou pode não ter importância...
– Não tem mesmo. Foi um impulso de momento. Não tem importância, Sem Medo.
– Para ti não tem realmente importância, João?

O Comissário baixou os olhos, que, num instante, se tinham perturbado. Logo os ergueu. Mas o brilho luminoso desaparecera.

– Farei os possíveis, Sem Medo. Hei de habituar-me aos poucos à ideia.

Não serás capaz, pensou Sem Medo. Talvez na próxima experiência, aí já serás suficientemente relativo e sem preconceitos. Mas agora ainda é cedo. Eu tinha um ano a menos do que tu, vê o que deu. Também eu tentei passar a esponja, em circunstâncias talvez menos dramáticas. Ou talvez mais dramáticas, quem pode comparar o incomparável? Ondina não é Leli, Ondina é dominadora, Leli era submissa. O problema não está em Ondina, e isso é o pior. O problema estava em mim, está em ti. Também tu queres libertar-te, dizendo tu a última palavra. Será bem isso? Será talvez o amor verdadeiro, aquele que abafa o amor próprio. Existirá realmente? Existiu em Leli, no fim, quando me tentou reconquistar. Fase passageira, enquanto não encontrou outro. O certo é que não encontrou outro apenas porque não teve tempo. E no João, existirá realmente?

– Como a convenceste? Porque suponho que ela não queria.

– À força. Quase que a violei. Depois aceitou.

E o resto, João? O sexo era o fim, mas antes? Será mesmo o fim? É a base, bem pode ser o princípio. Quem sabe onde é o fim ou o princípio da circunferência? O amor é uma circunferência, cujo centro é o sexo, talvez assim seja mais verdade. E afinal não é nada. Quem pode delimitar o amor, quem o pode geometrizar?

– Deverias falar com ela, Sem Medo.

– Talvez.

Quem se mete entre um homem e uma mulher nunca resolve nada, antes complica. Mas não te posso dizer, João. Como dizer: não acreditas nas fadas boas? Como dizer-te que se eu tentasse fazer-vos colar talvez fosse eu o ácido que acabaria por corroer a vossa frágil ligação? As coisas devem passar-se só entre vocês, nunca aceites um conselheiro no casal, João. Como dizer? Quantos lares destruídos por terceiros armados em aprendizes feiticeiros? Destruídos aqueles que tinham os alicerces em ruínas. É o teu caso, João. É sempre o caso quando tem de se pedir o auxílio de terceiros. A gangrena já destruiu os alicerces, a cola não serve para nada, é preciso desmoronar para construir de novo. Sim, mas como dizer?

– Tens de ser tu e ela a resolver, João.
– Tu és meu amigo, podes ajudar, Sem Medo.
– Não. Cada um parte a cabeça como melhor entende!
– Deixas-me só?
– Já resolveste o problema. Será essa a melhor maneira? Como posso saber? Só vocês o sabem.

É o cigarro alimentando o vício, aquele que se diz ser o último. Por que não deixar de fumar de vez? Medo do salto no abismo. Agarramo-nos desesperadamente a raízes frágeis, atrasando apenas o inevitável. Salta, João, larga a raiz e salta no abismo. No fundo pode haver água que te amorteça a queda. Não tenhas medo do risco, João. Como dizê-lo? Que direito tenho de dizê-lo? O que é verdade para uns não o é para os outros. Ondina não quererá, ainda te não apercebeste, João? Disse-te isso hoje, ofereceu-te o último cigarro. Mas amanhã começará o desmame. Enfrenta-o já hoje. Como dizer? Como dizer sem o matar? Desintoxica-te de vez, és suficientemente forte para aguentar, não precisas de ir diminuindo o vício gradualmente. Liberta-te, João, salta no abismo, recusa o último cigarro.

O Comandante não disse nada. O Comissário foi deitar-se, amuado. Ficaram os dois acordados, mas não se falaram.

EU, O NARRADOR, SOU ANDRÉ.

Eis-me no comboio, a caminho de Brazzaville, a caminho do desterro, sentado à frente dum homem que não responde senão por monossílabos, grave como deve ser um membro da Direção. A pasta vai ao lado dele, fechada à chave, cheia de documentos que me hão de comprometer. Basta ver a sua cara para saber que o processo me será desfavorável.

E onde estão os meus companheiros que me não defenderam? Fugiram todos, nenhum ousou abrir a boca a meu favor. Todos aqueles que me lisonjeavam, que andavam à minha volta esperando uma migalha, fugiram com medo dos kimbundos. Não há dúvida que são os kimbundos que fazem a lei. Não conseguiram eles libertar o Ingratidão? Quero ver agora como Sem Medo resolverá o problema. Ele conseguiu o que queria. Sempre desejou o meu lugar, por isso mexeu os cordelinhos, levantou os kikongos contra mim, até veio da

Base quando teve conhecimento do que se passava, só para estar presente para poder enterrar-me mais.

Rio quando lembro a cara do membro da Direção, ao saber que o Ingratidão escapou da cadeia. Estávamos na estação com o Sem Medo. O dirigente olhou Sem Medo duramente. Saberá que foi Sem Medo que o não quis fuzilar? Deve saber, eles sabem sempre tudo. Sem Medo ficou sem fala. Agora ele terá de resolver o caso, que é complicado, pois deverá tomar medidas contra os kimbundos, nesta fase em que o conflito tribal é forte. Na Base ele recuou: por medo desse conflito, foi clemente, sabendo perfeitamente que em Dolisie o Ingratidão fugiria. Vamos rir, muito vamos rir. Fez tudo para me apanhar o lugar, ele sempre quis ficar na retaguarda, a sua combatividade era só fogo de artifício. Tens agora o meu lugar, vais ver quais os espinhos que o assento camufla, primo meu.

Porque quem se pode enganar sobre o complô que foi preparado contra mim? Não tinham factos em que se agarrar, o Sem Medo e o seu grupo. Planearam então o golpe da Ondina. Pago pela minha imprudência, pela minha credulidade. Desejava Ondina? Sim, há muito tempo. As suas coxas eram uma tentação. Os seus olhos que prometiam, que se não baixavam. Ao vê-la na estrada, não tive nenhum pensamento. Foi no bar que o desejo veio. Começava a escurecer. Por que não? Ela olhava-me a desafiar. E depois, no jipe, as suas coxas a abrirem-se... Olhei-a e ela fixava-me. Viu que eu mirava as coxas e aproveitou um solavanco do carro para as afastar mais, imperceptivelmente mas o suficiente. Parei o jipe, quem o não faria? Um homem não é de pau! Fui eu que a beijei ou foi ela que fez o primeiro movimento? A puta aceitou logo ir para o capim. Que fogo, meu Deus! Que vulcão! Perdi o meu lugar, mas valeu a pena. Tinham emboscado uma série de militantes na estrada, para testemunharem. E ela aprestou-se ao complô, porque é uma vaca que gosta de homem e porque assim o seu Comissário vai subir. O Sem Medo vai para o posto que pretendia e quem será o novo Comandante da Base? Claro que será o Comissário.

Foi tudo um plano arquitetado pelo Sem Medo, não pode haver dúvidas. Foi-lhe fácil convencer o Comissário, que só faz o que ele quer e que tem ambições. Simples como água! Fui levado, mas desforrei-me. Que momentos! E ela gozou, a cabra! Não parava, queria mais, sempre mais, nem sentia os mosquitos a picarem-lhe a bunda. Quando veio para o jipe, mal podia andar, estava derreada. Ela também aproveitou para ter um homem. Porque não é aquele miúdo do Comissário que lhe dá gozo, isso vê-se logo. Era um plano em que ela quis ainda beneficiar duplamente. O Comissário terá querido que ela fosse só para o capim e aí recusasse e fugisse para o jipe. Tanto bastaria para me tramar. Devia ser esse o plano. Mas a cabra quis também tomar a sua parte. E que parte! Foi zelosa, as mulheres são sempre assim, têm de modificar um plano a seu favor, se quinze minutos lhes bastam, elas demoram duas horas.

E este cara de pau não percebeu nada. Quem acreditará no complô? Ninguém. Nem vale a pena denunciá-lo, ninguém acreditará. Pensarão que é desculpa.

De qualquer modo, estou-me marimbando. O pior momento já passou. Em Brazzaville não me liquidarão. E sempre tenho os meus apoios. Não destes tipos que nem ousaram defender-me, não da plebe. Tenho apoios bem colocados, que têm influência. Farei a minha autocrítica para desarmar os adversários e isso dará possibilidades aos meus amigos para advogarem a minha causa.

Lenine teve razão ao inventar a autocrítica. Que boa coisa que é a autocrítica! Há uns burros que sempre a recusam. Ainda não descobriram o furo. Quando estiveres em maus lençóis, faz a tua autocrítica. Todos os ataques pararão imediatamente. E a teoria da ação e da reação: uma força que faz uma ação e provoca uma reação, precisa que haja uma reação para se exercer. Se tu eliminas a reação, que no caso seria a tua defesa, que acontece? A ação deixará de se exercer. É simples como água. Faço logo de começo a minha autocrítica, aí os ataques serão só para a forma, já terão perdido toda a força da raiva. Quem pode atacar um homem que se não defende? Considerarão que sou um bom militante, pois autocritiquei-me. E não me fazem baixar de posto, mandam-me para outro sítio.

Só os burros são teimosos, se mantêm no erro. Porque eu cometi erros, para que negar? Deveria ter desconfiado da Ondina e tê-la levado para um sítio bem escondido, onde não pudessem arranjar testemunhas. Falar-se-ia mas não haveria provas. E ela acabaria por aceitar, já estava ao rubro: o plano cairia, mas ao menos ela sempre teria uma parte. Outro erro foi o de confiar nalguns militantes. A plebe é toda igual, não merece confiança, o responsável para ela só vale enquanto lhe pode trazer benefícios. Por isso o meu pai, que era soba, gastava tanto dinheiro a distribuir pelos seus homens. Ele bem sabia que se não o fizesse perderia a força. O meu erro foi esquecer esses ensinamentos elementares.

No fundo, no fundo, quem se vai tramar é o Sem Medo. Eu irei para outro sítio onde subirei na mesma: há tal falta de quadros que quem tem um olho é rei. Ele ficará aqui com todos os problemas, agora agravados. Sem Medo é apenas um lobinho, eu sou um lobo experimentado, sei o que digo.
Tenho que preparar a minha autocrítica, ela terá de ser sincera. Para me entristecer no momento, pensarei que poderia ter gozado uma semana com a Ondina e não foram senão duas horas de capim e mosquitos. Simples como a água!

No dia seguinte de manhã, Sem Medo foi acompanhar o dirigente e André ao comboio. Fora nomeado provisoriamente responsável de Dolisie, enquanto não se designasse o responsável definitivo. O Comissário partira para a escola. O dirigente tinha dado instruções para que Ondina ficasse a morar no *bureau*, enquanto o seu caso não fosse resolvido. O Comissário foi ajudá-la a mudar as suas coisas.

Na estação souberam da fuga do Ingratidão do Tuga. O dirigente olhou o Comandante.

– Trata-se dum guerrilheiro teu. Tens de resolver isso imediatamente.

– Sim – disse Sem Medo.

O comboio arrancou, desapareceu na curva. Sem Medo sentiu-se só. Nunca gostara de acompanhar pessoas que partiam, preferia ser ele a partir. Sobretudo no momento presente, era bom que o dirigente ficasse mais tempo. Mas o inquérito estava terminado e tinha de ir comunicar o caso ao resto da Direção.

Sem Medo saltou para o jipe, Hungo sentou-se ao lado. Vontade de beber uma cerveja. Meteu-se a caminho da cadeia.

– Como é que o Ingratidão fugiu?

Hungo fez um gesto vago.

– De manhã viram que ele não estava.

– Quem era o guarda?

– Não sei.

O Comandante acendeu um cigarro. Para isso teve de largar o volante e baixar-se por causa do vento. Pensou em dar um salto à escola e apanhar o Comissário. Seria um bom conselheiro, em tal altura. Mas desistiu da ideia: o Comissário estava incapaz de pensar noutro problema que não o seu.

A cadeia era um pequeno bloco do depósito de material de guerra, guardado por alguns guerrilheiros. Sem Medo saltou do jipe e mostrou a Ordem de Serviço, nomeando-o responsável de Dolisie.

– Bem, camarada Comandante – disse o Chefe do Depósito –, que é que quer de nós?

– Quem estava de guarda ao Ingratidão?

– Houve dois à noite: primeiro o Mata-Tudo, a seguir o Katanga.

– E no portão?

– O Tranquilo e o Ângelo, o que desertou do tuga há pouco.

– Vocês põem um desertor que chegou agora já de guarda?

– Falta de efetivo.

– Não pode, está errado, não sabem quem ele é. Pode ser enviado pelo tuga para sabotar.

– Sim, camarada Comandante.

Todos kimbundos, salvo o desertor, pensou Sem Medo.

Os guardas foram chamados ao interrogatório. As respostas foram as mesmas: não tinham ouvido nada, não adormeceram não senhor, não notaram nada de anormal. Os guardas do portão podiam não estar implicados. Ingratidão escaparia facilmente pela sebe, sem passar pelo portão. Mas, dos guardas da cadeia, um dos dois teve de lhe abrir a porta ou deixá-lo fazer. O guarda ficava só à porta, à noite, não ia verificar se o preso dormia lá dentro. Por isso, um deles podia estar inocente.

Sem Medo mandou fazer formatura. Depois de os guerrilheiros estarem alinhados e o Chefe do Depósito lhe ter apresentado a formatura, o Comandante disse:

– O Mata-Tudo e o Katanga vão para a cadeia. Um deles ajudou o Ingratidão a fugir. Vão cumprir a pena dele, enquanto se não souber exatamente o que se passou.

Os guerrilheiros hesitaram em cumprir a ordem.

– Camarada Chefe, nomeie dois guerrilheiros para irem fechar o Mata-Tudo e o Katanga. E se algum deles fugir, o responsável será o Chefe do Depósito.

O Chefe fez sinal a dois guerrilheiros, que, de má vontade, cumpriram a ordem. Os outros murmuraram.

– Escusam de falar – disse Sem Medo. – Sei o que estão a pensar. Mas descansem, este caso será definitivamente resolvido pelo novo responsável. Enquanto ele não vem, ou enquanto o verdadeiro culpado não se apresentar, sou obrigado a mandar prender os dois camaradas. Um deles cometeu o erro, mas como saber?

Os murmúrios não cessaram.

– Camaradas, sei que vai haver agitação, estava à espera dela. Vão atirar mais isto para cima do camarada André. Neste caso ele não tem nada a ver, sabem tão bem como eu. Vamos falar claro! O Ingratidão é kimbundo, a maioria de vocês também o é. Algum malandro aproveitou a confusão de Dolisie para o libertar. Pensaram que se não tomariam medidas porque, como o André é kikongo e cometeu crimes, ninguém ousaria tomar uma medida contra um kimbundo. Pois eu tomo! A mim não me interessa se este é kikongo ou kimbundo. Sou contra aquele que comete. Não podem negar que eu era contra o André, pois ele fazia muitos erros de propósito. E ele é quase meu parente. Todos aqui me conhecem. Só os cegos ou os desonestos podem dizer que faço tribalismo. E sabem que não tenho medo da chantagem tribal. O camarada Chefe do Depósito é responsável pelos dois presos. Até que um deles fale, se acuse e diga que o outro não tem nada a ver. O inocente será imediatamente libertado.

Sem Medo partiu para Dolisie, sentindo nas costas a hostilidade quase geral. Hungo murmurou, mas o Comandante já não ouviu o comentário do guerrilheiro:

– Esse Comandante é homem!

O Chefe do Depósito aprovou com a cabeça, mas os outros guerrilheiros protestavam contra a arbitrariedade.

Sem Medo guiava distraidamente. Estão habituados a que se atrasem as coisas, que se faça um inquérito e depois se decida. Com o tempo que era necessário, o culpado já estaria longe. Têm de compreender que os métodos covardes do André acabaram, pelo menos enquanto eu cá estiver.

O Comandante encontrou o Comissário no *bureau.* Notou logo o ar abatido.

– A Ondina?

– Já está no quarto.

– Que há contigo?

– Discutimos. Afinal ela não quer. Tens de ir falar com ela, Sem Medo. Por favor! Só tu a podes convencer. Não me deixes só, por favor.

O Comandante não lhe respondeu, mas dirigiu-se ao quarto que fora designado para Ondina. Ficava à frente do quarto do André, que agora ele deveria ocupar. Bateu à porta e entrou. Ondina estava sentada na cama, as mãos entre as coxas. Levantou a cabeça para ele.

– Bom dia, Ondina. Ainda não nos tínhamos visto.

– Não.

– O João falou-me agora. Diz que não queres mais nada com ele.

Ela encolheu os ombros.

– Não seria muita ousadia pedir-lhe um cigarro? Agora já posso fumar à vontade. Evitava fazê-lo para não chocar as pessoas. Tiraram-me os miúdos, não mereço confiança para os educar. Posso pois fumar à vontade, já nada tem importância.

Sem Medo acendeu-lhe o cigarro. Ela aspirou.

– O João não compreende ou não quer compreender. Conheço-o. Agora aceita bem a coisa, a sua atitude é mesmo maravilhosa. É isso que complica as coisas, é que ele tem lados maravilhosos. É difícil recusar-lhe algo, fica tão desamparado, é tão criança! Agora aceita. Mas amanhã começará a reprovar-me. O problema nem é esse. O problema é que entre nós dois as coisas não podem ir. Sou mais madura que ele. Terei tendência a dominá-lo. Outra vez acontecerá o mesmo e ele será capaz de aceitar. Não é justo!

O Comandante acendeu um cigarro para si. Sentou-se também na cama.

– Se bem compreendo – disse ele –, pensas que há um desequilíbrio entre vocês que joga a teu favor.

– É isso.

– E não aceitas esse estado de coisas.

– Conheço-me. Sei que abusarei da sua fraqueza. Porque ele é fraco. Eu não quero abusar de ninguém, sobretudo dele. Preciso de encontrar um homem que se não deixe dominar. Respeito-o demasiado para abusar dele. E serei sempre obrigada a isso.

Sem Medo mirou-a em silêncio. Pensara que ela era apenas uma personagem de mulher livre, criada por si própria. Afinal enganara-se.

– João não é um fraco, acredita. Não tem muita experiência, é tudo. Quem sabe se isto não o fará amadurecer?

– Certamente – disse ela. – Se rompermos, isso pode temperá-lo. Se continuarmos juntos, só o marcará sem o levar a ultrapassar-se.

– E se ele tivesse de lutar para te reconquistar?

– Não dará tempo. Vou partir em breve, nem percebo por que me deixaram ainda em Dolisie.

– A tática do Movimento nestes casos é mandar cada um para o seu sítio – disse Sem Medo. – Mas só quando todas as possibilidades de reconciliação estiverem esgotadas. Isto no caso de casais. No vosso, como ainda não casaram, não sei...

– Sem Medo, desculpa tratar-te assim mas é mais fácil – segurou-lhe no braço. – Compreendes-me?

Ele aprovou com a cabeça.

– Não pensas que é melhor assim? Não sou mulher para o João.

Sem Medo suspirou. Depois disse:

– O problema está aí. É que tu és mesmo mulher para ele, e o João sabe-o. Não para o João que conheceste, mas para o João que fizeste germinar, o que está a nascer.

– Era preciso tempo.

– Era, sim.

– E também que eu o amasse.

– Noutras circunstâncias, sem guerra, talvez fosse possível. O mal é que ele tem de estar longe, não terá ocasião de se mostrar com a nova pele que se construirá, que o ajudaste a construir-se. E uma metamorfose é dolorosa e lenta.

Ela não respondeu. Sem Medo saiu do quarto, fechando docemente a porta. E agora teria de defrontar o Comissário. Entrou no *bureau*, suspirando.

– Então?

Que dizer? Como dizer? Como adoçar o vinagre?

– Nada a fazer, João. Ela tem as suas razões. Mais tarde compreenderás. Um dia verás que era melhor assim. Quis dizer-to ontem, mas não estava seguro.

O Comissário deixou-se de novo cair sobre a cadeira. Apoiou a cabeça na secretária. Sem Medo foi fechar a porta de entrada, para que não o vissem chorar.

Os soluços foram diminuindo gradualmente. Até que o Comissário levantou a cabeça.

– A vossa conversa foi tão rápida... Não fizeste nada para a convencer, pois não?

Qual era a verdade? Fizera alguma coisa para a convencer? Sim e não. Convencer de quê? De qual verdade?

– Não, não fiz nada. Ela tem as suas razões, estou de acordo com ela.

O Comissário olhou-o em silêncio. As lágrimas deslizavam ainda, mas os soluços tinham parado.

Um dia tu também compreenderás. Entre vocês nada é possível. Nada de sério, de duradoiro. Talvez mais tarde. Mais tarde, sim, se se reencontrarem. Mas nem deves pensar nisso, deves libertar-te.

– Então tu disseste-lhe que ela tem razão? Então tu reforçaste a sua ideia?

Reforcei a ideia dela? Talvez. Sempre o sim ou o não, quando se não sabe o caminho a tomar.

– Ela já tinha a sua ideia.

– Mas não procuraste convencê-la do contrário.

– Não.

– Disseste-lhe mesmo que ela fazia bem.

– Se não o disse, era o que queria dizer. Não sei se lho disse, mas era isso que queria dizer.

O Comissário levantou-se. Os lábios tremiam. Apertou violentamente o bordo da secretária.

– Traíste-me, Sem Medo. Tu traíste-me.

– Mas que queres afinal? Queres a Ondina a todo o preço, ou queres uma ligação séria com a Ondina? Que queres afinal, João?

– Eu quero a Ondina, ainda não compreendeste?
– Quaisquer que sejam as consequências?
– Sim.
– Então traí-te, João. Traí-te. Porque não era isso que eu pensava ser o melhor. Se era para teres a Ondina a qualquer preço, sem te importares com o que te poderia suceder no futuro, não me devias ter pedido para lhe ir falar. Eu não iria.
– Sabes o que tu és afinal, Sem Medo? És um ciumento. Chego a pensar se não és homossexual. Tu querias-me só, como tu. Um solitário do Mayombe. Para que só te tivesse a ti, o meu protetor, o meu padrinho. Afastaste a Ondina de mim. Nunca quiseste aconselhar-me, várias vezes te pedi. Nunca quiseste falar com ela e tu poderias tê-la convencido. Nunca quiseste meter-te para arranjar as coisas entre nós. Querias-me a mim e por isso deixaste-me ir até ao fracasso. Vê o que fizeste com o teu egoísmo. Vê o que fizeste. Hoje sou um corno, um farrapo, em que pões os pés, um farrapo que todos gozam. Estás contente, Sem Medo, estás contente?

A chapada de Sem Medo fê-lo abater-se contra a parede oposta. O Comissário levantou-se, devagar, esfregando a face. Os olhos faiscaram.

– Cuidado, Sem Medo! Não vou lutar contigo, é isso o que a tua fúria quer. Desprezo-te. Não vou lutar contigo, não te dou essa confiança. Pensa que é medo, se quiseres, não me importo, já te enganaste tanto sobre mim que é mais uma. Pensas que me liquidaste, que afastaste de mim o amor. Mas eu não serei um solitário como tu. Nunca me verás atrás duma garrafa vazia. Com Ondina ou sem Ondina. Adeus, Sem Medo, até à próxima. Verás no que me vou tornar. Cada sucesso que eu tiver, será a paga da tua bofetada, pois não serei um falhado como tu.

Saiu, batendo com a porta. Tremendo, Sem Medo deixou-se cair na cadeira. Acendeu um cigarro avidamente, como se cada chupaça fosse a última. Imbecil, pequeno imbecil! Acabou o cigarro. Os papéis acumulavam-se à sua frente. Dum gesto, varreu a secretária. Levantou-se e caminhou pela sala. Imbecil, pequeno imbecil!

Saiu do *bureau*, marchou a pé rapidamente até ao bar mais próximo. Sentou-se na mesa do canto e encomendou uma cerveja.

Bebeu-a pelo gargalo até ao fim e pediu outra. Encheu o copo. Não, não se ia embebedar como um miúdo. Esvaziou o copo duma assentada. Voltou a enchê-lo. O amor! O amor torna estúpido. A mão ardia-lhe com a violência da bofetada. Era a mesma mão que segurava o copo. Esvaziou de novo. Encomendou outra garrafa. A mulher pediu o dinheiro. Ele pagou as três cervejas. Ela trouxe a garrafa. Tem medo que me embebede e não tenha dinheiro. Não, não beberia mais. Esvaziou o primeiro copo, encheu-o de novo. Seria o último. Deixara de tremer, a mão segurava agora firmemente o copo. A cerveja muito gelada provocou-lhe uma nevralgia. Foi a cerveja ou esse miúdo? Ele, Sem Medo, sempre resolvera sozinho os seus problemas amorosos. Desde o tempo do Seminário, em que não podia confiar nos colegas, sempre prontos a ir denunciar no segredo da confissão. O Comissário ameaçara-o. De quê? De passar a resolver sozinho os seus problemas pessoais.

Sentiu o que vinha, mas não pôde evitá-lo. A gargalhada encheu o bar vazio, fez levantar as moscas que sugavam os restos de cerveja deixados sobre as mesas, levou a criada a virar-se. A mulher viu-o agarrado ao ventre, rindo até às lágrimas. Depois encolheu os ombros e continuou a limpar os copos.

Sem Medo parou de rir, só as lágrimas brilhavam. O miúdo mostrava as unhas, finalmente. E ele, Sem Medo, não o compreendera, até lhe dera uma chapada. Castigara as palavras e deixara escapar o sentido das palavras. Finalmente, suspirou ele. Finalmente! E não o percebi, fiquei ofuscado pelas palavras. E sou eu que digo sempre que as palavras são relativas...

Esvaziou o copo e levantou-se da mesa, sorridente. Ao passar pela criada, cumprimentou-a, afagando-lhe a bunda. Ela deixou, encolhendo os ombros.

Ao voltar ao *bureau*, Sem Medo quase chocou com Ondina, que saía, o ar assustado.

– Que há? – perguntou ele.
– Onde estavas?
– Fui ali ao lado. Mas o que há?
– O João, o João endoideceu.

– Por quê? Calma, calma, Ondina!
Levou-a para o *bureau* e fechou a porta. Sentou-a à secretária.
– Ele está maluco!
– Mas o que se passou, merda! Conta lá duma vez!
Ondina procurou dominar-se. A voz dela era primeiro incerta, foi ganhando segurança aos poucos.
– Ele foi ao meu quarto, penso que quando saiu daqui. Abriu a porta sem bater. Começou a falar, a dizer que tu e eu estávamos enganados com ele, que se não deixaria abater. Que nós queríamos liquidá-lo, amachucá-lo, que abusávamos da sua ingenuidade. Que eu pensava que ele era um miúdo, que fizera tudo para o destruir, mas que ele não era um miúdo e não se deixaria destruir. Que ia mostrar do que era capaz. Para isso, não queria saber mais de mim, ia passar-se de mim, ia esquecer-me imediatamente. E que tu sempre tentaras impedir-me de o amar, ou, pelo menos, não ajudaste. Que querias que...
– Ele fosse um solitário como eu – disse Sem Medo.
– É isso.
– Ele contou-me o mesmo discurso. E depois?
– Depois despiu-me. Ontem tinha-me rasgado um vestido, hoje rasgou o outro. Despiu-me à força, mas não tentou tocar-me. Disse-me: "Vê, posso estar contigo aí nua e não ter vontade de fazer amor contigo!" Dizia que era a primeira vez que isso acontecia e provava a sua cura.
– E tu?
– Eu? Nem abri a boca. Depois disse que ia mostrar que era tão bom militar como tu, que tu criaste um mito que ele iria destruir, provando que não eras nenhum feiticeiro a comandar.
– Tem razão.
– Que ele se deixara convencer que eras um homem excepcional em todos os domínios, que afinal não eras nada.
– Tem razão.
– Que criaste esse mito tu próprio, só por vaidade. Que fingias arriscar muito, mas sempre medindo as tuas probabilidades de risco. Enganavas os outros, pois parecias arriscar tudo, quando, afinal, te colocavas em posições seguras.

– Aí ele exagera!
– Que ele, sim, arriscaria tudo, sem batota nenhuma. E mostraria assim que o que tu fazes é só para enganar.
– Logo que não faça asneiras...
Por que é que a afirmação dum homem tem de se fazer sempre em oposição a todos os outros? pensou Sem Medo. Por que sempre a luta pela vida, a luta pelo lugar, ou a luta pelo prestígio? Tal é o pecado original, não de que fala a Igreja, mas de que fala Marx.
– Disse também que partia imediatamente para a Base. Tu ficavas aqui como responsável, ele ia comandar a Base.
– É a ordem natural das coisas! O Comissário substitui automaticamente o Comandante. Mas ia partir imediatamente?
– Sim.
O primeiro impulso de Sem Medo foi pegar no jipe para o impedir. Era tarde, teria de caminhar no escuro e sozinho possivelmente, não era prudente. Mas depois deixou-se cair na cadeira. Continuo a reagir como pai! Ele desembrulha-se.
– Acho que ele não está nada maluco – disse Sem Medo. – As suas reações são quase normais. Um pouco impetuosas, como são sempre as decisões rápidas. Não deves preocupar-te com o que ele diz, ele diz não importa quê, amanhã já terá passado. Deves é observar a sua atitude. Tinha-te dito que ele se tornava homem, viste já um pouco que é verdade.
– Mas é uma atitude infantil...
– O invólucro talvez. Mas a decisão não o é. Como queres que ele reaja duma maneira totalmente madura, no fundo e na forma? Não pode, é cedo demais. É uma revolução profunda. A forma é ainda infantil, dirás tu, mas a forma modifica-se depois. A forma é a atitude, o fundo é a motivação da atitude.
Ondina mexeu o lábio inferior, cética.
– Achas que sim?
– Pelo menos é dialético. Pode ser que recue, é certo mesmo que recuará nalguns aspectos. A sua maturidade é brusca, violenta, por isso não será total no imediato. Mas está no caminho. Já tenho substituto, espero que melhor que eu. Se fôssemos almoçar?

– Não estás preocupado, Sem Medo? Não estás chocado com o que ele disse de ti? Ficas assim indiferente?
– Como querias que ficasse?
– Ele ofendeu-te.
– Ora! Nunca foi ofensa quebrar um mito. Ele é que se criou um mito sobre mim, agora apercebe-se que estava enganado. Talvez eu o tenha ajudado a criar esse mito, quem sabe? Não era a minha intenção, mas posso ter contribuído. Ele apercebeu-se por si próprio e agora, pelo caminho, a cada passada, vai desmoronando a estátua que construíra. Não há razão nenhuma para estar preocupado ou ofendido. A partir de agora, ele não precisará de mitos para viver, vai tornar-se um homem livre. Devemos mesmo estar contentes.
– Não te compreendo, Sem Medo.
– Não és só tu. Mesmo eu, por vezes, tenho dificuldade em compreender-me. *Mais c'est comme ça.* Vamos comer, que isto abriu-me o apetite.
– Eu não como, não posso comer.
– Atitude cristã! O estômago não tem nada a ver com os problemas.
– Estou demasiado nervosa.
Ondina foi fechar-se no quarto, refletindo. Sem Medo foi comer.
No dia seguinte, de manhã, um velho pediu para falar ao responsável. Introduziram-no no *bureau*. O velho era um militante do MPLA na fronteira. Admirou-se ao ver Sem Medo.
– Não te assustes, mais velho! O camarada André foi transferido, sou eu que estou aqui por enquanto. Que há então?
– Camarada Comandante, vim avisar que os tugas fizeram um acampamento no Pau Caído.
– No Pau Caído?
– Sim. Foram uns caçadores que tinham ido ao interior que os viram. Um grande acampamento.
O Pau Caído fora uma antiga base guerrilheira, abandonada há três anos. Os tugas queriam controlar a fronteira, dali facilmente vigiariam as entradas e as saídas. E estavam a um dia de marcha da Base, com um caminho quase direto.

– Quando os viram?
– Antes de ontem. Vim para cá ontem. No caminho encontrei o camarada Comissário, ontem à tarde.
– Avisaste-o?
– Sim. Disse que estava bem.
– Não disse para me avisar?
– Não. Disse só que estava bem. Eu vim porque já estava perto, aproveito comprar umas coisas em Dolisie.

O Comissário quis assumir sozinho a responsabilidade, pensou Sem Medo. Era o que tinha a fazer. Despediu o velho e mandou o jipe de urgência buscar o Chefe do Depósito. Enquanto esperava, foi resolvendo os pequenos assuntos dos militantes de Dolisie. Mas o seu pensamento estava longe. Os tugas no Pau Caído era uma má notícia. Em breve descobririam a Base. Além disso dali podiam cortar o caminho do reabastecimento, a entrada em Angola não era bastante camuflada, prestava-se bem a ataques. E aquele tipo do João que fora sozinho e furioso! Eles lá saberão o que hão de fazer, não tenho que me preocupar.

O Chefe do Depósito chegou, entrou no *bureau* e deixou-se cair numa cadeira.

– Que há, camarada?
– Que há? Não dormi esta noite.
– Por quê, está doente? – perguntou Sem Medo.

O Chefe do Depósito era um homem pesado, aparentando quarenta anos. Suspirou.

– Esses presos! Tive de fazer guarda toda a noite.
– Por quê? Não há gente para fazer guarda?
– Há. Mas eu não tenho confiança. Só em dois ou três é que eu tenho confiança. Os outros deixavam fugir os presos, é certo.
– Conhece bem a sua gente, camarada Chefe!
– Conheço, sim.

Sem Medo sorriu: o Chefe do Depósito era kimbundo.

– Não foi por causa disso que o chamei. Vieram agora informar-me que os tugas estão no Pau Caído.
– É verdade?

– Sim, parece. Sabe o que isso quer dizer?
– Sei, sim, camarada Comandante. Perigoso!
– É preciso tomar medidas. O Depósito fica de prevenção. Ninguém pode sair. Mande limpar as armas.
– Está bem. Aqui fora há militantes que podem pegar numa arma, para reforçar.
– Faça-me a lista desses – pediu Sem Medo.
– Depois mando, camarada Comandante. A todo o momento eles podem atacar a Base.
– Ou fazer emboscada na fronteira ou no Cala-a-Boca. Não sei se da Base vão mandar um grupo para lá, temos de pensar nisso nós aqui de Dolisie. Os guerrilheiros fazem falta na Base, aqui é que não fazem falta nenhuma.
– Pode contar connosco, camarada Comandante, faremos todos os possíveis. Perigoso, muito perigoso.
– É perigoso, sim – disse Sem Medo.
– E sobre os presos? – perguntou o Chefe do Depósito.
– Ponha de guarda os seus homens de confiança e vá dormir. Eles ficam assim, enquanto não vem o novo responsável.
O Chefe do Depósito saiu e entrou Ondina.
– Estás muito ocupado?
– Sim.
– Sobre mim, que decides?
– Eu nada. Espero instruções.
– Não fizeste um relatório sobre a decisão do João?
– Não faço relatórios sobre assuntos pessoais.
– Mas não é pessoal, Sem Medo. Podias mandar dizer que o João aceitou a separação. Já não haverá nada que faça a Direção retardar a minha partida.
– Queres partir, Ondina?
– Que estou a fazer aqui? Ao menos que me castiguem e mandem para o Leste!
– Espera mais uns dias. Ao menos enfeitas a casa!
– Não te sabia tão galanteador, Sem Medo. Diz. O meu atraso não depende de ti?

– Como, de mim?
– Não és tu que deves informar a Direção?
– Não. Isso já está nas mãos da Direção, não tenho nada a ver.
– Bom. Posso ao menos sair do *bureau* ou estou aqui presa?
– Podes sair à vontade.
– Então, até logo, Sem Medo.
– Até logo, Ondina.

Sem Medo ficou vendo as ancas que se afastavam. Acendeu um cigarro e mandou entrar o militante seguinte. Era um pedido de um par de calças.

Eis-me agora a resolver problemas de par de calças, pensou ele. Acabei mal, não há dúvida. O Comissário tinha razão: um perfeito falhado. Esperemos que eles tomem todas as medidas de segurança, que o João não faça asneiras.

– Não fará – disse em voz alta.
– Como, camarada Comandante?
– Nada, nada, estava a pensar noutra coisa.

Pronto, agora este pensa que enlouqueci. Também não falta muito: basta que me mantenham um mês neste posto. Como estará o Mayombe? Verde, como sempre.

EU, O NARRADOR, SOU O CHEFE DO DEPÓSITO.

É a segunda noite que não vou dormir, por causa dos presos. Se adormecer, eles fugirão.

Fui combatente na Primeira Região, servi de guia aos grupos que do Congo entravam em Angola ou saíam para o Congo. Fui para o interior de novo com o Esquadrão Kamy e, depois do fracasso, consegui voltar. Doente, fiquei a trabalhar no Depósito. Até hoje. A saúde não me permite estar permanentemente na guerra e tenho pena. Mas tomar conta do material de guerra também é fazer a revolução.

Lá em Quibaxe, eu já era homem e casado, quando começou a guerra. Camponês sem terra, trabalhava na roça dum colono. Entrei na guerra, sabendo que tudo o que fizesse para acabar com a exploração era correto. E tudo fiz. Mas não foi tão rápido como se imaginava. Os traidores impediram a luta de crescer. Traidores de todos os lados. É mentira dizer que são os kikongos ou os kimbundos ou os umbundos ou os mulatos que são os traidores. Eu vi-os de todas as línguas e cores. Eu vi os nossos próprios patrícios que tinham roças quererem aproveitar para aumentar as roças. E alguns colaboraram com a Pide.

Por isso, Sem Medo tem razão. Por isso não durmo, para que haja justiça. Ingratidão cometeu um crime contra o Povo e quem o ajudou a fugir cometeu também. É justo serem castigados.

Já sou velho, já vi muita coisa. As palavras têm valor, o povo acredita nas palavras como deuses. Mas aprendi que as palavras só valem quando correspondem ao que se faz na prática.

Sem Medo fala como age. É um homem sincero. Que me interessa a língua que falaram os seus antepassados?

Ele está sozinho aqui, em Dolisie. Rodeado de inimigos ou, pelo menos, de pessoas que não o compreendem. Os guerrilheiros apreciam-no como Comandante, mas desconfiam dele porque é kikongo. Eu aprecio-o e não desconfio dele.

Por isso fico acordado.

Capítulo IV
A SURUCUCU

Um dia passou, sem novidades. Sem Medo esperava notícias da fronteira ou da Base. Outro dia passou e a preocupação diminuiu. Talvez fosse apenas engano dos caçadores ou o exagero natural do mujimbo. No entanto, o Comandante manteve o Depósito de prevenção.

Ao jantar, só havia Ondina: os outros militantes estavam retidos no Depósito. Comiam o pão com chá, em silêncio.

– Andas preocupado – disse Ondina.

Ela não sabia de nada e não pudera compreender as idas e vindas. Sem Medo encolheu os ombros.

– Estou farto de estar aqui. Só há problemas de dinheiro ou de indisciplina. A guerra está longe do pensamento de todos. Numa Revolução, há os que vivem para ela e os que vivem dela. Dir-se-ia que aqui se juntaram todos os que querem viver da Revolução. E são os que sugam mais recursos e mais tempo.

– Se fôssemos dar uma volta? Podias-me convidar a passear.

– Não posso. Podem procurar-me para um assunto urgente.

– O André não se preocupava com isso – disse Ondina. – Saía sempre que lhe apetecia.

– O André era um burocrata e um sabotador. Agradeço que nunca me compares ao André.

Ondina baixou os olhos com a frieza súbita de Sem Medo. Sussurrou:

– Não queria comparar-te ao André, desculpa.
– Sair não podemos. Mas, se quiseres, podemos ir para a varanda apanhar fresco.

Foram para a varanda, deserta e escura. Sentaram-se no chão de cimento, contemplando as estrelas e os quintais vazios. O movimento da pequena cidade tinha terminado, apenas por vezes passavam pessoas a pé a caminho dum bar.

– Nunca gostei das cidades pequenas – disse Sem Medo. – Ou das grandes cidades ou do mato. As cidades pequenas põem-me doente.
– O que não suportas é trabalhar num *bureau*.
– Isso também, claro. Mas as cidades pequenas, em que todos sabem tudo, põem-me doente.
– Por vezes penso que fugiste do teu curso, com o pretexto de vir para a luta. Não te vejo como economista, sentado a uma secretária. No outro dia observei-te. Estavas sentado à secretária e mexias todo o tempo, como quem está incomodamente instalado. Como economista, devias ser bem infeliz...
– Depende. Há economistas que se mexem, que não trabalham num *bureau*. Não me vês como economista, vês-me então como?
– Militar.
– Só?
– Sim, só te vejo como militar.
– Também eu, Ondina. Esse é o problema. Porque um dia será necessário abandonar a arma, já não haverá razão para vestir farda... Porque também não gosto de estar num exército regular.
– Que farás então, quando acabar a guerra?
– Não sei. Isso não me preocupa. E tu?
– Estamos a falar de ti. Não te vejo também como marinheiro, não é esse o teu género. E não és pessoa para viver duma pensão e entreter os outros com os teus feitos na guerra.
– Em suma, não tenho futuro. Mas isso não me atrapalha.
– No entanto, deves fazer planos. Por vezes não sonhas com o futuro?
– Sim.
– O quê?

— Coisas impossíveis.
— Por exemplo?
— Ora. Que todos os homens deixam de ser estúpidos e começam a aceitar as ideias dos outros. Que se poderá andar nu nas ruas. Que se poderá rir à vontade, sem que ninguém se volte para ti e ponha um dedo na cabeça. Que se faça amor quando se quiser, sem pensar nas consequências. Etc., etc. Coisas impossíveis, como vês.
— Pensas realmente isso?
— Se te digo!
Ondina sorriu. Apontou um bêbado que passava, cambaleando.
— Também eu gostaria. No entanto, estou a apontar aquele bêbado. E na rua, seria capaz de me virar para trás e rir dele.
— Também eu, Ondina. Isso é que me enraivece. Queremos transformar o mundo e somos incapazes de nos transformar a nós próprios. Queremos ser livres, fazer a nossa vontade, e a todo o momento arranjamos desculpas para reprimir os nossos desejos. E o pior é que nos convencemos com as nossas próprias desculpas, deixamos de ser lúcidos. Só covardia. É medo de nos enfrentarmos, é um medo que nos ficou dos tempos em que temíamos Deus, ou o pai ou o professor, é sempre o mesmo agente repressivo. Somos uns alienados. O escravo era totalmente alienado. Nós somos piores, porque nos alienamos a nós próprios. Há correntes que já se quebraram mas continuamos a transportá-las connosco, por medo de as deitarmos fora e depois nos sentirmos nus.
— Hoje estás abatido, Sem Medo.
— É sempre assim quando...
— Quando?
— Nada.
Ondina olhou-o. Ele sustentou o olhar dela, mas não falou. Ela baixou os olhos. Sem Medo observou-a à vontade. Ondina estava na sua posição habitual, a cabeça baixada para o chão, as mãos entre as coxas, que sobressaíam da saia subida, o ventre dilatando-se suavemente. Ondina era bela? Talvez não, tinha qualquer coisa de menina inacabada sendo mulher. A posição realçava essa sensação, sentada no chão com as pernas fletidas. Via-a difusamente pela luz que vinha

do candeeiro da rua. O silêncio que se seguiu colocou uma barreira entre os dois. Ela foi a primeira a falar.

– Tu és um homem, podes ser muito mais livre. Se queres uma mulher, nada te retém.

– Como tu, é igual.

– Não, a sociedade é muito mais severa para uma mulher.

– Não estava a falar da sociedade, mas da moral individual.

Ondina riu.

– É engraçado. Tu tens uma moral individual?

– Estás a ofender-me. Achas-me um tipo sem moral?

– Estamos a falar de coisas diferentes. No aspeto sexual, por exemplo, a tua moral por vezes impede-te de satisfazer os teus desejos?

– Mas era isso o que eu dizia! Uma pessoa é levada a pensar nas consequências e trava os desejos.

– Tu?

– Pensas então que sou um tarado sexual...

– Não. Um libertino.

– Nem isso. Conheci um libertino. Conheci um monte de pessoas, devia ser escritor para as descrever. Foi em Praga, nas férias. Um verdadeiro libertino. Mulher que lhe agradasse não lhe escapava, mesmo se fosse a sua irmã.

– Que lhe aconteceu?

– Nada. Não sei, deve ter continuado assim. Eu não sou um libertino. Fui demasiado marcado pelos tabus para o poder ser. A um momento dado, pensei ser essa a solução, fiz tudo para me criar uma filosofia libertina. Mas não consegui, desconsegui mesmo, apareceram sempre problemas morais a estragar tudo. Discuti muito com esse amigo de Praga e vi que havia um mundo entre nós. Pelo menos uma geração.

– Era Checo?

– Não. Francês. Um comunista. Comunista, talvez não no sentido clássico, ortodoxo, da palavra, mas no meu sentido.

– No de que as mulheres são coletivas?

– Que ideias são essas? Isso é propaganda católica anticomunista. Para ele, toda a mulher devia ser livre de o aceitar ou de o recusar, assim como ele era livre de desejar ou não qualquer mulher. Só isso. E se houvesse consequências, cada um era livre de as aguentar. Era um comunista, não no sentido de que as mulheres são coletivas, mas no de que são tão livres como os homens livres. Como vês, é um programa que cabe numa mão.

– Há tipos que não são comunistas e pensam assim.

– Eu sei, Ondina. Isso não chega para fazer o comunista. Mas ele tinha todo o resto. E o burguês ou o pseudorrevolucionário como nós pode pensar assim, mas nunca é coerente até ao extremo dos seus atos. Ele foi a pessoa mais livre que conheci. Sempre o invejei. Depois compreendi que nunca poderia ser como ele e conformei--me. Um homem deve conhecer exatamente os seus limites e aceitá-los. De outro modo é um parvo que se ilude sobre si mesmo. Ou um desonesto.

– Mas ele punha os seus desejos acima da Revolução?

– Era o seu drama, dizia-me ele. Por vezes sucedia desejar uma mulher e ter um trabalho urgente, sem possibilidades pois de a seguir. Nesse momento, escolhia o trabalho.

– Então não era livre.

– Ninguém pode ser livre quando tem uma Revolução a fazer. Mas ele, mesmo assim, foi o mais livre que encontrei, pois só as razões sociais ou políticas o podiam travar. Não eram razões de moral individual, ou porque ela é casada ou porque... sei lá mais quê. Há homens que não traem a mulher apenas porque não gostariam de ser traídos e têm consciência de que a liberdade é igual para todos. Já são evoluídos, mas terás de reconhecer que ainda ficam longe do meu libertino de Praga. E esses são os mais evoluídos da nossa sociedade.

– Como tu o farias?

– Eu? Eu não me casaria, é o mais simples.

– Estás a fugir à resposta.

– Tu és viva! – Sem Medo sorriu-lhe com ternura. – Tens razão, estou a fugir. Vou ser sincero, ao menos uma vez na vida. Eu detestaria, não poderia mesmo suportar, que mulher minha dormisse com outro. Sei o que é isso, já o sofri, não poderia repeti-lo. Acho, no entanto, que ela deveria ser tão livre como eu para ter as suas aventuras. Se casasse, o que se passaria? Ser-lhe-ia fiel. Não porque não desejasse outras mulheres, mas para poder exigir dela a mesma fidelidade. Como vês, o casamento seria uma prisão hipócrita. Por isso não caso. Ainda não cheguei, nem chegarei nunca, ao nível do meu amigo de Praga. Para ele isso era natural, estava na ordem das coisas.

– Afinal era casado?
– Sim, com uma alemã do Leste.
– Como era ela?
– Como ele. Perguntas como era fisicamente? Muito bela, verdadeiramente muito bela. Tinha uns olhos azuis que, por vezes, sobretudo quando a luz batia neles, tinham fulgurações violeta.
– Poeta...
– Há mulheres que me fazem poeta.
– Dormiste com ela?

Sem Medo acendeu um cigarro. Viu Karin à sua frente, uma rainha de desafio, plantada sobre as pernas afastadas e as mãos nas ancas, um sorriso trocista.

– Não. Fugi dela. Foi aí que compreendi que nunca poderia ser como o meu amigo. Ela provocava-me, acariciava-me e eu fazia-me desentendido. Por que? Porque era mulher do meu amigo, o qual, aliás, estava-se marimbando para que eu dormisse com ela ou não. Até acharia bem! Como vês, não sou um libertino.

– Ele não gostava dela – disse Ondina.
– É o que diria a minha mãe e a minha tia, e a tia da minha tia... Não estou tão certo como tu. Raciocinamos em função da nossa sociedade, sociedade assimilada à cultura judaico-cristã europeia, em que o homem tem de ser ciumento, porque é o bode do rebanho e a mulher é a sua propriedade. No fundo, que acontece à propriedade que é arrendada a outro? Às vezes até fica renovada, rejuvenescida, com o empate de capital e de trabalho. Mas nós não compreendemos isso. A mulher é uma propriedade especial. Temos uma geração de atraso. Nós, os citadinos, que somos pretos por fora. Olha, um congolês que apanhou a mulher em flagrante, aí numa buala perto da fronteira, exigiu o pagamento pela ofensa, claro. Um camarada

perguntou-lhe se não ficou zangado. Ele respondeu: por quê? Isso não gasta a mulher. E esta é a maneira de pensar do africano que tem pouco contacto com a religião cristã. Nós estamos aculturados, corrompidos, muito mais alienados.

– É por isso que não casas, Sem Medo? Porque o ciúme é a alienação?

– Hoje essa é a razão principal. Ontem pode ter sido outra. Há muitas razões para uma atitude dessas, depende das ocasiões e das conversas. Por isso nunca ninguém é sincero. Só se apresenta um motivo, o que deturpa totalmente a interpretação do problema. Mas chega de falar de mim. Falemos de ti.

Ondina levantou os braços e deixou-os de novo cair.

– Dá-me um cigarro. Eu cá sou uma libertina. Poderia casar perfeitamente com o teu libertino de Praga, que faríamos um casal perfeito...

– É mentira! Ainda há pouco dizias que ele não amava a mulher por não ser ciumento.

– Não me deixaste acabar. Faríamos um casal perfeito, mas quem falou em amar? Para mim, o casal perfeito é aquele onde há ternura e vontade de estar por vezes com o outro. O amor destrói os casais. Não acredito no amor. Eu só casaria com um homem como o teu amigo, por quem sinta amizade e uma certa atração física. Mas nunca encontrei um homem desses.

– Não acredito numa palavra – disse Sem Medo.

– Neste momento penso assim.

– De acordo. Mas ontem não o pensavas.

– Oh! Ontem, sim.

– Está bem. Mas aqui há um mês não o pensavas.

Ondina encolheu os ombros.

– Tu próprio disseste que nunca se diz tudo. Também posso ser ciumenta, depende das alturas. No começo duma relação sou ciumenta. À medida que o tempo passa, deixo de o ser. Isso significa que me farto da pessoa.

– Não és ciumenta do João?

– Por que falar do João, Sem Medo?

– Porque ele está aqui presente.
– Talvez em relação a ti. Eu já o tinha esquecido.
– Mentirosa!

Ela voltou a fazer o seu gesto de levantar os dois braços esticados, ao mesmo tempo.

– Tinha-o esquecido. Já estava tão longe! Para ti não? No fundo, tu é que devias ser mulher dele.
– Foi o que ele me disse. Até insinuou que pensava que eu fosse homossexual...
– Dás demasiada importância às palavras dele.
– És uma boa aluna! Repetes-me o que te lancei no outro dia... É por isso que uma pessoa não deve atirar chavões à toa: eles vêm sempre bater na cabeça de quem os proferiu.

Fumaram em silêncio. Agora era Ondina que observava Sem Medo, perdido a contemplar as estrelas. Sem Medo era belo? Sim, sem dúvida. Dele transpirava força, não a força física animal, mas uma força controlada, desejada. A barba aprofundava-lhe o aspeto de leão que dorme tranquilamente, seguro de si. Demasiado seguro de si, fora isso que a irritara quando se conheceram. Vencera-a com a tranquilidade de quem está habituado a vencer e já não dá importância à vitória. Ao pé dele, Ondina sentia-se uma garota intimidada, precisando de se salientar para chamar a atenção sobre si. O desafio contra ele tornara-se impossível, o duelo não tinha sentido: Sem Medo não se prestava a ele, não por receio, mas por desinteresse pela conquista. E, no entanto, Ondina pressentia que Sem Medo a desejava e que sentia mesmo ternura por ela.

Talvez porque ele estivesse calado, longe num mundo a que ela não tinha acesso, Ondina disse:

– Uma mulher tem medo de te amar, de se prender a ti... É como se tivesses sempre a mochila às costas, pronto a escapar.

Sem Medo foi tocado pela queixa, porque era uma queixa sussurrada. Virou-se para ela.

– Já me disseram isso.
– Quantas mulheres já se apaixonaram por ti, Sem Medo? As que conheces e aquelas que calaram, por medo de parecer ridículas?

Quantas choraram, quantas fugiram antes de cair na rede de onde se não volta mais?
– Não sei, algumas.
– Milhares!
– Por que dizes isso?
– Tu és o género de homem que as mulheres gramam. Tu passas por elas, indiferente e altivo. As mulheres são masoquistas, gostam de quem as trata como mercadoria cara mas acessível para os recursos do comprador. Assim tu as consideras...
– Isso é uma declaração de amor?
– Não.
– Ah bom! Senão fugia já!
Ondina riu sem vontade. Sempre o humor a travar uma conversa que se torna perigosa. Ondina compreendeu que o humor de Sem Medo era uma defesa. Foi nessa altura que o desejo entrou a sério nela, um desejo incontrolável que a levou a cruzar as pernas e apertar o sexo com as coxas. Sem Medo olhou-a. Ela desviou a vista. Mas engoliu saliva e ele sentiu a comunicação. Deixou-se penetrar aos poucos pelo desejo dela, crescendo nele o seu. Depois segurou-lhe num braço e puxou-a para si. Ondina ofereceu os lábios e ele bebeu a sede deles.
– Vamos para o meu quarto – disse ele.
Ondina levantou-se e seguiu-o, apertando as coxas para não gritar. O corredor estava vazio e entraram no quarto. Ela ia despir-se sofregamente, mas Sem Medo impediu-a com um gesto. Abraçou-a. Beijaram-se longamente. Só então ele a levou para a cama.
A meio da noite, acenderam-se cigarros.
– Ninguém entra aqui? – perguntou ela.
– Não. Se alguém, por acaso, bater à porta, põe-te atrás dela. Ninguém entrará.
– Ficavas mal se soubessem. Eu não, que a minha reputação já está estabelecida. Mas tu...
– Só me importaria por causa do João.
– Por quê?
– Não lhe seria nada agradável saber.
– Mas já acabou comigo!

– E depois? Julgas que matou o amor e o ciúme num dia? Iria pensar que foi tudo uma tática minha para ficar contigo. Considera isso estúpido, se quiseres, mas é assim. Sabes lá o que uma pessoa imagina quando está sozinha a pensar que o objeto de amor está com outro! Julgas que se não rebola ainda na cama, pensando em ti?

– Não fales dele.

Ondina quase gritara. Não é insensível a ele como queria parecer, pensou Sem Medo. Não se admirou com a constatação. Ondina era um vulcão, todos os elementos da Natureza desencadeados por um herói mítico. Sem Medo sabia agora por que o Comissário falhara. Demasiado tarde para o ajudar.

– Tu nunca tiveste prazer com ele.

– Para que queres saber?

– Não estava a perguntar – disse Sem Medo. – Estava a afirmá-lo, por isso escusas de responder.

Ondina deitou o cigarro fora. Soergueu-se na cama e ofereceu-lhe o peito jovem. Sem Medo mordeu-lhe levemente o bico da mama e ela torceu-se para trás, entregando-se. Ele afastou-se.

– Por que não vens? – disse ela.

– Ainda não acabei o cigarro.

– És odioso!

Ele sorriu. Afagou-lhe as coxas com a mão livre e ela apertou-lhe a mão. Sem Medo deixou ficar a mão e continuou a fumar.

– Nunca nos demos bem. Ele controlava-se demasiado, ou controlava-me demasiado, não sei. O certo é que estava sempre ausente, preocupado... crispado.

– Foi aí que tudo falhou.

– Salvo da última vez. Quando me forçou, foi maravilhoso. Foi violento, apaixonado, pagava-se, desforrava-se, sem se preocupar com o prazer que despertava no outro. Por que não era assim antes, Sem Medo?

– Ainda não tinha sido chicoteado... Não podia ser assim antes. Foi com o fracasso que ele aprendeu. Se fracasso houve! Há agora. Sim, agora há um fracasso, pois nada queres com ele. Mas vocês podiam tentar recomeçar.

– O passado não se apaga, Sem Medo.
– Podes ajudá-lo a apagar o passado, aos poucos ele esquecerá.
– Mas eu sou assim, gosto de conhecer novos homens. Mais tarde desejarei outro. No fundo, não será pelo homem em si, mas pelo facto de ser uma novidade.
– Gostas da descoberta, não é? Gostas do risco dos primeiros passos, da luta cautelosa que leva à aproximação final, a entrega cheia de reticências do início até à entrega total. Não é isso?
– Exato. Como sabes?
– Ora, é normal. Isso é passageiro. Penso que é uma fase no desenvolvimento da personalidade. Eu fiquei por essa fase. É um lado infantil, inacabado. Ou talvez seja isso o amor. O homem tem atração pelo que lhe faz medo. O mar, o deserto, o abismo, a ideia de Deus, a morte, o relâmpago... Enfrentar pela primeira vez uma outra pessoa faz medo, por isso atrai os aventureiros. Há no entanto casais que só encontram o verdadeiro prazer muito depois do primeiro amor. Não se podem estabelecer leis universais.

Sem Medo acabou o cigarro. Esmagou-o no cinzeiro e Ondina deitou-se sobre ele. Ele aceitou-a.

Voltaram a fumar mais tarde. Sem Medo ligou o rádio para a Emissora Oficial. Dava música angolana.

– Contigo, sim, ficaria – disse Ondina. – Contigo viveria.

Sem Medo deixou-se abraçar. Ela afagou-lhe o cabelo, beijou-lhe a barba, os olhos.

– Contigo ficaria, Sem Medo.

Ele abanou a cabeça. Beijou-a.

– Não, Ondina. Não aceitaste o Comissário porque ele se submeteu a ti. Comigo, seria o contrário: ias-te submeter a mim.

– Sim, não me importo. É mesmo disso que preciso. Dum homem forte que me domine. Sinto-me como um animal selvagem que tem de ser domado. Os animais domados são os mais fiéis ao seu dono!

– Não quero dominar ninguém.

Ia dizer: não preciso de dominar ninguém, mas mudou a frase a tempo. Ondina encostou-se a ele e murmurou:

– Talvez te dominasse também.

– Quando o sentisse, ir-me-ia embora. Por isso não vale a pena tentar. Fiquemos nesta noite, que foi inesquecível. Para que estragar tudo, procurando a continuidade impossível? Há coisas feitas para serem únicas, tal esta noite.

Foram acordados por pancadas raivosas na porta. Ondina correu para trás da porta, tapada pelo lençol. Sem Medo perguntou para fora, enquanto enfiava as calças:
– Que há?
– A Base foi invadida! – gritaram.
– O quê?
– A Base foi invadida!
– Qual Base?
– A Base, a sua Base, camarada Comandante.

Sem Medo atrapalhou-se a vestir as calças, esqueceu Ondina, abriu a porta. Vewê estava do outro lado, exausto. O Comandante estava com as calças meio enfiadas, torcidas, lutando nervosamente para as arranjar. Vewê não reparou.
– A Base, Comandante, a Base...

Ondina escondia-se atrás da porta, agora aberta. Sem Medo foi procurar as botas debaixo da cama. Vewê entrou, Sem Medo não o impediu.
– Procura-me aqui o raio das botas... A Base, dizias tu... Como foi?

Vewê agachou-se no chão para procurar as botas. Ao virar-se, Sem Medo apercebeu o vulto branco do lençol e lembrou-se de Ondina.
– Vem, vamos para fora. Conta primeiro como foi. E arrastou Vewê para fora do quarto.
– Os tugas atacaram.
– O Comissário?
– Não sei. Eu estava no forno, ouvi as rajadas, vi os camaradas a correr, a fugir, fui à minha casa buscar a pistola que tinha deixado lá. Os camaradas fugiram para o sítio onde estava o inimigo.
– Espera, depois contas. Vai chamar o Kandimba. Já venho, é só encontrar as botas.

Voltou a entrar no quarto. Ondina estava sentada na cama. Sem Medo procurou as botas, enfiou-as, vestiu uma camisa de farda, passou a cartucheira à volta da cintura e pegou na AKA.

– Vou buscar gente ao Depósito.
– O que vais fazer? – perguntou Ondina.
– Chegar à Base. Salvar o que se puder salvar.
Ondina apertou-lhe as mãos. Os olhos brilhavam com as lágrimas.
– Se o João foi apanhado?
Sem Medo encolheu os ombros.
– Tens de o salvar, Sem Medo. Tens de o salvar. Por esta noite, por mim, tens de o fazer.
– Afinal gostas mesmo dele!
Ondina deixou-se cair, soluçando, sobre a cama.
– Se alguma coisa lhe sucedeu... Oh, se alguma coisa lhe sucedeu, sou eu a culpada...
– Disparates! Foste tu que levaste o tuga lá? Eu vou salvá-lo, se for possível.
Sem Medo beijou-lhe a nuca e saiu, fechando cuidadosamente a porta. A nuvem que estava à frente dos olhos desapareceu. No jipe, largado a cem à hora para o Depósito, Vewê contava.

– O camarada Comissário trouxe a notícia que os tugas estavam no Pau Caído. Mandaram um grupo patrulhar a montanha à frente do Pau Caído. Afinal o inimigo já tinha avançado, porque nos atacou.
– Quem chefiava esse grupo?
– O Chefe de Operações.
– Continua.
– O Comissário mandou reforçar as guardas e cavámos abrigos. Foi aí que ouvi as rajadas e gritos de "apanha vivo, apanha vivo"! Não sabia o que fazer, lembrei-me que deixei a pistola no quarto, fui buscar. As minhas roupas podia deixar, a pistola é que não. Foi aí que vi os camaradas a correr, todos em fila. Mas iam para o lado donde vinham os tiros. Devem-se ter atrapalhado.
– O Comissário?
– Não o vi. Lembrei-me do guarda, que estava do outro lado, fui-lhe avisar. Ele já estava a avançar para a Base. Veio comigo e recuámos pela montanha.
– Que pensas que sucedeu aos outros?
– Eles foram a correr para onde estava o inimigo...

Havia qualquer coisa na história que intrigava Sem Medo. Mas não estava com o raciocínio claro.
– Por qual lado atacaram eles?
– Pelo rio.
– Só pelo rio?
– Os tiros vinham só daí.
O tuga não é assim tão estúpido! Atacar uma Base só por um lado? E como é que o Muatiânvua ou o Verdade, ou mesmo o Comissário, iam correr para o lado dos tiros, se tinham a montanha livre? Sem Medo parou de refletir porque chegou ao Depósito.

Entrou em tromba, buzinou, gritou. Os homens levantavam-se estremunhados, as armas na mão. Apareceu também o Chefe do Depósito, vestindo-se.
– A Base foi atacada – gritou Sem Medo. – Vá com o camião recolher todos os civis que possam dar tiros. Eu levo os guerrilheiros no jipe. Encontramo-nos no *bureau*.

O camião arrancou quase imediatamente. Sem Medo ficou com os guerrilheiros, escolhendo as armas para os civis. Carregaram as munições no jipe e duas metralhadoras ligeiras. Quando a operação estava terminada, o jipe arrancou para o *bureau*. O camião já lá estava, cheio de homens. Saltaram do carro e rodearam o jipe do Comandante.

– Vamos tentar chegar à Base – disse Sem Medo. – Só quero voluntários. Quem tem medo que não suba no camião, não vale a pena. A Base foi atacada, não sabemos o que se passa com os nossos camaradas. Quem não quer ir, não é obrigado. Os que querem ir, venham receber as armas e as munições.

Os homens todos estenderam as mãos para receber as armas. O Chefe do Depósito distribuiu-as.
– Camaradas, o MPLA tem homens! – disse Sem Medo.

Saltou do jipe e entrou no *bureau*, para esconder a comoção. Encontrou Ondina no caminho. Ela apertou-lhe as mãos.
– Promete-me que farás tudo.
– Já o prometi, Ondina.
– Obrigada.

Sem Medo deu algumas ordens a Kandimba e voltou ao jipe. Os homens subiram para os dois carros e estes arrancaram a grande velocidade. Atravessaram a cidade adormecida e meteram-se pelo mato, a caminho da fronteira. Ao lado do Comandante, que continuava a guiar o jipe, ia Vewê. Corajoso, o miúdo! Não esqueceu a pistola nem o guarda. No meio dos seus sentimentos contraditórios, Sem Medo pôs-se a pensar nas três gerações de combatentes que estavam representadas por ele, pelo Comissário e por Vewê. A de Vewê seria fatalmente a melhor, aquela que iria conquistar a vitória final. Nós somos as pedras, mas só as pedras, da catedral. Ele é o teto, a torre do sino... Merda, lá estou eu a fugir para o lado religioso!

– E o Chefe de Operações? E o guarda? – perguntou o Comandante, quase gritando para se fazer ouvir.

– Encontrei-o – disse Vewê. – O guarda ficou com ele, eu vim avisar. O Chefe de Operações está à sua espera na cascata. Ele disse logo que o camarada Comandante ia vir com um reforço, não se ia deixar ficar em Dolisie à espera do mujimbo.

– E que reforço! Viste como todos se ofereceram? Esqueceram as tribos respetivas, esqueceram o incómodo e o perigo da ação, todos foram voluntários – bateu na perna de Vewê. – É por isso que faço confiança nos angolanos. São uns confusionistas, mas todos esquecem as makas e os rancores para salvar um companheiro em perigo. É esse o mérito do Movimento, ter conseguido o milagre de começar a transformar os homens. Mais uma geração e o angolano será um homem novo. O que é preciso é ação.

Vewê nada disse, agarrado fortemente à parte da frente do jipe, para aguentar os solavancos do carro, embalado sobre um terreno feito para cultivar. Mas não se pôde impedir de pensar que o Comandante lhe parecia mais otimista que nunca, numa altura em que talvez se tivesse de voltar a partir do zero, com a perda dos melhores guerrilheiros.

O jipe continuava largado, lançando uma nuvem de pó para trás. O camião tinha-se atrasado, por causa do pó. O capim alto dos bordos do caminho fustigava as costas dos guerrilheiros, que se abaixavam constantemente para não apanharem com ele na cara.

– *Ça va*, camaradas? – perguntou Sem Medo.
– Pode ir mais depressa, a gente aguenta – disse um guerrilheiro.

Sem Medo meteu o acelerador a fundo. Andaram mais uns quilómetros e o caminho tornou-se impraticável. O dia já nascia e a fronteira estava diante deles. A fronteira manifestava-se por uma linha de montanhas coroadas de árvores. Tiveram de parar os carros. Camuflaram-nos com ramos e capim. Puseram-se em coluna. Sem Medo disse:

– Vamos encontrar o grupo do Chefe de Operações na cascata. Mais uma vez repito: quem tem cagaço, que fique!

– Já ouvimos, camarada Comandante. Vamos mas é avançar – disse um velho guerrilheiro.

Sem Medo pôs-se à frente da coluna, imprimindo-lhe um ritmo diabólico. A noite de amor marcara-lhe profundamente as feições. Ondina, oh, Ondina, que mulher! Sorriu à lembrança. Ela ama o João, é evidente. Mas não o quer, para não mais o fazer sofrer. Não deixa de haver uma certa dignidade nos seus atos. Melhor, há mesmo muita dignidade. No entanto, é o João o seu homem. É isso que é estúpido: agir no presente pressupondo um futuro incerto. Nunca se deve agir em função do futuro. Mas quem não o faz? Ondina é profundamente humana, decidiu Sem Medo.

O Chefe do Depósito vinha logo a seguir ao Comandante. Cansado pelas noites sem dormir, doente, escondia o esforço para acompanhar o ritmo de Sem Medo. Este, de vez em quando, virava-se para trás e piscava-lhe o olho. O Chefe do Depósito sorria, percebendo o encorajamento.

Ao fim de duas horas de marcha, chegaram à cascata, que marcava o limite da fronteira. O Sol inundava o Mayombe de todos os tons do verde. E vou abandonar este arco-íris de verdes, pensou Sem Medo com angústia, a troco do arco-íris de amarelos do Centro ou Sul?

Os guerrilheiros que formavam o grupo do Chefe de Operações vieram ao seu encontro; entre eles, Mundo Novo. Abraçaram-se.

– Não pude fazer o reconhecimento esta noite – disse o Das Operações –, pois o Vewê apareceu por volta da meia-noite.

– E antes?

— Aproximámo-nos do Pau Caído, vimos muitos rastos. Era claro que o tuga estava lá. Viemos para aqui, pois da fronteira era mais fácil ele encontrar o caminho da Base. Os outros caminhos estão todos minados.
— Então como é que o inimigo chegou à Base?
— Não percebo — disse o Das Operações. — Só se há um caminho que não conhecemos, o que é quase impossível, pois os caçadores teriam dito e nós nunca o encontrámos. Isso é quase impossível. Ou então houve uma traição. O Lutamos saiu para a caça.
— Continuas a desconfiar do Lutamos?
— Claro!
— Lutamos não traiu.
— Como o sabe?
— Não sei — disse Sem Medo. — Pressinto. Conheço os homens e raramente me engano sobre eles.
— Mas então como explicar?
— Saberemos mais tarde. Quantos homens estão contigo?
— Nove, camarada Comandante.
— Trouxe trinta. É um grupo suficiente para atacar a Base, se o inimigo ainda lá estiver.
— Oh, ele nunca fica muito tempo numa base nossa, é melhor perder as esperanças.
— Eu sei. Mas devemos contar com tudo. Também não sabemos explicar como ele chegou lá, portanto... Estamos em pleno mistério. Pode ser que, também contra todas as previsões, ele ainda lá esteja. Daqui a bocado, acredito nos espíritos! Avancemos!

Sem Medo meteu-se à frente da coluna. Precisavam de ir a corta-mato, pois o inimigo devia controlar o caminho de acesso à Base. O Chefe de Operações pôs-se ao lado de Sem Medo.

— Desculpe, camarada Comandante. Mas o camarada deve ir no meio da coluna. Vou eu à frente.
— Deixa-te disso!
— Não. Pode haver uma mina, nunca se sabe. O comandante é demasiado importante para ir à frente.

Sem Medo não respondeu. Obedeceu. Vários guerrilheiros se puseram entre ele e o Chefe de Operações, que abria a mata à catanada.

Marcharam todo o dia, pois tinham de abrir o caminho e dar voltas para não se aproximarem do trilho normal. As lianas defendiam o segredo da sua impenetrabilidade, mas os homens eram teimosos e vergavam o deus-Mayombe a seus pés. Às seis da tarde, exaustos, chegaram a quatrocentos metros da Base.

– Não podemos avançar mais – disse Sem Medo. – Atacaremos de madrugada.

Todos concordaram. Deitaram-se sem comer. Não tinha havido tempo de se pensar em preparar comida, no momento da partida. Há cerca de 24 horas que nenhum de nós come, pensou Sem Medo, e ninguém parece pensar nisso. Então o grupo do Das Operações talvez esteja sem comer há muito mais tempo.

Alguns guerrilheiros adormeceram, mal se deitaram. Ninguém tinha trazido panos para se cobrir. O frio do Mayombe ia penetrar-lhes os ossos, talvez viesse a chuva, mas quem se importava?

Mundo Novo aproximou-se de Sem Medo.

– Veio rápido.

– Ora, era o mínimo!

– Nunca pensei que pudesse arranjar um efetivo tão elevado.

– Nem eu. Mas, como vês, a realidade ultrapassa a imaginação. Às vezes subestimamos os nossos militantes...

– O Vewê não devia ter vindo – disse Mundo Novo. – Desde ontem que marcha sem parar, sem dormir e, possivelmente, sem comer. E teve de andar toda a noite na floresta.

– Tens razão. Fez um esforço extraordinário. Mas ele colou-se ao meu lado e não me lembrei do que já tinha feito antes. É um miúdo corajoso, portou-se muito bem.

– O camarada Comandante era inflexível para com ele...

– Era! Mas ele portou-se bem. Era isso o que eu queria, que no momento difícil ele fosse capaz de fazer o seu dever.

– Reconheces que antes erraste em relação a ele? Que foste injusto?

– Lá vens tu com a mesma história! Não me chateies!

Mundo Novo não insistiu. Que homem era Sem Medo? Não o compreendia, fugia aos seus esquemas. Um aventureiro que ama a ação, decidiu a seguir. No entanto, a conclusão não lhe agradou totalmente. Algo faltava, algo indefinível faltava.

– Temos de conversar, camarada Comandante. Noutra altura, mais calmamente. Acho que o que nos separa é a linguagem. Não temos a mesma linguagem.

– Há muito que deixei de acreditar nas palavras – disse Sem Medo. – Mas, se queres, por que não discutir? Mas agora estamos demasiado perto da Base...

Sem Medo deixou-o e foi ter com o Chefe de Operações.

– Não aguento mais. Vou aproximar-me da Base, tentar ouvir qualquer coisa.

– É perigoso, Comandante.

– Farei atenção.

– Então vou consigo.

– Vamos.

Descalçaram as botas e avançaram cautelosamente, evitando pisar os ramos secos que disparavam como armas na noite. Ainda não fumei hoje, pensou Sem Medo. O cheiro do cigarro podia chegar até ao inimigo. Mastigou uma folha, para que o amargor lhe tirasse a vontade de fumar. Gesto irrisório, a vontade não vinha da boca, embora se manifestasse por um excesso de saliva.

O Chefe de Operações ia à frente, caminhando como um gato. Sem Medo era mais pesado, fazia por vezes barulhos impercetíveis. Tinham de caminhar a um metro de distância um do outro, pois a noite era escura e só os pirilampos a iluminavam fugazmente. Ao fim de meia hora, chegaram ao rio. Tinham andado cem metros.

– Vamos subir o rio – propôs Sem Medo, num sussurro.

O outro não respondeu, mas pôs-se a caminho. Ao longo do rio era mais fácil caminhar, pois o terreno estava limpo. Mas havia pedras e era preciso explorar o sítio com o pé antes de o assentar no solo. Fizeram assim duzentos metros, ao fim de outra meia hora.

Deitaram-se no chão, lado a lado, os corpos tocando-se. As luzes que poderiam existir eram invisíveis, pois a Base ficava no alto duma pequena falésia que descia para o rio. Ouviam-se vozes abafadas na Base. Havia gente. Mantiveram-se deitados uns bons quinze minutos, descansando do esforço incrível de mover cada músculo imperceptivelmente para chegarem ali. Não conseguiam perceber nenhuma palavra, nem distinguir uma voz conhecida. Sem Medo mandou retirar.

Refizeram o mesmo caminho, agora mais depressa. Mesmo assim, levaram meia hora a atingir os outros guerrilheiros. Deitaram-se ao lado um do outro, sem vontade de falar. Mundo Novo aproximou-se e, a seguir, o Chefe do Depósito.

– Então?

– Há pessoas – disse Sem Medo. – Mas falam baixo, cautelosamente.

– O tuga deve estar à espera que o ataquemos – disse o Das Operações. – Por isso mantém as medidas de segurança. Eles são sempre barulhentos, um acampamento tuga ouve-se a um quilómetro, à noite.

– Sim – disse Mundo Novo –, eles devem estar à nossa espera. A quantos metros se aproximaram?

– Uns cem – disse Sem Medo. – Mas pelo lado do rio é impossível ver-se qualquer coisa. Nem uma luz.

– Aqui só os ouvidos contam – disse o Chefe do Depósito.

– Vamos acordar às cinco horas – decidiu Sem Medo. – Precisaremos de uma hora para progredir até onde estivemos. Talvez mesmo mais tempo, pois somos muitos.

– Não – disse o Das Operações –, de dia é mais fácil.

– Mas o dia só nasce às seis horas – disse Mundo Novo. – Acho que o Comandante tem razão.

Mundo Novo instalou-se naturalmente no Comando, pensou Sem Medo. E fica-lhe bem.

– Vamos tentar dormir – disse o Comandante.

Mas Sem Medo não dormiu. Quando caía em sonolência, era acordado pela angústia. Leli aparecia, misturada com Ondina e, sobretudo, João. Estaria morto ou prisioneiro? Ou perdido na mata? A última hipótese era a mais otimista, agarrava-se a ela. Era absurdo que o Comissário ou Muatiânvua se enganassem e corressem para o inimigo. Se Vewê escapou, por que não os outros? A esperança instalava-se nele e adormecia.

Logo a seguir, o rosto de Leli vinha acordá-lo, mergulhando-o em suores frios. Ondina sobrepunha-se então e a paz instalava-se nele. Momento breve. Ondina estava ligada a João e trazia-o logo a seguir. As horas não avançavam no seu quadrante luminoso. O arco-íris verde desaparecera, só o negro existia. O negro era a cor da sua angústia.

EU, O NARRADOR, SOU O CHEFE DE OPERAÇÕES.

Não durmo, nesta noite que não acaba. Sem Medo, a meu lado, também não dorme. Mas não posso falar com ele. Nunca pudemos conversar. Ele é um intelectual, eu um filho de camponês.

Nos Dembos, os homens viviam miseráveis no meio da riqueza. O café estava em toda a parte, abraçado às árvores. Mas roubavam-nos nos preços, o suor era pago por uns tostões sem valor. E as roças dos colonos cresciam, cresciam, atirando as nossas pequenas lavras para as terras mais pobres.

Por isso houve Março de 1961.

Eu era criança, mas participei nos ataques às roças dos colonos. Avançava com pedras, no meio de homens com catanas e alguns, raros, com canhangulos. Não podíamos olhar para trás: os kimbandas diziam que, se o fizéssemos, morreríamos. As balas dos brancos eram água, diziam eles. Depois da independência renasceriam os que tinham caído em combate. Tudo mentira. Hoje vejo que era tudo mentira.

Massacrámos os colonos, destruímos as roças, mesmo o dinheiro queimámos, proclamámos território livre. Éramos livres. Os brancos durante séculos massacraram-nos, por que não massacrá-los? Mas uma guerra não se faz só com ódio e o exército colonial recuperou o território, o território livre voltou a ser território ocupado.

Vim para o Congo e no MPLA aprendi a fazer a guerra, uma guerra com organização. Também aprendi a ler. Aprendi sobretudo que o que fizemos em 1961, cortando cabeças de brancos, mestiços, assimilados e umbundus, era talvez justo nesse momento. Mas hoje não pode servir de orgulho para ninguém. Era uma necessidade histórica, como diz o Comissário Político. Percebo o sentido das palavras, ele tem razão, nisso ele tem razão.

Só não tem razão em estar do lado do Comandante, que é kikongo. Foram os kikongos que vieram mobilizar-nos, que trouxeram as palavras de ordem do

Congo de avançar à toa, sem organização. Os kikongos queriam reconstituir o antigo reino do Congo. Mas esqueceram que os Dembos e Nambuangongo sempre foram independentes do Congo. Pelo menos, a partir duma certa altura. Isso disseram-me os velhos dos Dembos e isso diz a história do MPLA. Por que o Reino do Congo e não o Ndongo e não os Dembos?

Perdida a guerra de 1962, os kikongos infiltraram-se no MPLA. O Sem Medo não. Ele é kikongo, mas nasceu em Luanda. O Sem Medo é um intelectual, é isso que complica as coisas.

Ele não dorme.

Não pode dormir. A sua Base está ocupada pelo inimigo. Foi ele que a construiu, foi ele que a impôs ao André, que a queria no exterior. É a sua Base. Por isso sofre. É uma derrota para ele. Sem Medo é um intelectual, o intelectual não pode suportar que o seu filho morra. Nós estamos habituados. Os nossos filhos morreram sob as bombas, sob a metralha, sob o chicote do capataz. Estamos habituados a ver os nossos filhos morrer. Ele não. A Base era o seu filho, criou-a contra todos. Contra nós mesmos, que queremos é voltar aos Dembos e a Nambuangongo, onde há verdadeiramente guerra popular. Ele acredita que a luta aqui é possível, que ela pode crescer. É o seu filho, está bem, é preciso compreender.

O Comissário diz que, se avançarmos a luta em Cabinda, as outras regiões estarão aliviadas, porque o inimigo terá de dividir forças. É verdade. Por isso, luto aqui. Mas não por Cabinda, que não me interessa. Luto aqui para que a minha região tenha menos inimigos concentrados nela e assim possa ser livre.

Mas Sem Medo é um homem. Quando combate, tem o mesmo ódio ao inimigo que eu. As razões são diferentes, mas os gestos são os mesmos. Por isso o sigo no combate. O mal é ser um intelectual, é esse o mal: nunca poderá compreender o povo. Os seus filhos ou irmãos não morreram na guerra. Não, ele não pode compreender.

Ele não dorme.

Gostava de lhe explicar isto. Mas não sei como dizer. E ele não compreenderia.

O quadrante luminoso de Sem Medo indicou finalmente as cinco horas. Bateu no ombro do Chefe de Operações e apercebeu-se de que ele já estava acordado. Foram despertando docemente os homens, os quais se levantavam imediatamente.

Dividiram-se em dois grupos de cerca de vinte homens cada: um, comandado por Sem Medo, que avançaria pelo rio para assaltar a Base, outro, comandado pelo Chefe de Operações, que deveria dar a volta à Base e apanhar o inimigo por trás, quando este tentasse fugir pela montanha.

– É preciso que vocês andem mais depressa do que nós – disse Sem Medo.

A noite era escura ainda. Só às seis horas os primeiros luares conseguiriam infiltrar-se pelas copas das árvores, recriando o verde do Mayombe.

O grupo do Chefe de Operações partiu pela direita, docemente, para fazer um semicírculo. O plano dará certo se ninguém estiver no rio, pensou Sem Medo. Senão, será preciso abrir fogo antes de podermos tomar posições para o assalto. E o assalto é necessário para libertar os prisioneiros, se os há.

Sem Medo ficara com os melhores combatentes. Mesmo assim, havia alguns civis no meio, ou guerrilheiros que há anos não combatiam. Tenho a impressão que terei de passar ao assalto sozinho. Talvez só Mundo Novo me acompanhe. Será praticamente um suicídio. A angústia ganhou-o. Era preciso dispersar os homens pela pequena colina contígua ao rio, subi-la sem barulho, e só então abrir fogo. Começo a duvidar da seriedade deste plano. Improvisado. O que vale é conhecermos perfeitamente o terreno. Não me sinto eu, estou demasiado angustiado, a emoção não é controlada.

Esperando que o grupo do Chefe de Operações ganhasse terreno, Sem Medo pensava.

"Na Europa tive ocasião de jogar em máquinas, onde uma bolinha de metal vai contando pontos. O jogador só tem de fazer funcionar os *flippers*, quando a bola vai sair, ou encaminhar, com gestos doces, a bola para o sítio mais conveniente. O prazer do jogo não é o de vencer. É o de se atingir o êxtase, o esquecimento do corpo e do espírito pela concentração total na bolinha que salta dum lado para o outro e vai somando pontos. Havia momentos em que sabia que ia ganhar, atingia o estado de graça. Dominava de tal modo a máquina, pela força da minha tranquilidade, que, de facto, os reflexos eram perfeitos: uma confiança absoluta nos meus dedos que levemente tocavam os *flippers*, nas mãos que orientavam, por movimentos suaves, a bolinha para o sítio desejado. Atingia o estado de possessão da máquina, era sem dúvida um prazer sensual."

"No jogo, o homem que se domina e ao mesmo tempo se entrega não pode ser escravo. Escravos são os que se entregam ao jogo sem se dominarem ou o inverso: é a dialética da dominação-submissão que distingue o homem feito para senhor, o dominador, e o escravo. Também no amor."

"Há homens que vencem no póquer, embora percam dinheiro. Têm tal domínio dos nervos, sendo simultaneamente ousados, que os adversários são subjugados, não têm a iniciativa, ficam à espera das suas reações, dos seus desejos. São os senhores que podem, numa cartada, arriscar tudo o que ganharam, só pelo prazer de arriscar. Os adversários podem ganhar, no sentido em que saem com mais dinheiro que o capital inicial; mas o verdadeiro vencedor foi aquele que os fez empalidecer, apertar os lábios, roer as unhas, tremer, ter vontade de urinar, e se arrepender num instante de jogar. O verdadeiro senhor, o conquistador, não se aborrece por ter perdido: essa é a sua ocasião de dominar e, se de facto impôs a sua lei, contenta-se com a derrota. São os homens de temperamento mesquinho que sofrem por perder."

"Na guerra, também há os senhores, os que decidem. Não são fatalmente os chefes, embora essas características só se possam manifestar totalmente em situação de chefia. São os dominadores, finalmente, os mais magnânimos para os adversários. Fazem a guerra, em parte, como quem joga à roleta: é um meio de se confrontarem com o outro eu. São uns torturados. Lúcidos, compreendem que o inimigo em face, tomado individualmente, é um homem como eles; mas está a defender o lado injusto e deve ser aniquilado. A guerra revolucionária é nisso mais dura que as clássicas. Outrora, o combatente estava convicto que o estrangeiro que defrontava era o somatório de todos os vícios, de todas as baixezas. Era fácil odiar pessoalmente o soldado que avançava contra ele, não o inimigo em abstrato, mas aquele mesmo Frank, Schulz, Ahmed ou Ngonga que se metia à sua frente. Hoje, quem é o combatente consciente que nisso acredita? Só existe o ódio ao inimigo em abstrato, o ódio ao sistema que os indivíduos defendem. O soldado inimigo pode mesmo estar em contradição com a causa que é forçado a defender. O combatente revolucionário sabe disso; pode mesmo pensar que aquele inimigo é um bom camponês ou um são operário, útil e combativo noutras circunstâncias, mas que está aqui envenenado por preconceitos, supercondicionado pela classe dirigente para matar. O revolucionário tem de fazer um compromisso entre o ódio abstrato ao inimigo e a simpatia que o inimigo-indivíduo lhe possa inspirar."

"Por isso esta guerra é mais dura, pois mais humana (e, portanto, mais desumana)."

"O dominador, o senhor, nunca procurará matar por matar, antes pelo contrário, evitará matar. Ele vê a guerra como o jogo ou o amor. E seu momento de perda de lucidez é quando o ódio abstrato se concretiza no indivíduo e avança, raivosamente lúcido, contra os soldados que procuram impedi-lo de avançar, não porque são inimigos, mas porque o impedem de avançar, são obstáculos que têm de ser afastados do caminho. Nesse momento, o equilíbrio está vencido e a necessidade psíquica – sentida fisiologicamente – de fazer a ação leva ao ódio frio e calculado, implacável. Um dominador com ódio não gesticula, não ofende; ele poupa o esforço, os gestos, o ódio; é a sua ação, mais que os símbolos, que exprime a sua determinação."

"Tal gostaria de ser hoje, mas este é um herói de romance. Há os camaradas mortos ou em perigo de morte e não consigo dominar as emoções, não consigo atingir o êxtase sensual de dominar, arriscando friamente, lucidamente. Há o João no meio, deixo de ser lúcido. E, mais do que nunca, Leli."

Sem Medo fez aos homens o sinal de avançar. Deu ele próprio o exemplo, refazendo o caminho da véspera. Avançava de cócoras, limpando o terreno com as mãos, evitando assim que um guerrilheiro pisasse um pau seco. Ao fim de certo tempo, as coxas e os músculos das nádegas doíam atrozmente. Mas era o único processo. Se há uma cobra? Só faltava mais essa, pensou ele. Como conhecia já o caminho, chegaram ao rio em vinte minutos. Sem Medo descansou, antes de prosseguir.

Mundo Novo chegou-se a ele e sussurrou:
– Agora é melhor ir eu à frente.
– Não, vou eu – disse Sem Medo. – Vem atrás de mim.

Puseram as armas em posição de fogo e retomaram a marcha. Pararam na última curva do rio.

– Agora é preciso esperar a madrugada para avançarmos. Não conseguiríamos colocar bem os camaradas.

Estava mais próximo da Base que na véspera. Os guerrilheiros sentaram-se silenciosamente. A progressão foi perfeita, pensou Sem Medo. Só mesmo um guerrilheiro já de prevenção poderia pressentir a nossa marcha. Quando poderei eu fumar?

Às seis menos dez, as árvores começaram a tomar formas difusas. Cinco minutos depois, já se viam os vultos dos paus. O Mayombe renascia da escuridão. Sem Medo pôs-se de pé e segredou aos homens:

– Um de cada lado do rio, com dez metros de intervalo.

Sem Medo viu Mundo Novo colocar-se na primeira posição, do outro lado do regato. É corajoso, vai dar um bom responsável de Dolisie. A vida ensiná-lo-á a ser mais relativo.

A progressão foi ainda mais vagarosa, pois deviam ir de rastos sobre as pedras. Por vezes, tinham de entrar na água pouco profunda. A água estava fria e a roupa molhada colava-se em arrepios ao corpo. O Mayombe já recuperara o arco-íris verde. Sem Medo recebeu-o como um primeiro sinal de boas vindas.

Iam acabar de dobrar a última curva. Bastaria avançar mais vinte metros e o leque estaria naturalmente formado. Sem Medo e Mundo Novo fizeram a curva. Estacaram de repente. A quinze metros deles estava um homem claro, lavando-se no rio. Um mulato, pensou Sem Medo. O homem estava de costas para eles. A meia obscuridade não permitia ainda distinguir tudo muito bem. O Comandante e Mundo Novo interrogaram-se com os olhos.

O plano falhou, pensou Sem Medo. Precisavam de avançar até onde estava o soldado, pois só dali se podia fechar a fuga do inimigo pelo outro lado do rio, obrigando-o a subir a montanha, onde o esperava o outro grupo. Além disso, se subissem a falésia a partir do sítio onde se encontravam, não surgiriam no meio da Base. Teriam de avançar vinte metros em terreno descoberto. Não beneficiariam do efeito de surpresa e seriam um alvo fácil.

Esperar não podiam: se um tuga se lavava, outros viriam a seguir. Leli reapareceu e Sem Medo fez sinal a Mundo Novo para continuar a progredir.

Avançaram mais lentamente ainda, a AKA em posição de fogo. Era um mestiço, não havia dúvidas. Despiu-se totalmente e meteu-se na água. Sempre de costas. Sem Medo avançava mais depressa que Mundo Novo, tinha mais treino. Cinco metros de distância. O soldado estava completamente ensaboado. Se eu pudesse chegar até ele e apunhalá-lo, tudo estaria salvo. Não podia avançar mais, ele aperceber-se-ia. Sem Medo mandou estacar e fez sinal para que os guerrilheiros subissem a ladeira. Fariam fatalmente barulho. Quando o soldado se virasse, ele matá-lo-ia. Depois correria, sozinho, para comandar o assalto e fechar a saída do inimigo. Era a única solução.

Os homens que estavam na margem esquerda do regato atravessaram-no e juntaram-se aos outros. Só se viam seis camaradas. Os outros estavam escondidos pela curva do rio. É pouco para o assalto, pensou o Comandante. Pode ser que o exemplo os contamine e avancem. Com os civis nunca se sabe! Ora, eram os civis que estavam mais atrás, portanto na posição mais difícil de passar ao assalto.

Os guerrilheiros começaram a rastejar, subindo a falésia. Faziam ligeiro barulho, era fatal. Sem Medo só tinha olhos para o mestiço, embora visse tudo. Este emergiu da água, limpando os ouvidos. É agora, pensou o Comandante. O mulato ouviu o barulho duma pedrinha rolando na falésia e virou-se: Sem Medo apertou a AKA.

O homem viu os guerrilheiros, viu a AKA de Sem Medo apontada para ele e ficou apático, as pernas afastadas, no meio do rio que lhe ia até aos joelhos. Os braços foram-se afastando lentamente do corpo, até ficar na posição de Cristo na cruz. Sem Medo reconheceu nele Teoria.

O Comandante baixou a arma e mostrou-se. Segundos de hesitação. Depois Sem Medo distinguiu nitidamente o coração de Teoria começando a bater ao nível do estômago. Os guerrilheiros aproximavam-se do alto da falésia. Em breve aí se instalariam e esperariam a rajada do Comandante para abrir fogo. Sem Medo avançou para Teoria.

– Que se passa? – sussurrou.
– Nada – respondeu o professor, no mesmo tom.
– Os tugas?
– Quais tugas?
– A Base não foi atacada?
– Não.

O Comandante, incrédulo, aliviado, sem compreender nada, virou-se para os seus homens.

– Parem, camaradas. Parem! São os nossos afinal que estão na Base.

Os guerrilheiros viraram-se para baixo e viram Teoria. A ordem transmitiu-se a todos os guerrilheiros.

– Teoria, vai avisar na Base que somos nós que vamos entrar. Senão, alguém ainda abre fogo. Mundo Novo, corre a avisar o Das Operações.

A certeza de que a Base estava intacta começava a instalar-se aos poucos em todos. Ouviram Teoria gritando, avançaram então calmamente, mas ainda em leque. Os guerrilheiros saíam das palhotas, as armas na mão. Viram os outros que para eles avançavam, de armas na mão. No meio, um mulato todo nu que gritava:

– Os nossos chegaram. Sem Medo chegou. Não atirem, não atirem! Sem Medo chegou.

Passados os primeiros momentos de surpresa, os guerrilheiros correram uns para os outros. Abraçaram-se apertadamente. Os que ficaram na Base eram só doze, sentiam o perigo já longínquo, com a vinda do reforço. Os que chegavam riam de os ver vivos. A confusão de gritos e risos e abraços foi tumultuosa. Os homens olhavam-se, apalpavam-se para ver que em face de si estavam companheiros, e abraçavam-se.

Sem Medo deixou o Comissário para o fim. Quase correu para ele, os braços abertos, a AKA esquecida contra uma árvore. Os nervos cediam, queria abraçar João, rir e chorar. Mas o Comissário percebeu o gesto e estendeu-lhe uma mão fria. Sem Medo estacou, hesitou, fez uma careta. Apertou-lhe molemente a mão. Correu para o seu catre e deitou-se nele.

Acendeu o seu primeiro cigarro e consumiu-o raivosamente.

Os responsáveis foram-se reunindo na casa do Comando. Sem Medo fumava ininterruptamente, fixando o teto.

– Que se passou então? – perguntou o Chefe de Operações.

O Comissário sentou-se no catre. Acendeu um cigarro. Já tem os seus próprios cigarros, reparou Sem Medo. Fixando o teto, estava atento aos gestos do outro, que evitava olhá-lo.

– O Teoria foi ao rio – disse o Comissário, dirigindo-se ao Chefe de Operações, mas falando para Sem Medo. – Estávamos de prevenção, tínhamos cavado abrigos, tínhamos-te enviado para controlar o caminho. (A voz do Comissário era firme, agressivamente firme, como o constatou o Comandante.) De repente, no rio, o Teoria viu avançar uma surucucu. Pareceu-lhe que o ia atacar. Teoria deu-lhe uma rajada e a seguir uma outra. Ouvindo isso, mandei todos para os abrigos. Depois, o Teoria veio explicar o que se passara. Notámos a ausência de Vewê e do camarada que estava de guarda. Éramos tão poucos, ficámos com o efetivo ainda mais reduzido.

Os guerrilheiros que acabavam de chegar ouviam, estupefactos, a história narrada pelo Comissário.

– Era então uma surucucu? – perguntou um. – Uma surucucu que invadiu a Base?

– Estraguei então tudo – disse Vewê, desamparado. – Mas ouvi gritar "apanha vivo"...

– Eu é que gritei "apanhem os abrigos" – disse o Comissário.

O camarada Comissário gritou "apanhem os abrigos" e eu ouvi "apanhem vivos"? – repetiu Vewê. – Estraguei tudo...

Os guerrilheiros começavam a sair do estado de estupor quando ouviram, vindo do catre do Comandante, uma espécie de ronco profundo, saído do estômago, e que em breve se libertou na mais monumental gargalhada da história da Base. A gargalhada fez estremecer os homens, subiu através dos troncos das árvores e foi misturar-se ao vento que agitava as folhas do Mayombe.

– O camarada Comandante ri? – perguntou o Comissário. – Não vejo onde está a graça! Todo o esforço que fizeram foi inútil, percebeu? Percebeu? Trouxe tanta gente, arrancou-os das camas, paralisou todo o trabalho do Movimento em Dolisie, e ainda ri? Tudo por causa dum miúdo covarde, que não resistiu a umas rajadas. E o camarada ri?

O Comissário estava diante do Comandante, as pernas afastadas, um dedo tremente apontado para ele.

– A invasão da surucucu! disse Sem Medo, no meio da gargalhada que o sufocava.

Alguns guerrilheiros sorriram. Vewê encolhia-se num canto, fascinado pelo Comandante. Teoria, ainda sumariamente vestido, também se encolhia. Mundo Novo fechava a cara, olhando Sem Medo.

De repente, Sem Medo saltou da cama.

– Que querem que se faça? Agora, só nos resta rir. Quem não compreende, paciência, que não compreenda! Mas eu prefiro que tenha sido uma surucucu que o tuga a invadir a Base. Esforço inútil? Acham inútil? Mobilizámos mais de trinta homens em menos de uma hora, com civis no meio. Sabem o que isso significa? Se não sabem, não percebo por que estão aqui a dizer que lutam. Foi o mais extraordinário sinal de solidariedade coletiva que vi. E de espírito combativo. Para mim chega. Estou contente por vos encontrar todos vivos. E acho graça à história, acho, sim. E depois? E depois?

Voltou a deitar-se. Teoria percebeu as lágrimas que faziam faiscar os olhos do Comandante.

– A culpa foi minha – disse ele. – Nunca deveria fazer fogo, quando se estava à espera do inimigo. Devo ser castigado.

– A culpa foi minha – disse Vewê, levantando-se e virando-se para o Comandante. – O guarda disse que parecia rajadas de Pépéchá, que era melhor esperar. Mas eu disse-lhe que ouvi gritar "apanha vivos" e puxei-o para fora. A culpa foi minha.

– Os camaradas serão julgados mais tarde – disse o Comissário.
– Mas por que não avisou Dolisie, camarada Comissário? – perguntou Mundo Novo. – Quando se apercebeu de que os camaradas tinham fugido, devia pensar que eles iam avisar em Dolisie. Por que não enviou logo alguém? Era certo que o camarada Comandante viria logo a correr...
– Esperámos que o Vewê e o outro aparecessem até às seis da tarde. Podiam ter recuado um pouco e, não ouvindo mais nada, voltassem. Depois era noite. Preferi não mandar ninguém. Teriam de ir dois e o efectivo reduzia-se demasiado.
– Sim – disse Sem Medo –, o Comissário fez bem. Silêncio fez-se. O próprio Comissário olhou, perplexo, o Comandante que lhe vinha em socorro. Este fumava, fixando o teto. O cigarro tremia-lhe na mão.
– O camarada Teoria deve ser castigado – continuou Sem Medo.
– Sobre o Vewê... Os camaradas devem ver que a culpa não é dele. A culpa é de quem o mandou para aqui sem preparação. Ele não sabe, nem pode saber, distinguir as nossas armas e as do inimigo. Nunca combateu, falta-lhe sangue-frio. Mesmo assim, teve a coragem de ir recuperar a sua pistola e ir buscar o guarda. Poucos de vocês o teriam feito, se estivessem no caso dele. Vamos ser objetivos!
– Isso é assunto para o Comando decidir – cortou o Comissário.
– Efetivamente! Mas como estamos a discutir aqui, eu dei já a minha opinião.
– Por que não fazer um julgamento público, uma reunião de todos os camaradas que aqui se encontram agora? – propôs Mundo Novo. – É muito mais democrático.
– Não é esse o estatuto do Movimento – disse o Comissário.
– De acordo, camarada Comissário. Mas o camarada Comandante falou e bem no esforço extraordinário que se fez. Este assunto tocou tanta gente que talvez fosse bom, para continuar a mobilização a que ele deu origem, continuar a discutir numa reunião, em que cada um daria a sua opinião. Assim, todo este caso seria muito positivo para a politização e mobilização dos camaradas.

– Estou de acordo – disse Sem Medo.
– Eu também – disse o Chefe de Operações.

O Mundo Novo adivinhou que se pensava nele para responsável e já está a assumir o seu papel, pensou Sem Medo, ou é naturalmente que se assume como quadro consciente?

– Vergo-me à maioria do Comando – disse sombriamente o Comissário.

Até à hora do almoço, ninguém mais falou e os que vieram de Dolisie dormiram. Depois do almoço, houve a reunião geral.

Vewê não foi castigado, por votação da grande maioria dos guerrilheiros. Teoria teve a atenuante de afirmar que a surucucu o ia atacar. Foi castigado com guardas suplementares durante um mês.

À noite, Sem Medo sentiu o Comissário revolver-se na cama, mas acabou por adormecer, vencido por duas noites em claro.

Na manhã seguinte, houve reunião do Comando. Decidiu-se atacar o Pau Caído, para obrigar o inimigo a retirar o acampamento. Aquele acampamento era uma espada colocada atrás da Base guerrilheira. Tinha de desaparecer. Sem Medo voltaria a Dolisie ocupar o seu posto e preparar a logística da operação. Entretanto, os civis regressariam a Dolisie e tentava-se enviar mais guerrilheiros para a zona.

Sem Medo e o Comissário despediram-se com um frio aperto de mão.

EU, O NARRADOR, SOU O CHEFE DE OPERAÇÕES.

Mais uma vez Sem Medo provou ser um grande comandante. Mais uma chapada no orgulho do Comissário, que já se tomava pelo melhor. Esse Comissário é um miúdo, quer opor-se à toa ao Comandante, e acaba por cair no ridículo.

Os guerrilheiros perceberam e admiraram Sem Medo. Os guerrilheiros, na reunião, elogiaram o Comandante pela rapidez com que atuou e pela coragem que deu aos próprios civis. Elogio justo. Eu próprio apoiei. Ele é assim: quando há que defender um camarada, esquece tudo e atira-se para a frente.

E aquela gargalhada? O Comissário não percebeu, mas os guerrilheiros que vieram no reforço perceberam e apoiaram. Não é mesmo de rir que uma surucucu tenha provocado tudo isso? Claro que o Comissário não gostou, ele teve culpa do que aconteceu, não soube decidir rápido. Mas o facto levou a uma grande mobilização e Sem Medo soube aproveitá-la e apoiá-la. Ele falou de maneira que todos sentiram que se comportaram como heróis. Quem não gosta de ser considerado herói?

Hoje, Sem Medo ganhou o apoio dos guerrilheiros da Base e dos de Dolisie. Não se fala de outra coisa, só se fala do Comandante. Esqueceram que ele é kikongo, só veem que ele é um grande Comandante.

Se todos assim pensam, sobretudo o Chefe do Depósito que já é um mais velho, talvez então seja verdade. Começo a pensar que fomos injustos para ele.

É um intelectual. O Povo só o compreende, quando ele se explica pela acção. E de que maneira se explicou, sukua!

Capítulo V
A AMOREIRA

Sem Medo voltou a Dolisie, acompanhado pelos civis. Os guerrilheiros que tinham vindo em reforço aceitaram ficar mais uns tempos na Base, para participarem no ataque. Ficou combinado que as coisas deles seguiriam imediatamente para o interior: cobertor, mochila etc. O Comandante estava maravilhado com o entusiasmo desses combatentes. O Chefe do Depósito queria ficar, mas Sem Medo insistiu com ele para voltar a Dolisie.

No caminho, Sem Medo sentiu alegria por ir reencontrar Ondina. Logo se reteve. Pensou no Comissário e na sua hostilidade. Isso passa-lhe! Lamentava apenas que tivesse de ficar em Dolisie e não poder participar na operação. O Comissário seria capaz de a chefiar? Há muito tempo que se não fazia uma ação tão importante e fora sempre ele, Sem Medo, que as comandara. João ainda poderia fazer asneiras. Lá estou a pensar que ele é um miúdo! As metamorfoses são bruscas e nós continuamos a ver os outros na sua antiga pele. Ele forja-se a couraça dum Comandante, couraça cheia de espinhos agressivos, e eu vejo-o ainda como larva de borboleta.

Ao chegarem à cidade, Sem Medo encontrou logo o envelope com aviso da Direção: Mundo Novo era nomeado provisoriamente responsável de Dolisie; Sem Medo retomava imediatamente as suas funções de Comandante, dado o perigo iminente de um ataque colonialista; estava a preparar-se a sua transferência para o Leste. Sem Medo saiu a correr do *bureau*, foi mostrar a mensagem a Ondina.

– Estás tão contente assim?
– Oh, sim, tudo corre à medida dos meus desejos. Posso participar no ataque e, mais tarde, arranco para a Frente Leste, abrir uma nova Região. Mas não digas a ninguém, isto são segredos militares.
– Então não me devias ter dito...
– É o meu eterno liberalismo, como diria o Mundo Novo!
– Reencontrar-nos-emos no Leste – disse ela. Sem Medo olhou-a e perturbou-se.
– Não creio. O Leste é grande e vou muito para o interior. Sobre ti, de qualquer modo, ainda não veio nada. Não, não nos encontraremos.
– Por quê?

Ela fitava-o, num convite mudo. Sem Medo saiu, sem responder, dominando o desejo.

Despachou imediatamente um camarada para a Base, a convocar Mundo Novo. E correu à cidade, escolhendo os poucos guerrilheiros que restavam, preparando os morteiros e as armas, comprando conservas para a missão. Não jantou.

Voltou a casa às onze da noite. Quando entrou no seu quarto, Ondina estava deitada na cama, acordada.
– Que fazes aí?
– Esperava-te.
– Vai para o teu quarto.
– Por quê?
– Saí da Base de manhã, fiz oito horas de marcha a pé, depois não parei a preparar as coisas. Estou rebentado, preciso de dormir. Ora! Não é essa a razão. Vai para o teu quarto.
– Fico só a ver-te dormir.
– Vai para o teu quarto.

Ela saiu, vexada. Sem Medo atirou-se, vestido, para o sítio que o corpo dela marcara, e sentiu o seu calor. O calor que vinha da cama penetrava-o, o desejo entrou nele com violência. Fumou para queimar o desejo. O cansaço da viagem e do trabalho intenso acabou por vencê-lo.

Mas Ondina vinha no sonho, oferecendo-se nua a ele e dizendo: "Amo o João". Sem Medo acordava, fumava, voltava a adormecer.

Ondina corria agora sobre a savana da Huíla, os cabelos eram longos e negros, os cabelos de Leli, os braços estendidos para ele. Mas ele estava cem metros abaixo, no fundo do precipício, e Ondina-Leli atirava-se no vazio para cair nos seus braços. Noite interminável. Levantou-se com o Sol que raiava, os olhos pesados e a cabeça doendo.

Ao fim da tarde, chegou Mundo Novo. Prepararam a missão em conjunto: obtiveram mais vinte guerrilheiros; o efetivo seria de cinquenta. Pioneiros ofereceram-se e três foram aceites para municiar os morteiros. Mobilizaram todos os homens válidos, mulheres e pioneiros, para transportar a comida e os morteiros até à Base. A partida era para o dia seguinte de manhã.

Sem Medo meteu Mundo Novo ao corrente dos assuntos urgentes, foi ainda apresentá-lo no Depósito como novo responsável. Foram jantar às dez horas. Quando se sentaram à mesa, Mundo Novo disse:

– Não tenho nenhuma experiência disto. Não sei por que me nomearam...

– Eu apoiei a tua candidatura para este lugar.

– Tu?

– Espanta-te?

– Um bocado, sim. Parece que não temos as mesmas ideias. Ou só são as palavras?

Sem Medo bebeu um trago de cerveja. Ondina era o terceiro participante no jantar, mas não prestava atenção ao que diziam.

– Não temos as mesmas ideias – disse Sem Medo. – Tu és o tipo do aparelho, um dos que vai instalar o Partido único e omnipotente em Angola. Eu sou o tipo que nunca poderia pertencer ao aparelho. Eu sou o tipo cujo papel histórico termina quando ganharmos a guerra. Mas o meu objetivo é o mesmo que o teu. E sei que, para atingir o meu objetivo, é necessária uma fase intermédia. Tipos como tu são os que preencherão essa fase intermédia. Por isso, acho que fiz bem em apoiar o teu nome. Um dia, em Angola, já não haverá necessidade de aparelhos rígidos, é esse o meu objetivo. Mas não chegarei até lá.

– E entretanto o que fazes?
– Faço a guerra. Permito, pela minha ação militar, que o aparelho se vá instalando.
– E quando o aparelho se instalar, o que farás?
– Não sei. Nunca soube responder a essa pergunta. O que sei, o que queria que compreendesses, é que esta revolução que fazemos é metade da revolução que desejo. Mas é o possível, conheço os meus limites e os limites do país. O meu papel é o de contribuir a essa meia revolução. Por isso vou até ao fim, sabendo que, em relação ao ideal que me fixei, a minha ação é metade inútil, ou melhor, só em metade é útil.
– No fundo, é a minha posição – disse Mundo Novo. – Eu sei que o comunismo não será conquistado já, comigo em vida, que o mais que conseguiremos é chegar ao socialismo. São precisos muitos anos para vencer as relações de produção capitalistas e a mentalidade que elas deixam. É a mesma posição!
– Não, não é. Tu estás na luta pela independência, preparando ao mesmo tempo o socialismo. O teu móbil é político. Para ti, tudo se passa em função do objetivo político a atingir.
– E tu?
– Eu? Eu sou, na tua terminologia, um aventureiro. Eu quereria que na guerra a disciplina fosse estabelecida em função do homem e não do objetivo político. Os meus guerrilheiros não são um grupo de homens manejados para destruir o inimigo, mas um conjunto de seres diferentes, individuais, cada um com as suas razões subjetivas de lutar e que, aliás, se comportam como tal.
– Não te percebo.
– Não me podes perceber. Nem te sei explicar, é tudo ainda tão confuso. Por exemplo, eu fico contente quando um jovem decide construir-se uma personalidade, mesmo que isso politicamente signifique um individualismo. Mas é um homem novo que está a nascer, contra tudo e contra todos, um homem livre de baixezas e preconceitos, e eu fico satisfeito. Mesmo que para isso ele infrinja a disciplina e a moral geralmente aceitas. É um exemplo, enfim... Sei apenas que a tua posição é a mais justa, pois a mais conforme ao

momento atual. Tu serves-te dos homens, neste momento é necessário. Eu não posso manipular os homens, respeito-os demasiado como indivíduos. Por isso, não posso pertencer a um aparelho. A culpa é minha. Culpa! A culpa não é de ninguém.
– Estás desmoralizado, Sem Medo.
– Não – disse ele, olhando Ondina. – Estou angustiado, porque luto entre a razão e o sentimento.

Ela ouviu e baixou os olhos. Mundo Novo estava demasiado ocupado em analisar o que dissera Sem Medo.

O jantar terminou e foram para os quartos respetivos.

Pouco depois de se deitar, Sem Medo ouviu o velho Kandimba chamá-lo de fora. Foi ver, vestido apenas com as calças. O velho disse:
– Está aí um camarada que quer falar com o responsável. Como o outro ainda é novo, vim chamar o camarada Comandante.
– Bem. Quem é?
– Está aí fora.

Sem Medo, resmungando interiormente, foi até à varanda. Olhou para o recém-chegado e, embora a cara não lhe fosse estranha, era incapaz de saber onde o vira antes. O homem avançou para ele, sorrindo.
– Que sorte! É mesmo o senhor Comandante que encontro. Conhece-me, não?
– Não vejo...
– Daquela vez que apanharam os trabalhadores que cortavam as árvores...
– Já sei – gritou Sem Medo. – És o mecânico. Que fazes aqui?
– Vim ter com vocês. Quero trabalhar no Movimento. Saí do kimbo ontem de manhã, cheguei ao Congo sem problemas. Venho apresentar-me.

O Comandante ficou um segundo hesitante, depois, num ímpeto, abraçou-o.
– És bem-vindo, camarada. Como te decidiste?
– Bem, aquela conversa que os camaradas tiveram connosco começou a convencer-me. Realmente nós somos explorados e devemos lutar. Mas o que me convenceu mesmo foi quando os camaradas se arriscaram tanto para me devolver o dinheiro. Aí, sim, eu com-

preendi tudo. Os camaradas eram mesmo para defender o povo. Comecei a ouvir a rádio, Angola Combatente. Aí aprendi umas coisas. Depois falei com os meus amigos, começámos a discutir da situação e do MPLA. Achámos que podíamos trabalhar para o Movimento mesmo lá, sem ninguém saber. Mas os camaradas não apareciam mais lá. Então eu vim fazer contacto.

– Queres voltar para o kimbo?

– Posso ir lá, se os camaradas acharem bem, para fazer contacto com os outros. Mas eu queria mesmo era ser guerrilheiro. Mas nem sei mexer numa arma...

– Isso aprende-se.

– Há lá mais que querem vir, outros querem ficar lá e ajudar os camaradas.

– Isso também é muito importante. Camaradas que fiquem nos kimbos, para nos darem informações e para ajudarem em tudo o que for preciso.

– O exército e a Pide fizeram muitas prisões, disseram que o povo tinha ajudado os camaradas. Ficaram bravos porque houve muitos soldados mortos. Aí o povo ficou mais revoltado. O povo está a compreender quem é afinal bandido!

– Depois falamos. O camarada já comeu?

– Não, nada.

– Kandimba, arranje de comer para este camarada, faz favor.

– A esta hora?

– A esta hora mesmo. O camarada andou muito e não comeu. A fome não tem horas.

– Só há pão e chá.

– Já é alguma coisa – disse o mecânico.

– Então venha comer – disse Sem Medo.

Ficou a fazer companhia ao mecânico, conversando, enquanto ele comia. Depois indicou-lhe o sítio onde dormir.

– Amanhã de manhã fale com o camarada Mundo Novo, que é o responsável daqui. Aliás, já o conhece.

Foi-se deitar, sorrindo. O Comissário tinha feito bom trabalho, quando foi devolver o dinheiro.

Sem Medo esforçou-se por adormecer, mas não o conseguiu. Ondina vinha despertá-lo da sonolência. Ele adivinhava o corpo dela mexendo na cama, lembrava os mais pequenos detalhes do seu corpo, do seu calor.

Saiu do quarto e abriu a porta dela.

– Estava à tua espera – disse ela.

Sem Medo correu para os braços que se abriam para ele.

– Por que foges de mim? – perguntou ela.

Sem Medo afastou a boca do seio que rompia a combinação e disse:

– Tu amas o João. Tu reencontrarás um dia o João.

– Neste momento amo-te. É a ti que amo.

– Não. Desejas-me, é diferente. Mas amas o João. É isso o amor. Manter a ternura pelo mesmo homem, embora se deseje outros a momentos diferentes.

Ela acariciou-lhe a cabeça.

– Nós podemos ficar juntos. Seríamos felizes. Cada um com as suas aventuras provisórias, mas voltando sempre ao outro.

– Não, eu não suportaria. O João, sim. Com o João poderás fazer isso. Ele adaptar-se-á, é um homem diferente. Eu pertenço à geração passada, aquela que foi marcada por toda a moral duma sociedade tradicionalista e cristã.

Fizeram amor. Desesperadamente. Sem Medo sabia que era a última vez: depois da missão, só voltaria a Dolisie quando recebesse a ordem de partida para o Leste. Entretanto, Ondina já teria partido.

Acenderam-se cigarros. Ela aninhou-o no seu seio.

– Amo-te, Sem Medo. Amo-te e, ao mesmo tempo, fazes-me medo, pois és demasiado senhor de ti.

– Se fosse senhor de mim, não viria esta noite. É um sinal de fraqueza. No fundo, sou um fraco.

– És um homem, é tudo.

Sem Medo aspirou uma baforada. Contemplou as volutas do fumo.

– Sempre quis ultrapassar o meu lado humano. Ser Deus ou um herói mítico. Fazes confusão entre mim e o João. O que amas em mim é o que há de comum entre o João e eu mesmo. Apenas, não o conheces suficientemente para saberes que é esse o traço comum. É como se fôssemos a mesma pessoa, mas com dez anos de revolução de intervalo, percebes? Ele pertence à geração que vencerá e que, ultrapassando-se, te poderá compreender e aceitar. Eu compreendo-te, mas não te aceito tal como és. Tentaria modificar-te à minha imagem. Destruir-te-ia, dominar-te-ia. Não o posso fazer.

– E se eu o quisesse?

– Para quê? Para me odiares ao fim de dois anos? Eu tenho uma imagem de mim próprio: um caracol com a casa às costas. Assim me sinto livre, eu mesmo. O amor, o desejo, ou a paixão podem fazer-me abandonar essa imagem. Mas perderei o respeito por mim mesmo. É como se estivesse ferido e sentisse medo de morrer.

– Tens medo de morrer?

– Não, acho que não. Mas seria horrível se, quando estivesse a morrer, tivesse medo da morte. Perderia o respeito de mim mesmo. A personagem que me construí seria destruída num segundo e morreria com o sentimento de ter sido um impostor. Seria terrível! Por isso afronto a morte. Não tenho medo da morte. Tenho medo de sentir medo, o Medo, ao morrer. Por isso corro sempre riscos, apenas para me confrontar comigo mesmo.

– É estúpido! – disse ela.

– Não é. Nada no que é homem é estúpido. Há sempre uma razão, que pode ser psicológica, para cada atitude. Seria estúpido, se fosse gratuito. Em mim não é gratuito, pois é uma necessidade íntima. Claro que, se o dissesse a Mundo Novo, ele acharia que era gratuito. Mas Mundo Novo é um político. Isso lhe quis explicar, mas ele não pode compreender. É um botão dum aparelho, uma manivela, mais nada. Eu sou, como tu dizes, um homem. Antes de tudo, um homem torturado, um solitário. Por isso me sinto bem no Mayombe, onde todos somos solitários.

– Desejo-te – disse ela.

Amaram-se. Interminavelmente. Que esta noite não termine, desejou ele. Mas às quatro da manhã deveriam partir. Mundo Novo encarregava-se de tudo para ele poder descansar. Olhou o quadrante luminoso: uma da madrugada.

– Temos três horas – disse ele.
– Temos toda a vida – disse ela.
– Não.
Ela abraçou-o.
– Vou conquistar-te de tal modo que correrás para mim logo que destruas o Pau Caído. Tenho três horas para o fazer.
– Não tenhas ilusões. Não virei. Vê e sente esta noite como a última. É o melhor.
– Não – gritou ela. – Não quero que seja a última. É como se morresses para mim.
– O teu homem é o João, mete-o bem na cabeça.
– Por ele tenho ternura.
– Mais que isso. Tens amor. A necessidade dele, da sua presença, virá com o tempo. E a imagem que tens de mim desaparecerá, quando compreenderes que em mim o que amas é o João.
Amaram-se de novo. Acenderam cigarros.
– Posso saber para onde vais? – perguntou ela.
– Não sei. Mas penso que o objetivo será a Serra da Cheia, na Huíla. Ou o Huambo.
– Pedirei para ser afetada aí. Devem precisar de professores.
– Opor-me-ei. E eu sou um responsável.
– Por que és cruel?
– Sou lúcido. Quero o teu bem. E o teu bem é reencontrares o João, um João diferente, que já vislumbro, mas que não conheces. Um João relativista, humano, sem a ganga artificial da ideologia estreita.
Amaram-se sem se falarem. Às quatro horas, Sem Medo levantou-se.
– Voltarás? – perguntou ela.
– Não.
E saiu do quarto para se ir equipar. Ela não abandonou a cama, gozando o calor e o odor que ele deixara.
A longa comitiva de guerrilheiros, mulheres e pioneiros chegou à Base ao meio-dia.
Sem Medo notou que o Comissário ficara descontente ao vê-lo. Queria comandar o ataque sozinho, seria a sua afirmação. A presença do Comandante colocava-o em posição subalterna.

– Vamos ao rio, temos de falar – disse Sem Medo. O Comissário pegou na arma de maus modos e seguiu-o ao rio. Sem Medo sentou-se no tronco habitual.

– Vou ser transferido para a Frente Leste, possivelmente para a Huíla. É para abrir uma nova Região. Tu substituir-me-ás aqui. É possível que esta seja a minha última operação em Cabinda. Vim, porque era o meu dever. Mas tu comandarás o ataque. Farei parte do Comando, mas o Comandante serás tu.

– Por quê?

– Porque o podes fazer e tens de ganhar experiência. Na prática, trocaremos os nossos papéis. De acordo?

– Se assim o queres – disse o Comissário. Olharam-se em silêncio. Sem Medo procurava manter uma atitude natural, o Comissário destilava hostilidade.

– É inútil parecermos dois galos enfrentando-se – disse Sem Medo.

O outro encolheu os ombros.

– Como queiras! – disse Sem Medo.

E voltou à Base, a AKA poisada sobre o ombro forte, seguido pelo Comissário, magro mas musculado.

O Comando traçou o plano de ataque, baseado sobre dois morteiros e bazukas, seguido dum grupo de assalto. O Pau Caído ficava ao lado dum morro acessível, no qual se podiam instalar os morteiros. O grupo de assalto ficaria no único sítio possível de fuga para o inimigo, isto é, exatamente do lado oposto ao morro dos morteiros. As cinco bazukas ficariam de lado, para destruírem as trincheiras que os tugas tinham feito. O objetivo da operação era liquidar o inimigo, obrigá-lo a abandonar o Pau Caído. O efetivo tuga era de uma companhia.

– Podemos aniquilá-los – disse Sem Medo.

– Se os morteiros caem em cima de nós? – perguntou o Comissário

– Impossível – disse Muata, o chefe da bateria de morteiros. – Estaremos muito perto e do morro o acampamento vê-se bem. É impossível errar um só obus. Vão todos cair bem no meio do acampamento.

– Os morteiros darão o sinal e a seguir as bazukas trabalharão – disse Sem Medo. – Entretanto, o grupo de assalto progride.
– As responsabilidades? – perguntou o Chefe de Operações.
– O Muata comandará a artilharia, dez homens. Tu comandarás o grupo de bazukas, onze homens, os cinco bazukeiros, cinco municiadores e tu. O Comissário comandará o grupo de assalto, trinta homens.
– E o camarada Comandante?
– Eu estarei no grupo de assalto, mas o Comissário comandará.

Partiriam no dia seguinte. Alguns civis ajudariam a levar os morteiros, os outros voltariam a Dolisie. Três pioneiros também iam, para municiar os morteiros. É preciso que os pioneiros estejam em contacto com a guerra, dissera Sem Medo.

O ataque seria de madrugada.

EU, O NARRADOR, SOU LUTAMOS.

Vamos amanhã avançar para o Pau Caído. Missão arriscada, pois ou são eles ou somos nós. O Pau Caído ocupado pelo inimigo representa mais um punhal no povo de Cabinda. E onde está esse povo? Deixa-se dominar, não nos apoia. A culpa é dele? Não, a culpa é de quem não soube convencê-los.

Amanhã, no ataque, quantos naturais de Cabinda haverá? Um, eu mesmo. Um, no meio de cinquenta. Como convencer os guerrilheiros de outras regiões que o meu povo não é só feito de traidores? Como os convencer que eu próprio não sou traidor?

As palavras a meia voz, as conversas interrompidas quando apareço, tudo isso mostra que desconfiam de mim. Só o Comandante não desconfia.

Entrámos no mesmo ano na guerrilha. Eu era o guia, ele era o professor da Base. Não queriam que ele combatesse, davam-lhe os comunicados de guerra para escrever. Até que um dia ele exigiu que o deixassem combater. Nunca mais escreveu os comunicados de guerra, passou a vivê-los.

Estivemos sempre juntos, ele sabe que não trairei. Mas quantos são os que pensam como ele? Vai embora, foi dito que se vai embora para o Leste. Quem me defenderá dos outros, quem terá a coragem de se opor ao tribalismo?

Terei de ser eu a impor-me, sendo mais corajoso que ninguém. E Nzambi sabe como tenho medo! Mas que será feito do meu povo se o único cabinda se portar mal?

Às vezes penso que os outros têm razão, que era preciso liquidar os cabindas. É nos momentos de raiva. Mas o meu irmão, bem mobilizado, não seria capaz de lutar? Seria, sim, é só preciso que a luta avance.

Depois de amanhã, no combate, serei como o Sem Medo. O meu povo o exige.

A progressão até ao Pau Caído passou-se normalmente. Por vezes, viam novos trilhos, abertos pelo inimigo, procurando a Base. As patrulhas de reconhecimento iam e vinham, estudando minuciosamente o terreno. Qualquer choque prematuro estragaria o efeito de surpresa. O grosso da coluna avançava em etapas curtas, de uma hora de marcha.

Às três da tarde estavam a quinhentos metros do acampamento. Ouviam-se vozes, gritos e gargalhadas. O grupo de artilharia separou-se, foi ganhar o morro onde pernoitaria. O fogo começaria exatamente às seis da manhã.

Os guerrilheiros descansavam, calados. Os responsáveis cochichavam, combinando os últimos detalhes. Comeram às cinco horas. Nessa altura, deslocou-se o grupo de bazukeiros, comandado pelo Chefe de Operações. Tomariam posições à noite, antes de dormir, e às seis menos dez progrediriam para o acampamento. O grupo de assalto mantinha-se naquele local, e começaria a progresssão às cinco e meia da manhã. Era um grupo numeroso e, por isso, não podia dormir demasiado junto do inimigo: há a tosse incontrolável ou o pesadelo que faz gritar.

Sem Medo aproximou-se de Teoria.

– Que tal?

– Normal – disse Teoria.

– Os nervos?

– Porreiros!

Calaram-se. Sem Medo fumava, escondendo a chama do cigarro com a mão em concha.

– O Comissário está chateado contigo? – perguntou Teoria.

– Sim.

– Veio diferente de Dolisie. Voluntarioso, cheio de autoridade. Vê-se que é ainda um bocado forçado, mas fica-lhe bem.

– Vai dar um bom Comandante.
– É pena ires embora. Fazes falta aqui. Agora que isto tinha possibilidades de crescer...
– Lá também, segundo parece. Gosto do Mayombe, mas também gostaria muito de chegar ao Planalto.
– Também eu. Mas tu aqui fazes falta. Não sei se o Comissário vai aguentar os homens.
– Vai, sim. Melhor do que eu. E não sei se já notaste que houve melhoria das relações.
– Sim, com a saída do André.
– O mecânico que tínhamos apanhado está em Dolisie. Veio integrar-se no Movimento. A guerra está a avançar.

Deitaram-se. O Comissário não se aproximava. Sem Medo também não o fez. O Comandante mais uma vez iniciou uma noite de insónia. Ondina. Ondina tentava agarrá-lo, puxá-lo para o calor do seu seio e ele debatia-se. Cedesse mais uma vez e estaria preso. Ondina domesticava os homens e ele, no fundo, sentia-se fraco contra ela. Só o João, um João temperado, teria força para não se deixar dominar. Ele começava a envelhecer, a repartir o prazer, a solidão pesava-lhe. Se voltasse a Dolisie, ficaria enredado na teia. Isso sentiu ao despedir-se dela. O seu "não" saiu-lhe como um suspiro de alívio. Durante a marcha, era um homem livre. Agora vinham os fantasmas, as visões, mas não importava. Durante o dia era livre, ele mesmo, um imbondeiro no meio da savana. Amanhã seria o combate, o seu instante supremo de medo e, em seguida, quando o fogo começasse, a libertação.

Virou-se para Teoria. Este ainda não dormia. Sem Medo segredou-lhe:
– O que conta é a ação. Os problemas do Movimento resolvem-se, fazendo a ação armada. A mobilização do povo de Cabinda faz-se desenvolvendo a ação. Os problemas pessoais resolvem-se na ação. Não uma ação à toa, uma ação por si. Mas a ação revolucionária. O que interessa é fazer a Revolução, mesmo que ela venha a ser traída.

Teoria não respondeu. Voltaram a tentar dormir, Teoria com o seu medo, o Comandante com os seus fantasmas.

Levantaram-se às cinco e um quarto. O Comissário aproximou-se.

– Camarada Comandante, não é melhor dividirmos dois grupos? Um comandado por mim e outro por si? Mas que fiquem próximos um do outro. É mais fácil.

– De acordo. Mas quem dá as ordens és tu.

– Está bem.

Avançaram como gatos. Os sacadores tinham ficado no ponto de recuo, onde tinham dormido. A progressão fez lembrar a Sem Medo a marcha de madrugada para atacar a Base. Muito diferente. Agora avançava, seguro que o inimigo estava lá, mas só com os seus fantasmas. Da outra vez havia a vida de João no meio, a angústia que lhe tomava o ventre e subia até ao peito, donde irradiava para todo o corpo.

Chegaram a cinquenta metros do acampamento. Os dois grupos dividiram-se, fechando completamente a fuga do inimigo. Se os morteiros e as bazukas trabalhassem bem, os tugas fugiriam. Só poderiam fazê-lo pela esquerda, onde se encontrava o grupo do Comissário. Desde que os obuses começassem a cair, os dois grupos avançariam mais para preparar o assalto. O plano não podia falhar, o inimigo ia perder uma companhia no combate. Sobretudo, o povo saberia e diria que realmente o Movimento era muito forte. Isso era o fundamental.

Faltavam cinco minutos para o início do fogo. Sem Medo deitou-se, esfregando a face contra uma liana. Pensava em Ondina: Leli ficara nas trevas, só Ondina aparecia. Ondina e a ternura escondida por uma capa de frieza: era um personagem; mas ele arrancara-lhe a capa, o personagem era destruído e Ondina vinha, nua, um Oceano de ternura nos olhos, um vulcão nas coxas. Ondina, Ondina, porque se encontravam tão tarde? Era irremediavelmente tarde. Cinco anos atrás talvez fosse possível.

Faltavam dois minutos. E depois um. Os homens olhavam os relógios. Sem Medo observou-os. No seu grupo estava Verdade, calmo como sempre; Teoria, mordendo nervosamente um capim; Muatiânvua, olhando para ele, esperando as suas ordens; Pangu-A-Kitina sorriu-lhe. E depois já não faltava nada, só havia Ondina no meio, pois a hora chegara.

Os primeiros obuses fizeram estremecer o deus Mayombe. Os macacos saltavam de árvore em árvore, guinchando. Muata era eficiente, os obuses caíam a um ritmo diabólico, bem no meio do acampamento. Os tugas gritavam, gemiam, insultavam. Depois Sem Medo ouviu a primeira bazukada.

Fora Milagre, o melhor. O primeiro grupo inimigo que compreendeu o que se passava precipitou-se para uma trincheira. Milagre levantou-se, avançou dois passos e lançou um obus que aniquilou os inimigos antes que se instalassem convenientemente na trincheira. Os que corriam para a segunda trincheira ficaram estupefactos, inertes, vendo Milagre, de pé, o peito descoberto, carregando a bazuka. Mas foi outro guerrilheiro que colocou o segundo obus no meio do inimigo. Houve ainda um terceiro grupo que tentou progredir até aos abrigos, mas a AKA do Chefe de Operações e as Pépéchás cantaram alto e Milagre terminou com eles, mais uma vez.

Os morteiros continuavam a cair. Os oficiais tinham perdido a mão nos homens. Só lhes restava a fuga.

Sem Medo seguia o combate pelo ouvido. Ainda era cedo para agir. Era aliás o Comissário quem poderia dar as instruções, pois estava bem à frente do sítio de fuga do inimigo. Ele, Sem Medo, dali não via nada.

Nesse momento apercebeu um vulto esguio que saltava no ar e rebolou, agachando-se. Era João. Que faz ele? Avança para o inimigo? Loucura, pensou Sem Medo. O Comissário levantou a cabeça e olharam-se. Estavam a vinte metros um do outro. Sem Medo fez-lhe um gesto imperioso de parar. João encolheu os ombros e deu mais uma cambalhota, o que o fez desaparecer.

Os primeiros soldados surgiram para aquele lado. O grupo de Sem Medo fez fogo e eles deixaram-se cair num talude, ficando abrigados do fogo.

Então, Sem Medo viu a cena. Como num filme. João apercebera-se da existência do talude e avançou para ficar à frente do inimigo, quando este se metesse na vala. Mas não dera a ordem aos seus homens para avançar. Fizera-o sozinho, desafiando a coragem de Sem Medo: era um duelo que ele impunha ao Comandante, uma espécie de roleta russa. Loucura, pensou Sem Medo. O inimigo tinha de avançar por ali, quarenta ou cinquenta homens avançariam pelo talude, protegidos do fogo do grupo de Sem Medo. À sua frente encontrariam o Comissário, com a AKA.

Era um filme. Lutamos, que estava no grupo do Comissário, também percebeu o que se passava. Saltou da sua posição, correndo para o Comissário. Seriam ao menos duas armas que conteriam a contra-ofensiva inimiga. Mas a sua corrida foi bruscamente travada, a cabeça violentamente atirada para trás pela rajada da Breda. Lutamos morreu instantaneamente.

O inimigo fazia agora um fogo violento contra a posição do Comissário, que estava protegido por um tronco. A Breda varria o espaço livre entre João e os seus homens, os quais não ousavam abandonar os refúgios. Sem Medo distinguia a AKA do Comissário, reconhecia a sua cadência: uma rajada de três tiros, um silêncio, uma rajada de dois tiros, um silêncio. Em breve tudo estaria acabado, pois uma bazukada inimiga destruiria o refúgio precário de João.

Era um filme. E ele espectador. A sensação de impotência.

E depois, como sempre, o formigueiro nasceu no ventre de Sem Medo. Gritou, saltando do abrigo: "MPLA avança!" Correu, atirando a primeira granada no meio do talude. Teoria seguiu-o imediatamente. Também Verdade. Também Muatiânvua. E a seguir os outros. O plano de Sem Medo era o de passar ao assalto do talude, à granada, para lançar a confusão no inimigo e salvar o Comissário.

Estava a dez metros do talude, quando a rajada da Breda o apanhou em pleno ventre, lá onde lhe nascia o formigueiro. Caiu de joelhos, apertando o ventre. Teoria abaixou-se para ele.

– Ao ataque! – gritou ainda Sem Medo, ajoelhado, apertando o ventre.

Galvanizados por Sem Medo, os guerrilheiros atravessaram o espaço livre e as granadas caíam bem no meio do inimigo. O grupo do Comissário ousou então avançar, Ekuikui entre eles. Ekuikui viu o Comissário, a AKA esquecida nas mãos, olhando o vulto de Sem Medo. Ekuikui tocou-lhe no braço.

– Camarada Comissário, ao assalto!
– Vão, avancem, avancem.
E João correu para Sem Medo.
O inimigo já não tinha possibilidade de fuga por aquele lado. Retirava para o acampamento. Os guerrilheiros perseguiam-no. A Breda calara-se para sempre.
João debruçou-se sobre Sem Medo.
– Onde estás ferido?
– Miúdo! Miúdo, vai comandar o assalto.
E sorriu para o Comissário. Este apertou-lhe o ombro. Correu para o acampamento, gritando, lágrimas nos olhos:
– MPLA avança! MPLA avança!
A sua AKA varria o terreno. Os soldados tentavam subir o morro dos morteiros, que já estavam a ser retirados, e ele apontava friamente, abatendo os inimigos, tiro a tiro. Ninguém já se camuflava. Os guerrilheiros faziam fogo de pé, visando cuidadosamente.
Raros soldados conseguiram escapar ao cerco. O Pau Caído estava tomado.
Os guerrilheiros recuperaram o que podiam carregar: as armas e munições em primeiro lugar. Depois retiraram. O Comissário e Muatiânvua transportaram o Comandante para o sítio de recuo. Ekuikui levou o corpo inerte de Lutamos atravessado sobre os ombros. Pelo caminho, os grupos explicavam uns aos outros os factos mais importantes do combate.
No ponto de recuo, esperaram o grupo dos morteiros. Pangu-A--Kitina tentava estancar a hemorragia de Sem Medo. Um outro guerrilheiro fora ferido num braço.
– As perdas? – perguntou Sem Medo, num sussurro.
– Um morto e dois feridos – disse o Comissário.
– Vi o Lutamos cair. Morreu?
– Sim.
– Lutamos! Eu também – disse Sem Medo.
– Tu não.
– Sei que sim. Mas, afinal, não tenho medo da morte... Pangu-A--Kitina apertou todas as ligaduras que tinha no ventre de Sem Medo.

O sangue corria em abundância, era impossível estancar a hemorragia. Pangu-A-Kitina tinha as mãos a escorrer sangue.
– Inútil – disse o Comandante. – Deixem-me aqui. Morrerei no Mayombe. Não combaterei na Huíla, é pena! João...
– Sim.
A voz de Sem Medo era cada vez mais fraca e o Comissário precisava quase encostar o ouvido à boca dele para perceber.
– A Ondina grama-te. Tenta reconquistá-la. São feitos um para o outro.
– Não fales. Não fales, é pior. Dói muito?
– Suporta-se.
João apertava a mão do Comandante.
– Peço-te perdão, Sem Medo. Não te compreendi, fui um imbecil. E quis igualar o inigualável.
Sem Medo sacudiu a cabeça.
– Coragem gratuita!... Só... – O Comissário não respondeu.
Passados momentos, Sem Medo apertou a mão do outro.
– João.
– Que é, Comandante?
– O mecânico, lembras-te? Que apanhámos...
– Sim.
– Está em Dolisie... Veio para nós...
– Vou vê-lo. Não fales agora.
– Não faz mal... Olha! A classe operária adere à luta... Já vencemos...
– Sim, Sem Medo. Mas não fales, por favor.
O Comandante obedeceu. Apertava só a mão do Comissário.
O grupo dos morteiros chegou. Todos rodeavam o corpo de Sem Medo. Foi então que começou o fogo do quartel do Sanga. Os tugas enviavam morteiros para o Pau Caído. O Sanga não estava longe, o sítio era bem conhecido do inimigo, os morteiros caíam com precisão sobre o acampamento.
Os guerrilheiros agitavam-se.
– Temos de sair daqui – disse um. – Eles estão a mandar para o Pau Caído, porque pensam que estamos ainda lá. Depois vão mandar mais para aqui, a perseguir.

– Isso matava o Comandante – disse Pangu-A-Kitina. – Ele não pode sair daqui.

Uma brisa ligeira levantou-se e farrapos brancos de flores de mafumeira caíram docemente.

– Neve no Mayombe? – perguntou Sem Medo.

O Comissário apertou-lhe mais a mão, querendo transmitir-lhe o sopro de vida. Mas a vida de Sem Medo esvaía-se para o solo do Mayombe, misturando-se às folhas em decomposição.

Os obuses caíam agora a duzentos metros deles. Os guerrilheiros protestaram.

– Ninguém sai daqui – gritou o Comissário.

– Deixa-os ir, João. Eu fico... Que melhor lugar para ficar?

Mas o Comissário não ouviu o que o Comandante disse. Os lábios já mal se moviam.

A amoreira gigante à sua frente. O tronco destaca-se do sincretismo da mata, mas se eu percorrer com os olhos o tronco para cima, a folhagem dele mistura-se à folhagem geral e é de novo o sincretismo. Só o tronco se destaca, se individualiza. Tal é o Mayombe, os gigantes só o são em parte, ao nível do tronco, o resto confunde-se na massa. Tal o homem. As impressões visuais são menos nítidas e a mancha verde predominante faz esbater progressivamente a claridade do tronco da amoreira gigante. As manchas verdes são cada vez mais sobrepostas, mas, num sobressalto, o tronco da amoreira ainda se afirma, debatendo-se. Tal é a vida.

E que faz o rosto do mecânico ali no tronco da amoreira! Sorri para mim.

Os olhos de Sem Medo ficaram abertos, contemplando o tronco já invisível do gigante que para sempre desaparecera no seu elemento verde.

O Comissário estremeceu com o estrondo do obus a menos de cinquenta metros. Os homens resmungaram e fizeram um gesto de avançar. O Comissário enfrentou-os, a AKA em posição de fogo, os olhos fulgurando.

– Não compreendem que ele morreu? Ele morreu! Sem Medo morreu! Não compreendem que ele morreu? Sem Medo morreu!

Os homens olharam o vulto do Comandante e viram-lhe o sorriso nos lábios. Sorria à vida ou à morte?

– Vamos então embora – disse Muatiânvua.

– És tu que dizes para irmos embora? – gritou o Comissário. – Tu, de quem ele gostava tanto? Tu, Muatiânvua? Ninguém vai embora. Vamos enterrá-lo aqui.

– É loucura – disse Ekuikui. – Não temos pás nem enxadas. Os obuses caem perto. Vamos levá-lo para outro sítio.

– Cavemos com os punhais, com as mãos, com o que quiserem. Mas ele será enterrado aqui. Ninguém tem o direito de transportar Sem Medo morto. Onde ele morreu é onde ele fica enterrado. É a única homenagem que lhe podemos prestar.

O Comissário atirou-se de joelhos no chão, ao lado de Sem Medo, e o seu punhal mordeu com raiva a terra. Escavava freneticamente, ao ritmo dos soluços. Um a um, os guerrilheiros ajoelharam-se ao lado dele e imitaram-no. Os obuses caíam agora mais longe, em ritmo decrescente. Os homens cavaram rápido, eletrizados pelo Comissário, o qual se esvaía no buraco que alargava.

Puseram os corpos do Comandante e de Lutamos no buraco e taparam-nos. O Comissário não falou, como lhe competia. Não haveria oração fúnebre. Ekuikui chorava silenciosamente. Verdade também.

O Chefe de Operações disse:

– Lutamos, que era cabinda, morreu para salvar um kimbundo. Sem Medo, que era kikongo, morreu para salvar um kimbundo. É uma grande lição para nós, camaradas.

Milagre, o bazukeiro, suspirou e disse:

– Foi um grande Comandante! E Lutamos um bom combatente!

Afastou-se uns passos dos outros e lançou um obus de bazuka que foi estoirar no tronco duma amoreira, a cem metros deles. Os guerrilheiros imitaram e as AKAs e Pépéchás cantaram, em última homenagem.

As flores de mafumeira caíam sobre a campa, docemente, misturadas às folhas verdes das árvores. Dentro de dias, o lugar seria irreconhecível. O Mayombe recuperaria o que os homens ousaram tirar-lhe.

EPÍLOGO

O NARRADOR SOU EU, O COMISSÁRIO POLÍTICO.

A morte de Sem Medo constituiu para mim a mudança de pele dos vinte e cinco anos, a metamorfose. Dolorosa, como toda metamorfose. Só me apercebi do que perdera (talvez o meu reflexo dez anos projetado à frente), quando o inevitável se deu.

Sem Medo resolveu o seu problema fundamental: para se manter ele próprio, teria de ficar ali, no Mayombe. Terá nascido demasiado cedo ou demasiado tarde? Em todo o caso, fora do seu tempo, como qualquer herói de tragédia.

Eu evoluo e construo uma nova pele. Há os que precisam de escrever para despir a pele que lhes não cabe já. Outros mudam de país. Outros de amante. Outros de nome ou de penteado. Eu perdi o amigo.

Do coração do Bié, a mil quilómetros do Mayombe, depois de uma marcha de um mês, rodeado de amigos novos, onde vim ocupar o lugar que ele não ocupou, contemplo o passado e o futuro. E vejo quão irrisória é a existência do indivíduo. É, no entanto, ela que marca o avanço no tempo.

Penso, como ele, que a fronteira entre a verdade e a mentira é um caminho no deserto. Os homens dividem-se dos dois lados da fronteira. Quantos há que sabem onde se encontra esse caminho de areia no meio da areia? Existem, no entanto, e eu sou um deles.

Sem Medo também o sabia. Mas insistia em que era um caminho no deserto. Por isso se ria dos que diziam que era um trilho cortando, nítido, o verde do Mayombe. Hoje sei que não há trilhos amarelos no meio do verde.

Tal é o destino de Ogun, o Prometeu africano.

DOLISIE, 1971

GLOSSÁRIO

À rasca: com medo.
AKA: metralhadora de fabricação soviética.
Aldrabar: enganar, mentir; passar conto do vigário.
Assimilado: designação colonial para os elementos da população africana, negra ou mestiça, que já eram considerados "civilizados" pelo colonizador.
Bailundo: região e povo do planalto central de Angola.
Batota: trapaça.
Bazuka: Mesmo que bazuca. Grafia utilizada nos tempos de guerrilha – talvez por influência das línguas em que apareciam essas armas, inglês, alemão, russo... – e mantida até hoje por Pepetela.
Berça: província (no sentido português; no Brasil seria "do interior").
Bié: região do planalto central de Angola.
Buala: kimbo, sanzala, povoação.
Bufo: espião.
Buldôzer: trator potente utilizado para terraplanagem ou para carregar pesos muito grandes.
Cabinda: da região de Cabinda.
Canhangulo: arma rudimentar, de fabricação caseira.
Catana: facão.
Corta-mato: fora dos caminhos, pelo meio do mato.
Cotonang: Companhia Geral dos Algodões de Angola, que detinha o monopólio do cultivo e comercialização desse produto em Angola.

Cueca: calcinha.
Dembo: tribo do norte de Angola.
Eh pá!: ó cara!
Está porreiro: está bom (normalmente, porreiro significa boa gente).
Estela: placa funerária.
Fiote: povo da região de Cabinda; língua falada por este povo.
Fúnji: prato típico – pirão de farinha de mandioca, milho ou batata-doce.
Gajo: cara.
Gamela: vasilha pequena de madeira ou alumínio.
Ganga: rebotalho dos minerais; em sentido figurado: confusão.
Gramar: gostar muito de.
Haussa: povo e língua do norte da Nigéria.
Henda: herói nacionalista, comandante, membro do Movimento Popular de Libertação de Angola (MPLA), morto em combate em 1968.
Imbondeiro: baobá.
Kaluanda: habitante de Luanda.
Kikongo ou kikongu: etnia do Norte de Luanda, que ocupa a região até a fronteira com o Zaire; é nessa região que se localiza Mbanza Congo, sede do velho reino do Kongo.
Kimbanda: adivinho.
Kimbo: povoado.
Kimbundo ou kimbundu: etnia angolana da região que abrange Luanda, Malanje etc; essa população também se designa por N'golas.
Kuanhama: povo que vive no sul de Angola; dedica-se à criação de gado.
Lata: pretensão, desplante (E tens a lata: não tens moral para...).
Lunda: povo que habita nas terras do antigo império Muatiânvua da Luanda, a Nordeste, onde mais tarde se estabeleceu a Diamang – Companhia dos Diamantes de Angola.
Maka: briga; discussão.
Malta: grupo.
Maluvo ou marufo: vinho de seiva de palmeira, matebeira ou sumo de caju.

Marimbar: dar pouca importância.
Masé: mas é.
Mata-bicho: café da manhã; a primeira refeição; gorjeta.
Matete: papa de farinha de milho ou mandioca com açúcar; mingau.
Mayombe: grande floresta tropical localizada em Cabinda.
Miúdo: garoto.
MPLA: Movimento Popular de Libertação de Angola.
Muceque ou musseque: bairro popular urbano e suburbano, semelhante à favela.
Mujimbo: originalmente, significa notícia, mas tomou o sentido de boato, mexerico.
Nambuangongo: região do norte de Angola.
Nguendeiro: mulherengo.
Nguêta: homem branco (depreciativo).
Nzambi: Deus (kikongo).
Pépéchá: pistola-metralhadora de origem soviética.
Pide: Polícia Internacional de Defesa do Estado – polícia política portuguesa.
Possas: interjeição utilizada com um sentido de admiração e, ao mesmo tempo, irritação. Equivale aproximadamente a "puxa vida!" ou, até mesmo, uma forma branda de "porra!".
Quitata: mulher da vida, prostituta.
Sacador: mochila (do francês: sac-à-dos).
Salalé: tipo de formiga cujos formigueiros se elevam como montículos de barro; cupim, aleluia, sililuia, siriruia.
Sanzala: aldeia, lugarejo africano.
Sukua!: expressão chula, que equivale aproximadamente a "bolas!" ou "porra!".
Swahili: língua veicular que se fala desde a costa oriental até o interior da África.
Tareia: pancada.
Taty: traidor ao nacionalismo angolano que passa a comandar os soldados colonialistas (Tropas Especiais).
Tchokue ou Tchokué: povo também conhecido por quioco (kioco); vivem na região de Luanda.

Teca: árvore, também chamada de Acapu, no Brasil.
Tramado: ruim, mau.
Tromba: violentamente; como uma tromba d'água (tufão).
Tropas especiais: tropas coloniais englobando angolanos.
Tuga: português (depreciativo).
Umbundo: povo e língua dominantes de Benguela ao Bié (etnia mais populosa de Angola).
UPA: União dos Povos de Angola.
Vewê: é o nome que se dá ao carro Wolkswagen (VW). Os guerrilheiros chamavam assim os cágados pela semelhança da forma com a viatura.
Xangui: fuga; bater (ou tirar) o xangui; fugir.
Xikuanga: arbusto do Mayombe; pasta de mandioca que se deixa fermentar em folhas de bananeira ou nas folhas de xikuanga.
Xulo: homem que vive à custa de uma prostituta.

Em www.leya.com.br você tem acesso a novidades e conteúdo exclusivo. Visite o site e faça seu cadastro!

A LeYa também está presente em:

 facebook.com/leyabrasil

 @leyabrasil

 instagram.com/editoraleyabrasil

 LeYa Brasil

ESTE LIVRO FOI COMPOSTO EM RONGEL LIN,
CORPO 11,5 PT, PARA A EDITORA LEYA BRASIL